LE MASQUE
Collection de romans d'aventures
créée par
ALBERT PIGASSE

LES INDISCRÉTIONS D'HERCULE POIROT

Liste alphabétique complète des

Romans d'Agatha Christie

(Masque et Club des Masques)

	Masque	Club des masques
A.B.C. contre Poirot	263	296
L'affaire Protheroe	114	36
A l'hôtel Bertram	951	104
Allô! Hercule Poirot?	1175	284
Associés contre le crime	1219	244
Le bal de la victoire	1655	561
Cartes sur table	275	364
Le chat et les pigeons	684	26
Le cheval à bascule	1509	514
Le cheval pâle	774	64
Christmas Pudding (Dans le Masque : Le retour d'Hercule Poirot)		42
Cinq heures vingt-cinq	190	168
Cinq petits cochons	346	66
Le club du mardi continue	938	48
Le couteau sur la nuque	197	135
Le crime de l'Orient-Express	169	337
Le crime du golf	118	265
Le crime est notre affaire	1221	288
La dernière énigme	1591	530
Destination inconnue	526	58
Dix brèves rencontres	1723	578
Dix petits nègres	299	402
Drame en trois actes	366	192
Les écuries d'Augias	913	72
Les enquêtes d'Hercule Poirot	1014	96
La fête du potiron	1151	174
Le flambeau	1882	584
Le flux et le reflux	385	235
L'heure zéro	349	439
L'homme au complet marron	69	124
Les indiscrétions d'Hercule Poirot	475	142
Je ne suis pas coupable	328	22
Jeux de glaces	442	78
La maison biscornue	394	16
La maison du péril	157	152
Le major parlait trop	889	108
Marple, Poirot, Pyne et les autres	1832	583
Meurtre au champagne	342	449
Le meurtre de Roger Ackroyd	1	415
Meurtre en Mésopotamie	283	28
Le miroir du mort (dans le Masque : Poirot résout trois énigmes)		94

	Masque	Club des masques
Le miroir se brisa	815	3
Miss Marple au club du mardi	937	46
Mon petit doigt m'a dit	1115	201
La mort dans les nuages	218	128
La mort n'est pas une fin	511	90
Mort sur le Nil	329	82
Mr Brown	100	68
Mr Parker Pyne	977	117
Mr Quinn en voyage	1051	144
Mrs Mac Ginty est morte	458	24
Le mystère de Listerdale	807	60
La mystérieuse affaire de Styles	106	100
Le mystérieux Mr Quinn	1045	138
N ou M?	353	32
Némésis	1249	253
Le Noël d'Hercule Poirot	334	308
La nuit qui ne finit pas	1094	161
Passager pour Francfort	1321	483
Les pendules	853	50
Pension Vanilos	555	62
La plume empoisonnée	371	34
Poirot joue le jeu	579	184
Poirot quitte la scène	1561	504
Poirot résout trois énigmes (Dans le Club : Le miroir du mort)	714	
Pourquoi pas Evans?	241	9
Les quatre	134	30
Rendez-vous à Bagdad	430	11
Rendez-vous avec la mort	420	52
Le retour d'Hercule Poirot (Dans le Club : Christmas Pudding)	745	
Le secret de Chimneys	126	218
Les sept cadrans	44	56
Témoin à charge	1084	210
Témoin indésirable	651	2
Témoin muet	377	54
Le train bleu	122	4
Le train de 16 h 50	628	44
Les travaux d'Hercule	912	70
Trois souris...	1786	582
La troisième fille	1000	112
Un cadavre dans la bibliothèque	337	38
Un deux trois	359	1
Une mémoire d'éléphant	1420	469
Un meurtre est-il facile?	564	13
Un meurtre sera commis le...	400	86
Une poignée de seigle	500	40
Le vallon	361	374
Les vacances d'Hercule Poirot	351	275

Agatha Christie

LES INDISCRÉTIONS D'HERCULE POIROT

Traduit de l'anglais par Yves Massip

Librairie des Champs-Élysées

Ce roman a paru sous le titre original :

AFTER THE FUNERAL

CHAPITRE PREMIER

Le vieux Lanscombe trottinait d'une pièce à l'autre, relevant les stores. De temps en temps, ses yeux chassieux, au regard en vrille, scrutaient la rue.

Ils ne tarderaient pas à rentrer des obsèques.

Lanscombe se déplaçait plus vite maintenant. Il y avait tant de fenêtres!

Enderby Hall, grande demeure de l'époque victorienne, avait été bâti dans le style gothique. Dans le salon vert, le vieux serviteur leva la tête et considéra, accroché au-dessus du manteau de la cheminée, le portrait du vieux Cornelius Abernethie, pour qui Enderby Hall avait été construit. Sa barbe brune pointait en avant d'une façon agressive et sa main reposait sur un globe terrestre; que cette attitude répondît au désir du modèle ou qu'elle symbolisât de l'affectation de la part de l'artiste, nul n'aurait pu le dire. Quoi qu'il en fût, le vieux Lanscombe estimait que Cornelius Abernethie était un gentleman d'allure puissante et, au fond de lui-même, il se réjouissait de ne pas avoir eu affaire à lui personnellement.

Son gentleman à lui avait été Mr Richard — un bon maître, Mr Richard, emporté bien brusquement. Mais voilà, il ne s'était jamais complètement remis de la mort du jeune Mr Mortimer.

Tandis qu'il se hâtait vers la porte de communication et pénétrait dans le Boudoir Blanc, le vieux serviteur hochait la tête. Quel événement terrible! Quelle catastrophe! Un jeune homme si solide, si vigoureux et en si bonne santé, s'en aller ainsi! C'était à n'y pas croire. Et Mr Gordon qui avait été tué pendant la guerre! Un malheur n'arrive jamais seul, c'est ainsi que vont les choses, de nos jours. Le maître n'avait pu en supporter davantage, et pourtant, il y a une semaine encore, il semblait tout à fait lui-même.

Le troisième store du Boudoir Blanc refusait de remonter jusqu'en haut; à mi-chemin, il se coinçait. A la vérité, c'est que les ressorts étaient fatigués, et les stores eux-mêmes, vieux comme toutes choses dans cette demeure.

Mais il ne pourrait réparer le store sans avoir recours à l'escabeau. Malheureusement, Lanscombe n'aimait pas beaucoup grimper sur les escabeaux, cela lui donnait le vertige. Pour le moment, le store resterait comme cela; c'était, d'ailleurs, sans importance, puisque le Boudoir Blanc ne donnait pas sur le devant de la maison d'où l'on aurait pu en apercevoir les fenêtres lorsque les automobiles rentreraient des obsèques, et la pièce était inoccupée en ce moment. C'était une chambre de dame, mais il y avait bien longtemps qu'aucune femme n'avait résidé à Enderby Hall. Quel dommage que Mr Mortimer ne se soit jamais marié! Tout le temps en voyage, en Norvège pour la chasse, en Ecosse pour la pêche, en Suisse pour les sports d'hiver, au lieu d'épouser quelque gentille jeune dame, élever une famille et rester à la maison. Depuis longtemps, aucun enfant n'avait galopé à Enderby.

Par la pensée, Lanscombe se reporta à une époque dont il se souvenait très nettement — plus nettement que des vingt dernières années.

Envers ses frères et sœurs, Mr Richard s'était plutôt comporté comme s'il se fût agi de ses enfants. A la mort de son père, il n'avait que vingt-quatre ans. Il prit aussitôt la direction de la maison. Joyeuse maisonnée, en vérité, composée de jeunes gens et de jeunes filles. Les querelles et les batailles ne manquaient pas, au grand désavantage des jeunes maîtresses. De pauvres créatures bien courageuses! Miss Geraldine surtout, ainsi que Cora, bien que cette dernière fût beaucoup plus jeune. Maintenant, Mr Léo était mort et Miss Laura s'en était allée, elle aussi. Mr Timothy n'était qu'un pitoyable infirme. Quant à Miss Geraldine, elle était morte, quelque part à l'étranger. Mr Gordon avait été tué à la guerre. Quoique Gordon fût l'aîné, le plus fort de tous avait été Mr Richard. Il leur avait survécu, ou presque, puisque Mr Timothy était encore de ce monde, de même que la petite Cora qui avait épousé cette espèce d'artiste déplaisant. Il y avait vingt-cinq ans que Lanscombe ne l'avait pas revue. Elle était jolie à l'époque où elle partit avec ce type, mais c'est à peine s'il l'avait reconnue, tant elle avait grossi et s'habillait de façon extravagante.

Oh! elle s'était bien souvenue de lui :

— Mais, c'est Lanscombe! s'était-elle écriée, l'air ravi de revoir le vieux serviteur.

Lorsqu'ils arrivèrent pour assister aux obsèques, ils lui avaient tous fait l'effet d'étrangers minables!

Mrs Leo faisait exception, toutefois; elle n'était pas comme les autres. Depuis leur mariage, elle et Mr Leo étaient souvent venus à Enderby Hall pour passer quelque temps. Une gentille dame, une vraie dame, voilà ce qu'elle était. Le maître l'aimait beaucoup.

Lanscombe se secoua. Quelle idée de rêver au temps jadis alors qu'il avait tant à faire!

*
* *

Comme Lanscombe passait la tête par la porte de la cuisine, il fut pris à partie par Marjorie, la cuisinière, jeune femme de vingt-sept ans, le désespoir de Lanscombe, car elle ne correspondait en rien à l'idée qu'il se faisait d'une cuisinière accomplie. Elle qualifiait parfois la maison de « vieux mausolée » et se plaignait de la trop grande superficie de la cuisine, de l'arrière-cuisine et de l'office, prétendant qu'il lui fallait une heure pour en faire le tour. Elle était à Enderby Hall depuis deux ans et n'y restait que parce qu'on la payait bien et que Mr Abernethie avait apprécié sa bonne cuisine.

Assise à la table, Janet buvait une tasse de thé; c'était une domestique d'âge mûr qui, bien que souvent en désaccord avec Lanscombe, se rangeait à son avis quand il s'agissait de critiquer la jeune génération telle que l'incarnait Marjorie. Un quatrième personnage, complétant le personnel, venait d'entrer, Mrs Jacks, qui avait beaucoup aimé le service funèbre auquel les domestiques avaient assisté.

— C'était vraiment beau, dit-elle avec un reniflement de circonstance, tandis qu'elle remplissait sa tasse. Dix-neuf voitures, l'église pleine à craquer et le chanoine officiant d'admirable façon. Et quelle belle journée pour une telle cérémonie!

Soudain, on entendit un klaxon, puis un bruit de voitures roulant dans la grande allée. Mrs Jacks reposa sa tasse.

— Les voilà! s'écria-t-elle.

Une à une, les automobiles remontèrent l'allée. Il en descendit des gens vêtus de noir qui, d'un pas hésitant, traversèrent le hall et pénétrèrent dans le grand salon. Dans la grille en acier de l'âtre brûlait un feu, pour combattre les premiers froids de ces jours d'automne et réchauffer ceux qui venaient d'assister aux obsèques de Richard Abernethie.

Lanscombe entra dans la pièce, portant un plateau d'argent. Il offrit à chacun un verre de xérès.

Mr Entwhistle, le plus ancien des associés de la vieille et respectable firme « Bollard, Entwhistle, Entwhistle et Bollard's » se tenait debout, le dos tourné au feu. Il accepta un verre de xérès et considéra l'assistance de son regard pénétrant d'homme de loi. Ne connaissant pas toutes les personnes présentes, il se mit en devoir de ranger chacune d'elles dans telle ou telle catégorie; les présentations avaient été superficielles et chuchotées avant la cérémonie.

Il observa le vieux Lanscombe en premier. « Devient bien tremblant, le pauvre type! se dit Mr Entwhistle. Je ne serais pas surpris qu'il approchât des quatre-vingt-dix ans! Un fidèle serviteur, que ce vieux; les fidèles serviteurs sont si rares de nos jours. Triste époque! Le pauvre Richard a aussi bien fait de partir avant l'heure! »

Car, pour Mr Entwhistle, qui avait soixante-douze ans, Richard Abernethie disparu à soixante-huit ans était mort prématurément. Depuis deux années, Mr Entwhistle s'était retiré des affaires, ce qui ne l'avait pas empêché, en tant qu'exécuteur testamentaire du défunt, son plus vieux client, de faire le voyage jusqu'à ce comté du nord de l'Angleterre.

Il songea ensuite aux dispositions du testament et, de nouveau, observa l'assistance.

Mrs Leo, Helen, d'abord. Il la connaissait bien, elle. Une très charmante femme pour qui il éprouvait autant de sympathie que de respect. Il lui jeta un regard approbateur. Le noir lui allait bien et elle avait conservé sa ligne. Il aimait ses traits nettement dessinés, la manière dont ses cheveux gris étaient tirés sur les tempes, ses yeux qui conservaient leur nuance bleu vif.

Quel âge pouvait avoir Helen aujourd'hui? Cinquante et un ans, peut-être cinquante-deux? Il s'étonnait qu'elle ne se fût jamais remariée après la mort de Leo. Séduisante, elle avait formé, avec son mari, un couple très uni.

Ses regards se posèrent sur Mrs Timothy. Il ne l'avait jamais bien connue. Non, le noir ne lui allait pas, à elle. C'était plutôt le gros tweed qui aurait convenu à cette grande femme capable, pleine de bon sens, toujours attachée à son mari, prenant soin de sa santé, trop, même, sans doute. Timothy était-il vraiment très malade? Mr Entwhistle pensait que ce n'était qu'un hypocondriaque. Tel avait été, d'ailleurs, l'avis de Richard Abernethie.

« Faible de la poitrine, dès l'enfance », disait-il. Mais c'était bien à peu près tout ce dont il souffrait, pensait Mr Entwhistle, dont l'attention se porta alors sur George Crossfield, le fils de Laura.

L'homme que Laura avait épousé était un personnage suspect dont on ne savait que peu de choses. Il s'intitulait agent de change. Leur fils, George, travaillait dans une étude d'avoué, maison de réputation douteuse. Beau garçon, mais un peu fuyant. Sa mère, ne comprenant rien aux questions financières, géra si mal sa fortune, qu'à sa mort, survenue il y a cinq ans, il ne lui restait presque rien.

Mr Entwhistle poursuivait son inspection. Qui étaient ces deux jeunes femmes? Ah! oui. Celle-ci est Rosamund, la fille de Geraldine, absorbée dans la contemplation des fleurs artificielles, disposées sur une table en malachite. Jolie fille, belle même, quoique le visage soit niais. Elle fait du théâtre et s'est mariée avec un acteur, beau garçon, lui aussi, et qui le sait, pensa Mr Entwhistle qui avait quelques préjugés contre cette profession. Quel bagage intellectuel peut-il posséder et d'où peut-il venir? se demanda-t-il, tout en jetant un regard réprobateur dans la direction de Michael Shane, à la chevelure blonde et aux charmes fatigués.

Et voici Suzan, la fille de Gordon : plus de personnalité que Rosamund, réussirait mieux au théâtre. Elle se trouvait à présent tout près de Mr Entwhistle qui l'observa attentivement. Cheveux noirs, yeux couleur noisette, presque dorés, bouche attrayante et boudeuse. Près d'elle se tenait l'homme qu'elle avait épousé récemment, assistant d'un pharmacien, d'après ce qu'il put comprendre.

Mr Entwhistle termina son examen par Cora Lansquenet, la petite retardataire. Sa mère avait près de cinquante ans quand elle vint au monde. La pauvre femme ne survécut pas à cette dixième naissance. Trois de ses enfants étaient morts très jeunes. La petite Cora fut plutôt un embarras pour sa famille. Ses frères et sœurs furent toujours très gentils avec elle. Pas très jolie, dégingandée, faisant des avances aux jeunes gens, on ne pensait pas qu'elle pût se marier.

Puis, elle rencontra dans une école de dessin Pierre Lansquenet.

Un jour, elle annonça à tous son intention d'épouser l'artiste.

Richard s'y opposa fermement, le jeune homme lui déplut dès l'abord, il le prit pour un coureur de dot. Mais, pendant qu'il se renseignait à son sujet, Cora fila avec son amoureux et l'épousa. Ils habitèrent en Cornouailles et en Bretagne. Peintre médiocre, Pierre Lansquenet ne fut même pas un bon mari. Ce qui n'empêcha pas Cora de lui rester très attachée et de ne pas pardonner à sa famille son attitude envers lui. Généreux, Richard leur avait fait une petite pension qui, s'ajoutant à ce qu'ils possédaient, leur permettait de vivre. Mr Entwhistle se demandait si Pierre Lansquenet avait jamais gagné quoi que ce fût. Il devait y avoir douze ans ou plus, que Cora était veuve, estima Mr Entwhistle. En ce jour de deuil, elle n'affichait pas un chagrin excessif. Mais Cora, il faut le reconnaître, n'avait jamais fait semblant...

Lanscombe fit une nouvelle entrée dans le salon et, d'un ton bas et de circonstance, annonça :

— Le déjeuner est servi.

CHAPITRE II

Après le délicieux bouillon de poulet et force viandes froides, arrosées d'un excellent chablis, l'atmosphère funèbre se dissipa totalement. A vrai dire, personne n'éprouvait un chagrin démesuré, aucun des membres de l'assistance n'ayant eu de rapports étroits avec le défunt. Le comportement général avait été conforme aux circonstances — exception faite pour Cora qui se divertissait nettement — et, la bienséance ayant été jusqu'alors respectée, on sentait que la conversation pouvait maintenant prendre un tour moins solennel. Mr Entwhistle fut d'ailleurs le premier à encourager cette nouvelle attitude. Il avait l'expérience des enterrements et savait exactement comment on minute une cérémonie de ce genre.

Le repas achevé, Lanscombe fit savoir que le café était servi dans la bibliothèque. L'heure était venue de « parler affaires », c'est-à-dire de parler du testament. Pour une telle discussion, la bibliothèque avait semblé tout indiquée, avec ses rayonnages chargés de livres et ses rideaux de velours rouge. Lanscombe remplit les tasses, puis s'éclipsa, refermant la porte derrière lui.

Après quelques propos décousus, chacun regarda timidement Mr Entwhistle qui, après avoir consulté sa montre, déclara :

— Il me faut attraper le train de 3 heures 30.

Les autres désiraient aussi prendre un train.

— Comme vous le savez, commença Mr Entwhistle, je suis l'exécuteur testamentaire de Richard Abernethie.

Il fut interrompu.

— Je ne le savais pas, dit Cora Lansquenet vivement. Vraiment? M'a-t-il laissé quelque chose?

Ce n'était pas la première fois que Mr Entwhistle s'apercevait que Cora avait une fâcheuse tendance à parler sans qu'on l'en priât. Il eut à son adresse un regard sévère et reprit :

— Jusqu'à il y a un an, le testament de Richard Abernethie était très simple. Sous réserve de certains autres dons, il léguait tout à son fils Mortimer.

— Pauvre Mortimer, coupa, une fois de plus, Cora. Vraiment, je pense que cette poliomyélite a été une chose affreuse!

— La mort tragique de Mortimer, poursuivit l'orateur, survenue si brutalement, fut pour Richard un coup terrible. Il lui fallut des mois pour s'en remettre. A cette époque, je lui ai souligné l'intérêt de prendre de nouvelles dispositions testamentaires.

Maude Abernethie demanda alors de sa voix profonde :

— Que serait-il arrivé s'il n'avait pas fait un nouveau testament? Sa fortune aurait-elle été léguée à Timothy, en tant que plus proche parent?

Mr Entwhistle ouvrit la bouche pour faire une dissertation sur le problème du plus proche parent, mais il se ravisa et poursuivit un peu sèchement :

— Sur mes conseils, Richard décida de rédiger un autre testament. Mais d'abord, il jugea utile d'en savoir plus long sur la jeune génération.

— Il nous a donc mis à l'essai, s'écria Suzan avec un gros rire. D'abord George, puis Greg et moi-même, ensuite Rosamund et Michael.

Le visage étroit de George Banks rougit. Il remarqua sèchement :

— Suzan! Peut-on ainsi présenter les choses! A l'essai!

— Mais, c'était bien ainsi qu'il l'entendait, n'est-ce pas, Mr Entwhistle?

— M'a-t-il laissé quelque chose? répéta Cora.

Mr Entwhistle toussa et reprit :

— Je me propose d'envoyer à chacun de vous copie du testament. Je pourrais, bien entendu, vous en donner tout de suite la lecture intégrale, mais je crains que la terminologie juridique de ce document ne semble obscure à beaucoup d'entre vous. En bref, il se résume à ceci :

« Après quelques petits legs et un don substantiel à Lanscombe, sous forme de pension annuelle à vie, l'ensemble de la fortune — qui représente une valeur très considérable — est à diviser en six parts égales. Quatre d'entre elles étant réparties entre le frère de Richard, Timothy, son neveu George Grossfield, sa nièce Suzan Banks et son autre nièce Rosamund Shane. Les deux autres parts seront investies et une rente à vie sera accordée à Mrs Helen Abernethie, veuve de son frère Leo, et à sa sœur, Mrs Cora Lansquenet. Après la mort de ces deux héritières, le capital sera partagé entre les quatre autres bénéficiaires ou leur descendance.

— C'est très chic ça! remarqua Cora Lansquenet d'un ton d'appréciation. Une rente! Combien?

— Peut-être trois ou quatre mille livres par an, environ.

— Chic! s'écria Cora. J'irai à Capri!

Helen Abernethie dit son mot d'une voix douce :

— Quel être généreux et bon que Richard! J'ai toujours apprécié l'affection qu'il m'a témoignée.

— Il vous aimait beaucoup, approuva Mr Entwhistle. Leo était son préféré et, après la mort de votre mari, il était heureux chaque fois que vous veniez le voir.

— J'aurais bien voulu savoir à quel point il était malade, dit encore Helen, avec du regret dans la voix. Je l'avais peu vu avant sa mort et quoique je connusse sa maladie je n'imaginais pas que ce fût si sérieux.

— Ç'avait toujours été sérieux, dit Mr Entwhistle. Mais il n'aimait pas qu'on en parlât et je suis persuadé que personne ne s'attendait à une issue si brutale. Je sais que le médecin en a été le premier surpris.

— *Brusquement, dans sa résidence...* voilà ce qu'ont écrit les journaux.

C'était Cora qui venait de parler et elle hochait la tête.

— Je me suis demandé, alors...

— Ce fut un choc pour nous tous, dit Maude Abernethie. Ce pauvre Timothy en était tout bouleversé. Il n'arrêtait pas de répéter : *si brusquement, si brusquement.*

— Au fond, l'affaire a été étouffée bien gentiment, n'est-ce pas? fit observer Cora.

Tous les regards convergèrent vers elle.

— Mais je pense que vous aviez raison, tout à fait raison, reprit-elle, un peu décontenancée. Je veux dire que... enfin, il était inutile... pourquoi rendre la chose publique? Cette histoire ne doit pas sortir de la famille.

Les visages tournés dans sa direction devenaient de plus en plus consternés.

Ce fut Mr Entwhistle qui lui répondit :

— En vérité, j'ai peur de ne pas comprendre tout à fait ce que vous insinuez.

Cora Lansquenet jeta un regard alentour, la surprise dans ses yeux. Elle inclina la tête d'un côté, comme eût fait un oiseau.

— Mais il a bien été assassiné, n'est-ce pas? dit-elle.

CHAPITRE III

Dans le train qui le ramenait à Londres, installé dans le coin d'un compartiment de première classe, Mr Entwhistle éprouvait une sorte de malaise en évoquant la conversation qui suivit la remarque malheureuse de Cora Lansquenet.

« Vraiment Cora! » s'était écrié Maude. « Ma chère tante Cora », avait dit George. Quelqu'un d'autre avait demandé : « Qu'est-ce que vous voulez dire par là? »

Alors, Cora Lansquenet, confuse, prononça quelques phrases désordonnées.

— Oh! je suis désolée... je ne voulais pas... Oh! bien sûr, c'était ridicule de ma part. Je sais bien qu'il n'y a rien de vrai dans tout cela, mais cette mort a été si brutale... Je vous en prie, oubliez ce que je viens de dire... Je sais bien que je parle toujours à tort et à travers!

A partir de cet instant, l'émoi général se dissipa. On discuta de ce qu'on ferait des affaires personnelles de Richard. Finalement, il fut décidé que la maison et son contenu seraient mis en vente.

La regrettable gaffe [1] de Cora semblait oubliée. Cora Lansquenet, si elle n'était pas anormale, n'en était pas moins naïve [1] jusqu'à en être gênante. A dix-neuf ans,

[1] En français dans le texte.

cela avait moins d'importance, les manières d'enfant terrible ([1]) sont admise jusqu'à cet âge-là, mais une enfant terrible frisant la cinquantaine est par trop déconcertante. On n'a pas idée de laisser échapper des vérités si malencontreuses.

Pour la deuxième fois, le fil de la pensée de Mr Entwhistle fut interrompu par ce mot de *vérités*. Pourquoi ce terme le gênait-il à ce point? Pour la simple raison que le mot en question avait été contenu dans le malaise général que la remarque *naïve* de Cora avait provoqué. Quoique la rondelette Cora de quarante-neuf ans ressemblât aussi peu que possible à la jeune fille dégingandée qu'elle fut jadis, certains traits de son comportement n'avaient guère changé; telle cette manière d'incliner la tête comme un oiseau lorsqu'elle faisait un commentaire outrageant avec une expression d'espoir réjoui, telle encore cette remarque concernant l'embonpoint de la fille de cuisine : « Mollie n'arrive plus à s'approcher de la table de cuisine, son ventre est bien proéminent. Je me demande pourquoi elle grossit à ce point? »

Mr Entwhistle s'efforça alors d'analyser plus à fond son propre malaise. « Cette mort a été si brutale... », avait dit Cora pour se justifier.

Dans un sens, la mort de Richard pouvait, en effet, être considérée comme brutale. Mr Entwhistle avait discuté de son état de santé avec le malade lui-même ainsi qu'avec le médecin. Celui-ci avait laissé entendre que son patient ne vivrait pas longtemps; en prenant de grandes précautions, il pouvait encore durer deux ou trois ans, peut-être plus, mais cela était peu probable. Dans tous les cas, le praticien ne prévoyait pas une issue aussi rapide.

Eh bien! le médecin s'était trompé, mais les médecins

[1] En français dans le texte.

ne peuvent vraiment pas prévoir les réactions propres à chaque malade. On a vu des cas désespérés dans lesquels le condamné retrouve la santé. D'autres meurent au moment où la guérison semble en bonne voie.

Quant à Richard Abernethie, malgré sa force et sa vigueur, rien ne l'incitait plus à vivre. Le seul fils qui lui restait, Mortimer, avait, six mois plus tôt, contracté une poliomyélite qui l'emporta en huit jours. Cette mort l'avait d'autant plus frappé que Mortimer, solide jeune homme plein de vitalité, sportif fervent et athlète, était de ceux dont on dit qu'ils n'ont jamais eu un jour de maladie. Il allait se fiancer à une charmante jeune fille, et le père avait mis tous ses espoirs dans ce fils bien-aimé qui lui donnait toute satisfaction.

Richard Abernethie, après la tragique disparition de Mortimer, était demeuré seul, sans même un petit-fils, personne qui perpétuât le nom d'Abernethie, et, à la tête d'une immense fortune et de plusieurs affaires que, dans une certaine mesure, il contrôlait personnellement. Qui prendrait sa place, désormais?

Mr Entwhistle savait que ce dernier point avait beaucoup préoccupé Richard : son frère — le seul qui fût encore en vie — était presque un infirme. Restait la jeune génération. Mr Entwhistle était persuadé — quoique son ami ne lui en eût rien dit — que Richard avait eu l'intention d'avoir un seul successeur. Il savait, en tout cas, que, depuis six mois, Richard avait invité à venir le voir — pas ensemble, mais chacun à leur tour — son neveu George, sa nièce Suzan et son mari Gregory Banks, sa nièce Rosamund et son mari Michael Shane, et sa belle-sœur, Helen Abernethie, veuve de Leo. C'était surtout parmi les trois premiers, pensait Mr Entwhistle, que Richard avait cherché son seul légataire. Helen Abernethie fut sans doute invitée par pure affection, peut-être même pour lui demander un avis, car il avait toujours eu une très haute opinion de sa belle-sœur et apprécié en elle son bon sens, son esprit pratique et son jugement sûr. L'homme de loi se rappela même que Richard était allé faire un court séjour chez son frère Timothy.

Et le résultat de tout cela était représenté par le testament que Mr Entwhistle transportait maintenant dans sa serviette. Distribution parfaitement équitable, et il ressortait que le défunt avait été déçu à la fois par son neveu et ses nièces — ou peut-être aussi par les maris de ses nièces.

D'autre part, il ne se souvenait pas avoir appris que Richard eût invité sa sœur Cora, et tout de suite, l'homme de loi se rappela une phrase troublante que Cora avait laissé échapper : « Mais je croyais, d'après ce qu'il avait dit?... »

Qu'avait donc dit Richard? Et quand l'avait-il dit? Si Cora ne s'était pas rendue à Enderby Hall, alors c'était Richard qui était allé la voir dans ce joli petit village du Berkshire où elle possédait une villa. Ou bien, Cora avait-elle fait allusion à une chose que Richard lui aurait écrite?

Mr Entwhistle fronça les sourcils. Cora n'était évidemment qu'une sotte. Elle pouvait très bien avoir mal compris une phrase et l'avoir par la suite mal interprétée. Mais l'homme de loi se demandait quand même quelle pouvait avoir été cette phrase.

Il se sentait trop tourmenté pour songer à aller demander des explications à Mrs Lansquenet. Pas encore, en tout cas. Mieux valait ne pas paraître y attacher trop d'importance, ce qui ne l'empêchait pas de se demander ce qui pouvait avoir incité Cora à poser cette extravagante question :

« Mais, il a bien été assassiné, n'est-ce pas? »

***

Dans un compartiment de troisième, plus en arrière du même train, Gregory Banks disait à sa femme :

— Il faut que ta tante soit complètement idiote!

— Tante Cora? Oui, je crois qu'elle a toujours été un peu simple d'esprit.

Assis sur la banquette d'en face, George Crossfield déclara vivement :

— On devrait l'empêcher de sortir de pareilles bourdes. Ça pourrait donner des idées.

Rosamund Shane, occupée à dessiner avec son tube de rouge l'arc en forme de cœur de sa bouche, murmura :

— Je suppose que personne ne fait attention aux propos de cette sorcière.

— En tout cas, j'estime qu'on devrait l'en empêcher, répéta George.

— D'accord, chéri, reprit Rosamund rangeant son tube de rouge et considérant complaisamment son visage dans un miroir. Empêche-la donc!

Son mari intervint brusquement :

— Je suis de l'avis de George, dit-il. Il est si facile de provoquer des racontars.

— Et quand il en serait ainsi? (Rosamund sourit et son sourire fit se relever les deux extrémités de l'arc en forme de cœur de sa bouche.) Ça pourrait être drôle!

— Drôle!

Quatre voix s'étaient écriées ensemble.

— Un meurtre dans la famille, mais, ce serait passionnant! continua-t-elle.

Il vint à l'esprit du nerveux et ennuyeux jeune homme qu'était Gregory Banks que la cousine de Suzan, son physique attrayant mis à part, avait quelques vagues traits de ressemblance avec la tante Cora. Les paroles qu'elle prononça ensuite confirmèrent plutôt cette impression :

— S'il a vraiment été assassiné, poursuivit-elle, qui croyez-vous qui ait commis le meurtre?

Elle promena autour du compartiment un regard pensif.

— Sa mort nous a été à tous profitable. Michael et moi étions à bout de ressources. On a offert à Mick un rôle vraiment intéressant dans la revue de Sansborn : s'il a les moyens d'attendre qu'on le lui confie... Alors, nous serons tirés d'affaire, et nous pourrons même financer le spectacle s'il nous en prend l'envie. D'ailleurs, il y a une pièce avec un rôle magnifique...

Mais personne ne prêtait attention aux digressions de Rosamund. La pensée de chacun s'était orientée vers son propre avenir immédiat.

« Toucher ce qui m'est dû et puis partir, songeait George. Maintenant, je pourrai rendre l'argent et personne n'en saura rien... mais c'était tout juste. »

Gregory ferma les yeux tout en se renversant sur la banquette. « Fini l'esclavage. »

D'une voix claire, un peu dure, Suzan parla :

— Bien sûr, je suis désolée pour ce pauvre oncle Richard. Mais il était très vieux, et puis Mortimer étant mort, rien ne l'attachait plus à la vie. Il a bien mieux valu qu'il claque comme ça, sans façon.

Son regard dur et assuré s'adoucit en se posant sur le visage pensif de son mari. Elle l'adorait et elle sentait bien que Gregory ne l'aimait pas autant qu'elle le chérissait, et cette pensée ne faisait qu'accroître sa passion. Greg lui appartenait, elle ferait n'importe quoi pour lui. Oui, n'importe quoi...

⁂

A Enderby Hall, où elle avait décidé de passer la nuit, Maude Abernethie changeait de robe pour le dîner. Elle se demandait si elle n'aurait pas dû offrir de rester plus longtemps afin d'aider Helen dans le tri et le rangement des affaires de la maison. Il y avait tous les effets personnels de Richard, peut-être aussi des lettres. Les papiers importants, pensait-elle, avaient déjà dû être emportés par Mr Entwhistle. Mais elle ne devait pas trop tarder à retourner auprès de Timothy qui s'agitait tellement chaque fois qu'elle n'était pas là pour s'occuper de lui. Elle espérait qu'il ne serait pas trop mécontent du testament, pas trop déçu. Elle savait qu'il s'attendait à ce que Richard lui laissât la plus grande part de sa fortune. Après tout, il était le dernier survivant de la famille Abernethie. Richard aurait pu lui confier la direction de la jeune génération. Oui, elle avait bien peur qu'il ne fût contrarié; les contrariétés nuisaient à ses digestions et le rendaient déraisonnable. Parfois, il perdait totalement le sens de la mesure... Maude se demanda si elle ne devrait pas en toucher deux mots au docteur Barton. Timothy se mettait tellement en colère lorsqu'elle voulait lui enlever le flacon contenant les comprimés de somnifère (Timothy en avait beaucoup trop pris ces derniers temps). Cela pourrait être dangereux de les laisser à sa portée. A moitié endormi, il peut arriver qu'on ne se rappelle plus en avoir déjà pris, et qu'on en absorbe encore. Qu'arriverait-il alors?

Maude Abernethie poussa un soupir. Puis son visage s'éclaira. La vie allait quand même être beaucoup plus facile désormais. Le jardin, par exemple...

***

Dans le salon vert, Helen Abernethie assise près du feu, attendait que Maude descende pour le dîner.

Ses yeux parcoururent la pièce. Elle évoquait le temps où elle, Leo et les autres vivaient ici.

Elle se demandait qui achèterait Enderby. Serait-il transformé en hôtel, en institut, en pension de famille pour jeunes gens? Qui sait si on ne le démolirait pas pour reconstruire ensuite un nouveau domaine? Résolument, elle chassa ces tristes pensées. Elle devrait plutôt songer à ses propres occupations, à ses amis, à ses intérêts. Oui, à ses intérêts. Avec ce que lui laissait Richard, elle pourrait conserver et entretenir sa villa de Chypre et réaliser tous ses projets.

Depuis quelque temps, elle avait eu des ennuis financiers. Désormais, grâce à l'argent de Richard, ces problèmes étaient résolus.

Pauvre Richard! Quelle bénédiction pour lui d'être mort durant son sommeil. Subitement, le vingt-deux. Quel être extravagant que cette Cora! Quelle sotte, aussi! La pauvre! Au fond, ce n'était pas sa faute, et son mari ne l'avait pas particulièrement bien traitée.

Ses yeux fixaient, sans les voir, les fleurs artificielles posées sur une table ronde en malachite, auprès de laquelle Cora s'était tenue debout pendant que les autres demeuraient assis en attendant le moment de partir pour l'église. Elle s'était mise à évoquer une foule de petits incidents appartenant au passé, apparemment ravie de se retrouver dans sa maison d'autrefois, si ravie qu'elle semblait avoir oublié le motif de cette réunion générale.

« Mais peut-être, songea Hélène, s'était-elle montrée la moins hypocrite de tous... »

Cora n'avait jamais été femme à respecter les conventions. Cette simple phrase : « Mais il a bien été assassiné, n'est-ce pas? » le prouvait.

Tout autour d'elle, les visages l'avaient regardée, surpris, choqués. Chacun avait montré une expression différente.

Et soudain, se remémorant clairement la scène, Helen fronça les sourcils... Ce tableau présentait quelque chose d'anormal...

Quelque chose?...

Quelqu'un?...

Etait-ce telle expression sur tel visage? Ou quelque chose qui — comment pourrait-elle l'exprimer? — quelque chose qui n'aurait pas dû être là?...

Elle ne savait plus... elle n'arrivait pas à déterminer l'anomalie... mais, à coup sûr, quelque chose, quelque part, *n'allait pas.*

***

Pendant ce temps, au buffet de Swindon, une dame en robe de deuil agrémentée de guirlandes noires mangeait des brioches en buvant une tasse de thé et faisait des projets d'avenir. Elle n'avait aucun pressentiment de la catastrophe. Elle était heureuse.

Ces voyages en train omnibus étaient certainement fatigants. Il eût été plus facile de rentrer à Lytchett St Mary en passant par Londres, et pas beaucoup plus cher. Mais alors, elle aurait dû faire le trajet avec la famille, être sans doute obligée de parler tout le temps. L'effort lui en aurait trop coûté.

Non, elle préférait éviter le train de Londres. Ces brioches étaient vraiment délicieuses. C'est incroyable comme un enterrement peut vous creuser l'estomac.

Que les gens sont donc bourgeois, et quels hypocrites! Et tous ces visages lorsqu'elle avait parlé d'assassinat! Et la manière dont chacun l'avait dévisagée!

Elle hocha la tête en signe de satisfaction. C'était pourtant la remarque à faire.

La dame en deuil jeta un coup d'œil à la pendule de la gare. Pendant un court instant, elle demeura là, rêvant... rêvant à l'avenir qui s'ouvrait devant elle... Elle eut un sourire d'enfant heureux.

Enfin, elle allait pouvoir s'amuser. Et ce fut l'esprit plein de projets qu'elle se dirigea vers le train omnibus.

CHAPITRE IV

Mr Entwhistle passa une nuit très agitée. Au matin, se sentant las et indisposé, il resta couché.

Sa sœur, qui s'occupait de la maison, lui apporta, au lit, son petit déjeuner sur un plateau et se mit en devoir de lui prouver qu'à son âge et dans le frêle état de santé où il se trouvait, il avait eu grand tort d'aller se promener dans le nord de l'Angleterre.

En guise de réponse, Mr Entwhistle déclara simplement que Richard Abernethie avait été un ami de longue date.

— Des funérailles! s'écria la sœur d'un ton de reproches. Ces cérémonies sont fatales à un homme de ton âge! Si tu ne te ménages pas plus, tu finiras par mourir subitement comme ton Mr Abernethie dont l'amitié t'était si précieuse.

Le mot *subitement* eut le don de faire tressaillir Mr Entwhistle. Il l'empêcha aussi de répliquer.

Il savait très bien pourquoi il avait tressauté en entendant prononcer ce mot : *subitement*.

Cora Lansquenet! Sa supposition ne se fondait sur rien du tout, mais il aurait néanmoins bien voulu savoir ce qui l'avait poussée à faire semblable suggestion.

Parfaitement, il était fermement décidé à se rendre à Lytchett St Mary pour lui faire une petite visite. Il pourrait prétexter une affaire ayant un rapport avec la validation du testament, une signature d'elle, par exemple. Il était inutile de lui laisser voir que sa stupide remarque avait attiré son attention. Il irait la voir, et très bientôt.

Son petit déjeuner terminé, il se renversa sur ses oreillers et entreprit de lire le *Times*. Il en trouva la lecture très apaisante.

Il était environ six heures, le soir même, quand le téléphone se mit à sonner. Il décrocha. La voix, à l'autre bout du fil, était celle de Mr James Parrott, le deuxième associé de la firme « Bollard, Entwhistle, Entwhistle et Bollard's ».

— Dites donc, Entwhistle, je viens juste de recevoir un coup de téléphone de la police, d'un patelin qui s'appelle Lytchett St Mary. C'est à propos d'une certaine Mrs Cora Lansquenet. N'était-ce pas l'une des héritières de la fortune d'Abernethie?

— Oui, bien sûr. Je l'ai vue hier aux obsèques.

— Oh! Elle était présente aux obsèques?

— Mais oui! qu'y a-t-il donc?

— Eh bien! (Mr Parrott avait l'air de s'excuser.) Elle... c'est incroyable... Elle a été... *assassinée!*

— Assassinée?

— Oui... oui... j'en ai bien peur. Enfin, je veux dire qu'il n'y a aucun doute à ce sujet.

— Mais pourquoi la police s'est-elle adressée à nous?

— Sa dame de compagnie est une certaine Miss Gilchrist. La police lui a demandé quels étaient ses plus proches parents ou ses avoués. Elle n'avait pas l'air de connaître les parents, mais elle a donné notre nom. C'est pour cela qu'on nous a téléphoné aussitôt.

— Mais qu'est-ce qui a fait dire à la police qu'il s'agissait d'un assassinat? demanda Mr Entwhistle.

De nouveau, Mr Parrott eut l'air de s'excuser.

— Oh! il semble qu'il n'y ait aucun doute. Il paraît qu'on s'est servi d'une hachette ou de quelque objet analogue — en tout cas, un vrai crime.

— Il y a eu vol?

— C'est cela même. On a retrouvé une fenêtre défoncée, les tiroirs ouverts et quelques petits bijoux ont disparu. Pourtant, aux yeux de la police, l'affaire n'est pas claire.

— A quelle heure cela s'est-il passé?

— Entre deux heures et deux heures trente, cet après-midi.

— La gouvernante?

— A Reading, où elle était allée changer des livres à la bibliothèque municipale. Elle est rentrée vers cinq heures et a trouvé Mrs Lansquenet, morte. Les policiers aimeraient savoir si nous connaissons des personnes susceptibles d'être les auteurs de l'agression. Je leur ai répondu — la voix de Mr Parrott trahissait l'indignation — que c'était peu probable.

— Oui, bien sûr.

— Ce doit être un rustre simple d'esprit qui pensait pouvoir trouver quelque chose à voler et qui, perdant la tête, s'est jeté sur elle. C'est ainsi que les choses ont dû se passer, n'est-ce pas votre avis, Entwhistle?

— Oui, oui...

Mr Entwhistle répondait, l'esprit ailleurs. « Parrott a raison, pensait-il. C'est ainsi que les choses ont dû se passer... »

Mais, de nouveau, il évoqua avec un malaise la phrase prononcée par la voix claironnante de Cora :

« Mais il a bien été assassiné, n'est-ce pas? »

Quelle sotte que cette Cora, mettant les pieds dans le plat, laissant échapper des vérités qu'elle aurait mieux fait de garder pour elle.

Des vérités.

Encore cette maudite formule...

*
* *

Mr Entwhistle et l'inspecteur Morton échangèrent un regard d'estime mutuelle.

Mr Entwhistle, avec cette façon précise et soigneuse qui était un des traits de son caractère, avait exposé à l'inspecteur tous les faits pouvant avoir un rapport avec Cora Lansquenet : son éducation, son mariage, son veuvage, sa situation financière, ses parents.

— Mr Timothy Abernethie est le seul frère qui lui reste et son plus proche parent, mais c'est un reclus, un infirme, incapable de quitter son domicile. Il m'a chargé de prendre toutes les dispositions nécessaires.

L'inspecteur approuva de la tête.

— D'après ce qu'a déclaré Miss Gilchrist, dit-il, j'ai cru comprendre que Mrs Lansquenet s'était rendue dans le Nord, la veille de sa mort, pour assister aux obsèques de son frère aîné?

— En effet, inspecteur. J'y étais moi-même.

— Mr Entwhistle, nous sommes en présence d'un cas difficile à comprendre. Supposons que quelqu'un ait vu Miss Gilchrist sortir de la maison vers deux heures de l'après-midi et se diriger vers le village et l'arrêt de l'autobus. Alors, ce quelqu'un se saisit délibérément d'une hachette qui traîne dans le hangar, s'en sert pour enfoncer la fenêtre de la cuisine, pénètre dans la maison, monte à l'étage supérieur et attaque Mrs Lansquenet, avec sauvagerie puisque la victime a reçu six ou huit coups de cette arme.

Mr Entwhistle fronça les sourcils.

— Oui, poursuivit l'inspecteur, un crime sauvage. Alors, l'intrus ouvre plusieurs tiroirs, rafle quelques babioles valant à peine quelques sous et s'éclipse.

— Elle était dans son lit?

— Oui. Il semble qu'elle soit rentrée très tard de son voyage dans le nord, la veille au soir, épuisée et agitée. J'ai cru comprendre qu'elle avait hérité de quelque chose?

— En effet.

— Elle dormit très mal et, le matin, souffrait d'un violent mal de tête. Elle but plusieurs tasses de thé, absorba des cachets pour sa migraine et pria Miss Gilchrist de ne pas la déranger jusqu'à l'heure du déjeuner. A ce moment-là, elle ne se sentit pas mieux et prit deux comprimés de somnifère. Puis, elle envoya Miss Gilchrist à Reading, pour changer des livres à la bibliothèque. Elle devait être assoupie, sinon tout à fait endormie, lorsque l'homme pénétra chez elle. Il aurait pu s'emparer de ce qu'il cherchait en usant de menaces, ou également la bâillonner. Pourquoi, dans ces conditions, s'être emparé d'une hachette?

— Il a peut-être voulu simplement lui faire peur, suggéra Mr Entwhistle. S'il y avait des signes de lutte...

— Selon le rapport médical, il ne semble pas que la victime ait opposé de résistance. Tout porte à croire qu'elle était couchée et dormait paisiblement au moment de l'agression.

Mal à son aise, Mr Entwhistle remua sur sa chaise.

— Ce genre de crime sauvage et sans motif n'est pas rare, n'est-ce pas?

— Oh! bien sûr. Et c'est probablement ainsi que l'affaire s'est déroulée. Mais nous devons rechercher toutes les personnes suspectes. Nous sommes certains que nul, parmi les gens du pays, n'est à mettre en cause. Les rapports sont concluants : la plupart des gens de la région se trouvaient à leur travail au moment du crime. Evidemment, la villa de la victime est en haut d'un sentier et en dehors du village proprement dit, et il existe tout un labyrinthe de chemins ceinturant le bourg. Il faisait beau et la pluie n'était pas tombée depuis plusieurs jours, aussi n'avons nous relevé aucune trace de pneus de voiture, si toutefois quelqu'un est venu par là en automobile.

— Pensez-vous vraiment que quelqu'un soit venu en voiture? demanda vivement Mr Entwhistle.

L'inspecteur haussa les épaules :

— Je l'ignore. Tout ce que je sais, c'est que cette affaire présente des éléments troubles. Ainsi... (Il tendit à son interlocuteur une poignée d'objets qu'il posa sur le bureau : une broche en forme de trèfle, un collier de petites perles et un bracelet grenat)... voici les babioles qui ont été enlevées du coffre à bijoux de Mrs Lansquenet et que nous avons découvertes dans un buisson devant la maison.

— Curieux, en effet. Peut-être le meurtrier a-t-il pris peur...

— Peut-être. Mais, dans ce cas, il les aurait abandonnées là-haut, dans la chambre. Bien sûr, il a pu être pris de panique entre le moment où il a quitté la chambre et celui où il a atteint la porte de sortie de la maison.

— Ou bien, ainsi que vous avez semblé le suggérer, ces bricoles volées ont servi de trompe-l'œil, émit doucement Mr Entwhistle.

— Oui, il y a plusieurs possibilités. Il se peut aussi que cette Miss Gilchrist soit la coupable. Deux femmes vivant ensemble... qui sait quelles querelles, quelles passions peuvent naître de cette intimité? Bien entendu, nous avons aussi envisagé cette dernière éventualité, mais elle nous paraît peu vraisemblable. D'après ce que nous avons appris, elles entretenaient des relations de grande amitié.

L'inspecteur se tut un instant avant de reprendre.

— D'après vous, personne n'avait intérêt à ce que Mrs Lansquenet mourût?

Sur sa chaise, l'avoué changea péniblement de position :

— Je n'ai pas dit tout à fait cela

L'inspecteur Morton lui jeta un regard vif.

— Je croyais que vous aviez dit que la source de revenus de Miss Lansquenet consistait en une rente que lui avait allouée son frère et que, en ce qui la concernait, elle n'avait aucune fortune.

— C'est exact. Lorsque son mari est mort, il était en pleine banqueroute, et, telle que je la connaissais aujourd'hui et lorsqu'elle était jeune fille, je doute qu'elle ait mis de l'argent de côté. Sa villa ne lui appartenait pas; elle la louait seulement. Quant aux quelques meubles qu'elle contient, il n'y a vraiment pas de quoi fouetter un chat, même de nos jours. Celui qui en héritera ne fera pas une affaire merveilleuse. Si, toutefois, elle a fait un testament.

Mr. Entwhistle hocha la tête.

— J'ignore tout de ses dernières volontés, dit-il. Il y a des années que je ne l'avais pas revue, vous savez.

— Mais alors, qu'avez-vous voulu insinuer, tout à l'heure? Quelque chose vous trottait par la tête, n'est-ce pas?

— Oui, évidemment. Je voulais me montrer aussi précis que possible.

— Faisiez-vous allusion à ce legs? Je veux parler de ce que lui a laissé son frère. Pouvait-elle en disposer par testament?

— Non, pas dans le sens où vous l'entendez. Elle n'avait aucun droit de disposer de ce capital. Maintenant qu'elle est morte, ce capital sera réparti entre les cinq autres héritiers. Chacun bénéficiera donc automatiquement de la mort de Cora Lansquenet. Tel était le fond de ma pensée.

L'inspecteur parut désappointé.

— Je vous voyais déjà sur une piste, dit-il, Bref, il ne semble pas qu'il y ait eu de mobile justifiant une agression hachette en main. Il apparaît plutôt que nous avons affaire à un détraqué; peut-être un de ces jeunes criminels irresponsables, comme il en existe pas mal de nos jours. Pris de panique, il a fourré les objets volés dans un buisson avant de détaler. Oui, ce doit être ça. A moins que Miss Gilchrist ne soit la vraie coupable, ce qui, à mon sens, est peu vraisemblable.

— A quel moment a-t-elle découvert le corps?

— Pas avant cinq heures, ou presque; elle est rentrée de Reading par le car de quatre heures cinquante. Arrivée à la villa, elle s'est d'abord rendue dans la cuisine où elle a mis de l'eau à bouillir pour le thé. Aucun bruit ne provenant de la chambre à coucher de Mrs Lansquenet, elle pensa que celle-ci dormait toujours. C'est alors qu'elle remarqua la fenêtre de la cuisine; des morceaux de verre jonchaient le sol. Même à ce moment-là, elle songea que ces dégâts avaient été causés par la fronde ou la balle d'un gamin. Ensuite, elle monta à l'étage supérieur et, doucement, passa la tête par la porte de la chambre, où devait reposer Mrs Lansquenet, pour lui demander si elle désirait prendre une tasse de thé. Vous devinez la suite : Miss Gilchrist poussa un hurlement et, quittant la maison, dévala l'allée jusqu'au plus proche voisin. Sa version de l'affaire a l'air parfaitement cohérente et nous n'avons relevé aucune trace de sang dans sa chambre, ni dans la salle de bains, pas plus que sur ses vêtements. Non, je ne crois vraiment pas qu'elle puisse être incriminée dans cette histoire

» Le médecin est arrivé à dix-sept heures trente. Selon lui, la mort a eu lieu entre quatorze heures et seize heures trente et plus probablement vers quatorze heures.

Le visage de l'avoué se crispa légèrement. L'inspecteur Morton poursuivit :

— Vous allez faire une visite à Miss Gilchrist, je suppose?

— En effet, c'était mon intention.

— J'en serais heureux. Je crois qu'elle nous a dit tout ce qu'elle savait, mais on ne sait jamais. Au cours de votre conversation avec elle, il pourrait ressortir un fait nouveau. Elle fait un peu vieille fille, mais m'a paru sensée et objective.

L'inspecteur fit une pause, puis il ajouta :

— Le corps est à la morgue. Si vous désirez le voir...

Sans grand enthousiasme, Mr Entwhistle acquiesça.

Quelques instants plus tard, l'homme de loi se tenait devant la dépouille mortelle de Cora Lansquenet. Le meurtrier s'était conduit avec sauvagerie. Le sang s'était agglutiné à la frange durcie de ses cheveux teints. Ecœuré, il serra les lèvres et détourna les yeux.

Pauvre petite Cora... Elle qui, l'avant-veille, s'était montrée si anxieuse de savoir si son frère lui avait laissé quelque chose! Elle avait dû en faire de jolis projets; tous les rêves stupides qu'elle aurait réalisés avec cet argent!

Pauvre Cora... Ses rêves furent de courte durée...

A la réflexion, Mr Entwhistle se dit que personne n'avait profité de sa mort, pas même cette brute d'agresseur qui s'était débarrassé des babioles volées. Cinq personnes voyaient maintenant leur capital s'augmenter de quelques milliers de livres, mais ce que leur avait laissé Richard Abernethie leur suffisait amplement. Non, ce n'était pas de ce côté qu'il fallait rechercher un mobile.

Etrange cette idée d'un meurtre qui lui était venue à la veille de sa propre mort!

« *Mais il a bien été assassiné, n'est-ce pas?* »

Suggestion parfaitement ridicule, trop ridicule même pour qu'on en parlât à l'inspecteur Morton.

Après avoir rencontré Miss Gilchrist, il verrait...

Et si — chose peu probable — Miss Gilchrist fournissait quelque indice permettant de savoir ce que Richard avait dit à Cora?

« *D'après ce qu'il a dit, j'avais compris...* » Qu'avait donc dit Richard?

« Il faut que j'aille voir Miss Gilchrist immédiatement », décida-t-il.

⁂

Miss Gilchrist était une personne maigre et fanée, aux cheveux courts, d'un gris fer. Son visage aux traits imprécis était celui de beaucoup de femmes frisant la cinquantaine.

Elle accueillit Mr Entwhistle avec chaleur.

— Je suis si heureuse que vous soyez venu, Mr Entwhistle, s'écria-t-elle. Je sais si peu de choses sur la famille de Mrs Lansquenet, et, bien entendu, je n'ai jamais été mêlée à une affaire de meurtre. Quelle chose affreuse!

Mr Entwhistle était, en effet, persuadé que c'était la première fois que la vieille fille se trouvait mêlée à un assassinat.

— On ne sait que ce qu'en disent les journaux, bien sûr, ajouta-t-elle, et même, je ne raffole pas de ce genre de littérature... il y a des crimes si crapuleux.

Tout en la suivant dans le petit salon, Mr Entwhistle jetait un regard aigu tout autour de lui. Il flottait une odeur de peinture à l'huile. La maison était encombrée, non pas de meubles, mais de tableaux (les murs en étaient surchargés) — peintures sombres et poussiéreuses pour la plupart. Çà et là, quelques aquarelles et deux natures mortes. Des cadres plus petits étaient empilés sur la banquette devant la fenêtre.

— Mrs Lansquenet les achetait à des ventes aux enchères, expliqua Miss Gilchrist. Elle adorait courir les ventes, cette pauvre chère amie. Elle disait toujours que ce tableau-là était un primitif italien qui devait valoir beaucoup d'argent.

Mr Entwhistle considéra le primitif en question que lui montrait du doigt une Miss Gilchrist peu convaincue de l'authenticité de l'œuvre. Il songea que Cora ne s'y était jamais entendu en matière de peinture. Il voulait bien être pendu si une de ces croûtes valait au plus un billet de cinq livres [1].

— Moi-même je ne suis pas très compétente, ajouta Miss Gilchrist qui avait deviné la pensée de l'avoué. Pourtant, mon père était peintre; mais sa renommée n'a jamais été bien grande. J'ai même fait un peu d'aquarelle quand j'étais jeune fille et Mrs Lansquenet était heureuse de pouvoir parler de sa marotte avec quelqu'un qui la comprenait. Pauvre amie, elle raffolait de tout ce qui touchait à l'art.

— Vous l'aimiez beaucoup?

Question ridicule, se dit-il. Pouvait-elle répondre non! Mais Cora devait être, de son vivant, une personne bien fatigante à vivre.

— Oh! oui, répondit Miss Gilchrist. Nous nous entendions très bien. Par de nombreux côtés, Mrs Lansquenet était très enfant. Elle disait tout ce qui lui passait par la tête, mais je me suis souvent demandé si, parfois, elle ne manquait pas de jugement.

— Il ne faut pas médire des morts, dit Mr Entwhistle, mais à mon sens, c'était une femme parfaitement stupide; en tout cas, elle n'avait rien d'une intellectuelle.

— Peut-être avez-vous raison, mais, monsieur Entwhistle, elle était très maligne. J'ai souvent été bien

[1] Environ 50 francs.

étonnée de voir combien il lui arrivait de tomber juste.

Miss Gilchrist commençait à intéresser l'homme de loi, qui se dit qu'elle non plus n'était pas une sotte.

— Il y a plusieurs années que vous viviez avec elle, je crois? demanda-t-il.

— Trois ans et demi.

— Vous... euh... étiez une sorte de dame de compagnie et faisiez également... euh! enfin, vous vous occupiez de la maison?

De toute évidence, Mr Entwhistle venait d'aborder une question délicate, car il remarqua que Miss Gilchrist rougissait légèrement.

— Oui, en effet. Je faisais presque toujours la cuisine — j'adore cuisiner, d'ailleurs — et m'occupais un peu du ménage — bien sûr, pas les gros travaux; c'était Mrs Panter, du village, qui s'en chargeait. Voyez-vous, Mr Entwhistle, je n'aurais jamais supporté qu'on me considérât comme une bonne. Quand mon petit salon de thé a fait faillite — quelle catastrophe! — nous étions en guerre. C'était un endroit charmant. Je l'avais baptisé *Le Saule* et tous les motifs dessinés de la vaisselle représentaient des saules peints en bleu; c'était très joli. En somme, je ne me débrouillais pas mal, d'autant plus que mes gâteaux étaient bons. J'ai toujours eu un bon coup de main pour la pâtisserie. Alors la guerre est arrivée, le ravitaillement est devenu difficile et j'ai fait faillite, ce sont là des malheurs de guerre, c'est ce que j'essaie toujours de me dire. L'argent que mon père m'avait laissé et que j'avais investi dans cette affaire a fondu, aussi ai-je dû chercher un emploi. Mon éducation ne m'avait orientée vers aucune spécialité. Je suis allée chez une dame, mais je n'y suis pas restée : elle était beaucoup trop brusque et arrogante. J'ai fait ensuite des travaux de bureau, mais je n'aimais pas ça. Alors, je me suis rendue chez Mrs Lansquenet et, tout de suite, nous nous sommes entendues, du fait que son mari était un artiste et pour bien d'autres raisons.

Essoufflée, Miss Gilchrist se tut un instant, puis elle ajouta sur un ton funèbre :

— Mais comme j'ai regretté mon cher petit salon de thé! Il y venait tant de gens agréables! Vraiment, je parle beaucoup trop de moi-même. La police s'est montrée très aimable avec moi et pleine de considération. Un certain inspecteur Morton est venu me voir, il a été très compréhensif. Il m'a même offert de faire des démarches pour me permettre d'aller passer la nuit chez Mrs Lake, en bas du sentier, mais j'ai dit : « Non ». J'ai senti qu'il était de mon devoir de rester ici, avec toutes les jolies choses appartenant à Mrs Lansquenet.

» Alors, ils ont emporté le... (la voix de Miss Gilchrist s'étrangla un peu)... le corps, puis ils ont fermé la porte à clef. Ensuite, l'inspecteur m'a prévenue qu'un agent de police resterait toute la nuit en faction dans la cuisine à cause de la fenêtre brisée. Je suis contente qu'on l'ait réparée ce matin... Où en étais-je? Ah! oui. J'ai déclaré que je serais très bien dans ma chambre, ce qui ne m'a pas empêchée de tirer la commode devant la porte et de mettre une granche cruche pleine d'eau sur le rebord intérieur de la fenêtre. On ne sait jamais! s'il s'agissait d'une espèce de maniaque. On entend parler de choses si étranges aujourd'hui...

Miss Gilchrist se tut enfin. Mr Entwhistle en profita pour dire vivement :

— Je me trouve en possession des éléments essentiels de l'affaire que je tiens de l'inspecteur Morton. Toutefois, si cela ne vous est pas trop pénible, j'aimerais bien connaître votre point de vue...

— Mais bien sûr, monsieur Entwhistle. Je me rends compte exactement de ce que vous ressentez. Les policiers ont des manières si impersonnelles, n'est-ce pas votre avis?

— Mrs Lansquenet est bien rentrée des obsèques avant-hier soir? demanda l'avoué.

— Oui. Son train est arrivé tard. J'avais commandé un taxi, comme elle m'en avait priée. Pauvre amie, elle était très fatiguée — cela se comprenait — mais dans l'ensemble, dans d'excellentes dispositions morales.

— Bon, bon. A-t-elle parlé des obsèques?

— Rien qu'un peu. Je lui ai servi une tasse de lait chaud — c'est tout ce qu'elle voulait prendre —, elle m'a dit ensuite que l'église était pleine de gens, qu'il y avait eu des quantités de fleurs. Et puis, elle regrettait de n'avoir pas vu son autre frère — Timothy, je crois?

— Oui, Timothy.

— Elle disait qu'il y avait vingt ans qu'elle ne l'avait pas revu et qu'elle aurait aimé qu'il fût là, mais elle se rendait compte que c'était mieux ainsi, étant donné les circonstances, mais sa femme était présente; puis elle a ajouté qu'elle ne pouvait pas supporter Maude — Oh! mon Dieu! je vous demande pardon, monsieur Entwhistle. Ça m'a échappé, je ne voulais vraiment pas...

— Pas du tout, pas du tout, reprit Mr Entwhistle d'un ton encourageant. Je ne suis pas un parent, vous savez. Je crois, en effet, que ça n'allait pas fort entre Cora et sa belle-sœur.

— C'est à peu près ce qu'elle a dit. Elle a même conclu : « Je savais bien que Maude finirait par devenir une de ces femmes autoritaires qui se mêlent de ce qui ne les regarde pas. » Ensuite, elle a parlé de sa grande fatigue et a décidé d'aller se coucher aussitôt. Je lui ai préparé une bouillotte et elle est montée dans sa chambre.

— Elle n'a rien ajouté qui vous ait particulièrement frappée?

— Elle n'avait aucun pressentiment, monsieur Entwhistle, si c'est cela que vous avez en tête. J'en suis certaine. En dehors de sa fatigue et... des tristes circonstances, elle était en bonnes dispositions d'esprit. Elle m'a demandé si cela me plairait d'aller à Capri. « A Capri! évidemment », ai-je répondu, « ce serait merveilleux. » C'est un rêve que je n'aurais jamais cru voir se réaliser. « Eh bien, nous irons! » a-t-elle déclaré. Je pensai alors — quoiqu'elle ne m'en ait pas parlé — que son frère lui avait laissé une rente, ou quelque chose d'analogue.

Mr Entwhistle approuva de la tête.

— Pauvre chère amie! En tout cas, je suis heureuse de savoir qu'elle a pu faire de jolis projets.

Miss Gilchrist s'interrompit pour soupirer, puis elle murmura d'un ton de regret :

— Je pense que je n'irai jamais à Capri, maintenant...

— Et le lendemain matin? demanda vivement Mr Entwhistle sourd au désappointement de Miss Gilchrist.

— Le lendemain matin, elle n'allait pas bien du tout. Sa mine était vraiment impossible. Elle avait passé une très mauvaise nuit, me dit-elle. Des cauchemars. « C'est parce que vous étiez trop fatiguée, hier soir », ai-je suggéré. Alors elle m'a répondu que j'avais sans doute raison. Elle a pris son petit déjeuner au lit et est restée couchée toute la matinée. A l'heure du déjeuner, elle m'apprit qu'elle n'avait toujours pas pu dormir. « Je me sens si agitée, je ne cesse de réfléchir, de me poser des questions »; voilà ce qu'elle m'a dit. Puis elle décida de prendre des comprimés de somnifère pour pouvoir se reposer l'après-midi. Elle voulait que j'aille à Reading par le car pour changer deux livres à la bibliothèque. Elle les avait terminés durant le voyage en train et n'avait plus rien à lire. D'habitude deux volumes lui faisaient presque une semaine. Je suis donc partie un peu après deux heures et ce fut la dernière... la dernière fois...

Miss Gilchrist commença à renifler.

— Elle devait être endormie, vous savez. Elle n'a rien dû entendre et l'inspecteur m'a certifié qu'elle n'avait pas souffert... Il pense que le premier coup l'a tuée. Oh! mon Dieu! Je suis malade rien que d'y songer!

— Je vous en prie, je vous en prie. Je ne veux pas vous en demander plus long sur ce qui s'est passé. Je désire seulement connaître ce que vous savez de Mrs Lansquenet avant le drame.

— C'est tout naturel. Vous pouvez dire à sa famille qu'à part la mauvaise nuit qu'elle a passée, elle était vraiment très heureuse et faisait des projets d'avenir.

Mr Entwhistle observa un temps d'arrêt avant de poser la question suivante. Il ne voulait pas influencer son témoin.

— Elle n'a pas parlé d'un membre de sa famille en particulier?

— Non, non. Je ne crois pas (Miss Gilchrist considéra la question.) Elle a seulement déploré l'absence de son frère Timothy.

— N'a-t-elle rien dit de la mort de son frère? La... euh... la cause de sa mort, par exemple.

— Non.

Aucune trace d'émotion n'apparut sur le visage de la vieille fille. Mr Entwhistle pensa qu'elle se serait trahie si Cora avait laissé échapper son verdict d'assassinat.

— Il y avait déjà quelque temps qu'il était souffrant, n'est-ce pas? Sa mort m'a tout de même surprise. Il avait l'air si vigoureux!

— Vous l'aviez vu? Quand? demanda vivement Mr Entwhistle.

— Mais lorsqu'il est venu voir Mrs Lansquenet. Voyons, il doit y avoir trois semaines.

— Il a couché ici?

— Oh! non, il a seulement déjeuné. C'était une surprise, Mrs Lansquenet ne l'attendait pas. J'ai cru comprendre qu'il y avait eu quelque désaccord dans la famille. D'après ce qu'elle m'a dit, elle ne l'avait pas revu depuis des années.

— Oui, en effet.

— Elle a été toute bouleversée de le revoir, sachant sans doute à quel point il était malade...

— Elle savait qu'il était souffrant?

— Oui, je m'en souviens très bien, parce qu'à ce moment-là, je me suis demandé si peut-être Mr Abernethie ne souffrait pas d'une espèce de... ramollissement du cerveau. Une de mes tantes...

Prestement, Mr Entwhistle écarta le sujet de la tante.

— Mrs Lansquenet vous a-t-elle dit quelque chose qui vous a fait penser à un ramollissement du cerveau?

— Oui. Je me souviens que Mrs Lansquenet m'a dit à peu près : « Pauvre Richard, la mort de Mortimer semble l'avoir beaucoup vieilli. On dirait qu'il devient sénile, avec son délire de la persécution, et cette obsession qui lui fait croire que quelqu'un veut l'empoisonner. Voilà comme on est quand on se fait vieux. » En effet, ce n'est que trop vrai. Ainsi la tante dont je vous parlais tout à l'heure, était convaincue que ses domestiques essayaient de mettre du poison dans ses aliments et ne voulait plus manger que des œufs à la coque, parce que, affirmait-elle, il est impossible d'introduire du poison à l'intérieur d'un œuf. On se pliait à ses fantaisies, mais qu'aurions-nous fait si elle avait vécu en ce moment, avec le rationnement des œufs — qui, d'ailleurs, nous viennent de l'étranger et ne supportent pas d'être servis à la coque...

Mr Entwhistle écoutait l'histoire de la tante de Miss Gilchrist d'une oreille lontaine. Il se sentait extrêmement troublé.

— Je suppose que Mrs Lansquenet n'a pas pris la chose trop au sérieux, dit-il enfin.

— Oh! non, monsieur Entwhistle! Elle comprenait très bien.

L'avoué fut encore troublé par cette remarque, car il ne la prit pas dans le sens où l'entendait Miss Gilchrist.

Cora Lansquenet avait-elle compris? Peut-être pas à ce moment-là, mais plus tard? N'avait-elle que trop bien compris?

L'homme de loi savait pertinemment que Richard Abernethie ne souffrait pas de sénilité. Richard était en pleine possession de ses facultés, il n'était pas homme à avoir le délire de la persécution. C'était, comme il l'avait toujours été, un homme d'affaires à la tête solide et sa maladie n'y avait rien changé.

Il était extraordinaire de penser que Richard Abernethie ait pu s'exprimer dans ces termes devant sa sœur, mais il se pouvait que Cora, avec sa singulière faculté, propre aux enfants, d'altérer la vérité, eût quelque peu déformé la pensée de son frère.

Sous maints rapports, pensait Mr Entwhistle, Cora s'était montrée stupide. Elle n'avait aucun jugement, aucune logique et une vue enfantine des choses; cependant, elle possédait également ce talent mystérieux, particulier aux jeunes, de taper parfois dans le mille.

Il n'alla pas plus loin dans ses réflexions. Il estima que Miss Gilchrist avait dit tout ce qu'elle savait. Il lui demanda ensuite si elle avait connaissance d'un testament que Cora aurait fait. La vieille fille répondit aussitôt que Mrs Lansquenet l'avait déposé à sa banque.

Là-dessus, et après avoir pris quelques dispositions pour l'avenir, l'avoué prit congé. Il insista pour que Miss Gilchrist acceptât une petite somme d'argent liquide pour qu'elle pût faire face aux dépenses de l'heure; il lui déclara qu'il se mettrait de nouveau en rapport avec elle, et ajouta qu'il lui serait reconnaissant si, en attendant de trouver un nouvel emploi, elle voulait bien rester à la villa. Cette proposition convint à Miss Gilchrist, qui assura qu'elle n'aurait pas peur dans la maison.

Mais il ne put s'en aller avant qu'elle lui eût fait faire le tour du propriétaire et montré les tableaux de feu Pierre Lansquenet qui encombraient la petite salle à manger et donnèrent le frisson à l'avoué. C'étaient surtout des nus ne témoignant d'aucun talent de dessinateur mais cependant très fidèles dans les détails. Elle lui fit admirer nombre de peintures à l'huile représentant de pittoresques ports de pêche et exécutés par Cora elle-même.

— Ça, c'est Polperro, expliqua Miss Gilchrist avec fierté. Nous y étions l'an dernier et Mrs Lansquenet avait été frappée par sa couleur locale.

« Elle m'avait promis de me léguer ses croquis, ajouta-t-elle avec une nuance d'envie. Je les admirais tellement. Même si elle avait oublié sa promesse, peut-être pourrais-je en avoir un, comme souvenir?

— Je suis certain que cela pourra s'arranger, la rassura Mr Entwhistle, qui la quitta peu après pour se rendre d'abord à la banque où il voulait un entretien avec le directeur, ensuite au bureau de l'inspecteur Morton.

CHAPITRE V

— Complètement éreinté, voilà ce que tu es, déclara Miss Entwhistle du ton autoritaire d'une sœur dévouée qui s'occupe de la maison de son frère. Tu devrais te ménager un peu plus, à ton âge. Je me demande en quoi cela te regarde; tu es à la retraite, n'est-ce pas?

Mr Entwhistle souffla timidement que Richard Abernethie avait été l'un de ses plus vieux amis.

— D'accord. Mais il est mort, maintenant. Je ne vois donc pas pourquoi tu tiens à te mêler de choses qui ne te concernent pas et à attraper ce froid de la mort dans les courants d'air de ces sales trains. C'est un meurtre! Je ne comprends pas pourquoi on t'a fait appeler, d'ailleurs.

— Ils se sont mis en rapport avec moi parce qu'on a trouvé une lettre de moi, informant Cora des dispositions qui avaient été prises pour les obsèques.

— Obsèques! A propos, cela me rappelle qu'un de tes chers Abernethie t'a téléphoné — un Timothy, je crois. Il appelait d'un endroit dans le Yorkshire et il a parlé d'un autre enterrement. Il a dit qu'il rappellerait plus tard.

Le soir même, Mr Entwhistle reçut un appel téléphonique. A l'autre bout du fil, Maude Abernethie se fit entendre.

— Dieu merci, je vous ai enfin trouvé! La nouvelle de la mort de Cora a bouleversé Timothy!

— C'est tout à fait compréhensible, répondit-il.

— Elle a vraiment été assassinée? Et avec une hachette, d'après ce qu'on a écrit dans les journaux?

— Oui.

— Je suis inquiète à propos de Timothy, reprit Maude. Tout cela lui fait beaucoup de mal. Je viens de le mettre au lit, mais avant de consentir à se coucher, il a bien insisté pour que je vous persuade de venir le voir. Il y a mille choses qu'il veut savoir — s'il y aura enquête, qui y assistera, à quel moment l'enterrement aura lieu, si Gora a demandé à être ou non incinérée, si elle a laissé un testament...

Mr Entwhistle jugea bon de lui couper la parole :

— Il existe un testament. Elle a désigné Timothy comme exécuteur testamentaire.

— Oh! mon Dieu! J'ai bien peur que Timothy soit incapable d'entreprendre quoi que ce soit...

— La firme s'occupera de toute cette affaire. Le testament est très simple. Elle laisse ses esquisses et sa broche d'améthyste à sa dame de compagnie, Miss Gilchrist, et tout le reste à Suzan.

— A Suzan? Je me demande bien pourquoi. Je crois bien qu'elle n'avait jamais vu Suzan, pas depuis qu'elle était toute petite en tout cas!

— J'imagine que c'est parce qu'on disait que Suzan avait fait un mariage qui ne plaisait pas particulièrement à la famille.

Maude reniflait bruyamment :

— Gregory est quand même mieux que ne l'était Pierre Lansquenet, dit-elle. Evidemment, le fait d'épouser un homme servant dans un magasin eût été inconcevable de mon temps, mais une pharmacie est quand même autre chose qu'une mercerie et, de plus, Gregory a l'air d'un individu parfaitement respectable.

Elle se tut un instant, puis reprit :

— Mais cela peut-il expliquer que Suzan hérite de la pension que Cora tient de son frère?

— Le capital sera réparti selon les dispositions testamentaires de Richard. Non, la pauvre Cora n'avait à léguer que quelques centaines de livres et le mobilier de la villa. Une fois ses dettes payées et les meubles vendus, je doute que le tout dépasse une valeur de cinq cents livres. Il y aura enquête, bien entendu, ajouta l'avoué, enquête prévue pour jeudi prochain. Si Timothy n'y voit pas d'inconvénient, nous chargerons le jeune Lloyd de s'occuper de tout au nom de la famille.

Comme s'il s'excusait, Mr Entwhistle ajouta :

— Je crains que cette affaire ne fasse quelque bruit... euh! étant donné les circonstances.

— Toute cette histoire est bien désagréable. A-t-on découvert le misérable...

— Non, pas encore.

— La police n'est vraiment pas à la hauteur.

— Mais non, maïs non, les gens de la police sont parfaitement compétents. N'allez pas croire le contraire.

— En tout cas, tout cela me paraît extraordinaire, et bien éprouvant pour Timothy. Vous ne prévoyez pas de venir nous voir, par hasard, Mr Entwhistle. J'en serais personnellement très heureuse et je suis sûre que votre venue apaiserait un peu Timothy.

L'homme de loi resta un instant sans répondre; cette invite ne lui agréait pas particulièrement.

— Vous avez peut-être raison, finit-il par dire. J'aurai, en effet, besoin que Timothy, en tant qu'exécuteur testamentaire, me signe quelques documents. Oui, je pense que ce sera une bonne chose de venir vous voir.

— Magnifique! Je me sens tellement soulagée. Demain? Et vous passerez la nuit à la maison? Il y a un bon train qui part de la gare de St Pancrace à onze heures vingt.

— Oh! je ne pourrai prendre que le train de l'après-midi, précisa l'avoué, car j'ai quelques affaires à régler dans la matinée.

***

Ce fut avec chaleur, mais peut-être aussi avec un peu de surprise, que George Crossfield accueillit Mr Entwhistle.

— J'arrive de Lytchett St Mary, déclara celui-ci, comme s'il voulait justifier sa visite, mais, à la vérité, sa remarque n'expliquait rien du tout.

— Il s'agissait donc de tante Cora? J'ai lu toute l'affaire dans les journaux et je n'en suis pas revenu. J'ai cru d'abord qu'il était question d'un homonyme.

— Lansquenet n'est pourtant pas un nom très courant.

— Non, bien sûr. J'imagine qu'il doit y avoir une tendance instinctive qui pousse les gens à croire que l'assassinat d'un membre de leur famille est chose impossible. Tout cela me rappelle un peu l'affaire qui s'est déroulée à Dartmoor le mois dernier.

— Vraiment?

— Oui, et les circonstances du drame étaient identiques. Une villa isolée, deux dames âgées vivant sous le même toit, vol d'une somme d'argent vraiment dérisoire.

— La valeur de l'argent est toujours relative. Tout dépend des besoins de l'individu.

— Oui, vous avez sans doute raison.

— Si vous avez vraiment besoin de dix livres, quinze livres vous paraîtront amplement suffisantes — et inversement, s'il vous en faut cent, vous n'aurez que faire de quarante-cinq livres. A plus fort raison si vous en voulez mille, quelques centaines ne vous suffiront pas.

Une lueur apparut dans les yeux de George.

— A mon avis, dit-il, tout argent est bon à prendre de

nos jours, quelle que soit la somme. Tout le monde est fauché...

— ... Mais non désespéré, précisa Mr Entwhistle. Le désespoir compte plus que la gêne pécuniaire.

— Pensez-vous à quelque chose en particulier?

— Oh! non, pas du tout, dit l'avoué, qui, après une courte pause, ajouta : La fortune de Richard ne sera pas convertie en liquide avant quelque temps. Cela vous arrangerait-il d'obtenir une petite avance?

— J'allais effectivement soulever cette question avec vous. D'ailleurs, je suis allé voir les gens de la banque ce matin. Je me suis recommandé de vous et ils ont consenti à me faire une avance.

La même petite lueur dansa de nouveau dans les yeux de George. Mr Entwhistle fut, à cet instant, persuadé que le jeune homme se trouvait dans une situation financière sinon désespérée, du moins très difficile. Il se demanda si Richard Abernethie, grand connaisseur, lui aussi, de la nature humaine, avait senti cela. L'homme de loi était à peu près persuadé qu'après la mort de Mortimer, Richard avait eu l'intention de faire de son neveu son héritier. George ne portait pas le nom d'Abernethie, mais c'était le seul représentant masculin de la jeune génération, donc, logiquement, le successeur de Mortimer. D'autre part, Richard avait demandé à son neveu de venir passer quelques jours à Enderby Hall. Il semblait qu'à la fin du séjour de George, celui-ci n'ait pas donné satisfaction à l'oncle. Avait-il senti instinctivement — comme venait de le faire Mr Entwhistle — que le jeune Crossfield ne marchait pas droit? Selon l'opinion de tous les membres de la famille Abernethie, Laura n'avait pas eu la main heureuse en épousant Rex Crossfield, ce courtier en bourse aux activités assez mystérieuses. George tenait plus de son père que des Abernethie.

Peut-être le jeune homme interpréta-t-il mal le silence du vieil homme de loi. Toujours est-il qu'il eut un rire gêné.

— A la vérité, dit-il, je n'ai pas eu de chance avec mes placements, ces derniers temps. J'ai pris quelques risques qui ne m'ont rien apporté. En fait, je suis plus ou moins nettoyé. Mais je vais pouvoir me refaire; maintenant, tout ce qu'il faut, c'est un petit capital. Les *Ardents Consolidated* sont des actions solides, n'est-ce pas?

Mr Entwhistle ne formula pas d'opinion. Il se demandait si, par hasard, George ne se serait pas laissé aller à spéculer avec de l'argent appartenant à ses clients. Et si George risquait d'être poursuivi...

— J'ai essayé de vous toucher le lendemain des obsèques, poursuivit l'avoué. Vous n'étiez pas à votre bureau?...

— Ah! oui? Je n'en ai rien su. A vrai dire, j'avais pensé que je pouvais m'offrir un jour de congé après la bonne nouvelle...

— La bonne nouvelle?

George rougit.

— Dites donc! Je ne parlais pas de la mort de l'oncle Richard. Mais quand on apprend qu'on va rentrer dans un peu d'argent, cela vous émoustille, pas vrai? On a envie de fêter ça. En fait, je suis allé à Hurst Park et j'ai misé sur deux gagnants... Oh! une affaire d'une cinquantaine de livres, mais c'est toujours ça...

— Et puis, vous allez encore toucher quelque chose du fait de la mort de votre tante Cora.

George prit un air consterné.

— Pauvre fille! Pas de veine, quand même. Au moment même où elle allait, sans doute, pouvoir s'amuser.

— Espérons que la police découvrira bientôt son meurtrier.

— Je suis sûr qu'ils vont l'attraper. Ils sont habiles, dans notre police. Ils arrêtent tous les suspects des environs, les cuisinent et leur demandent ce qu'ils faisaient et où ils étaient à l'heure du crime.

— Ce n'est pas si facile que vous croyez lorsqu'il s'est déjà écoulé par mal de temps, reprit Mr Entwhistle. (Il prit alors un petit air pince-sans-rire comme s'il allait faire une bonne plaisanterie.) Je me trouvais moi-même chez Hatchard, le bouquiniste, à quinze heures trente, ce jour-là. M'en souviendrais-je si, dans dix jours, la police me questionnait sur l'emploi de mon temps? J'en doute fort. Et vous-même, George, étiez-vous à Hurst Park? Vous rappelleriez-vous quel jour vous vous êtes rendu aux courses, si on vous questionnait dans... disons un mois?

— Oh! oui, parce que c'était le lendemain des obsèques.

— Oui, bien entendu. Ainsi, vous avez misé sur deux gagnants? Tenez, encore un petit exercice de mémoire — on oublie rarement le nom des chevaux qui vous ont fait gagner — comment s'appelaient-ils donc?

— Voyons : Gaymark et Grog II. Je ne suis pas près d'oublier ces deux noms.

∴

— Bien sûr, je suis ravie de vous voir, mais il est vraiment terriblement tôt.

C'est de cette façon peu enthousiaste que Rosamund accueillit Mr Entwhistle, tout en bâillant fortement.

— Il est onze heures, dit l'avoué.

Rosamund bâilla de nouveau.

— Nous avons eu une de ces soirées!... On a bien trop bu et Michael s'en ressent encore.

Michael Shane parut à cet instant, tenant dans sa

main droite une tasse de café noir. Il avait revêtu une robe de chambre très élégante. Sa mine défaite demeurait séduisante et son sourire conservait son charme habituel. Quant à Rosamund, elle avait passé une jupe noire et un chandail jaune plutôt sale, et rien d'autre, autant que Mr Entwhistle pût en juger.

L'homme précis et ennuyeux qu'était l'avoué n'approuvait pas du tout la manière de voir du ménage Shane, l'appartement un peu délabré qu'il occupait à un premier étage, dans le quartier de Chelsea, les bouteilles vides, les verres et les mégots éparpillés sur le plancher, l'air vicié, l'atmosphère poussiéreuse et désordonnée.

Au centre de ce fouillis s'épanouissaient ces deux beaux spécimens humains qu'étaient Rosamund et Michael. Ils formaient incontestablement un couple élégant qui, pensait Mr Entwhistle, semblait s'aimer beaucoup. En tout cas, il était clair que Rosamund adorait son mari.

— Chéri, s'écria la jeune femme, à l'adresse de Michael, que dirais-tu d'une petite gorgée de champagne? Il me semble que ça nous remettrait d'aplomb et ce serait boire à notre avenir. Oh! Mr Entwhistle, quelle merveilleuse chance que l'oncle Richard nous ait légué cet argent, en ce moment...

L'avoué remarqua le rapide froncement de sourcils réprobateur de Michael, mais Rosamund continua en toute sérénité :

— Parce qu'il y a une admirable pièce pour laquelle Michael a pris une option. Quel rôle magnifique pour lui, et il y en a même un petit pour moi. Ça parle d'un de ces jeunes criminels, vous savez, et qui, en réalité, sont des saints; c'est plein d'idées, d'idées modernes.

— Je m'en aperçois, reconnut Mr Entwhistle avec raideur.

— Vous savez bien. Il vole, il tue. Alors, il a la police

à ses trousses, la société à dos et, finalement, il accomplit un miracle.

Mr Entwhistle observa un silence lourd d'indignation. « Ces jeunes idiots tiennent des propos imbéciles et néfastes et ils écrivent de même », se dit-il.

Michael, lui, n'était pas très loquace, et sa mine demeurait légèrement renfrognée. Il finit par dire à sa femme :

— Mr Entwhistle se soucie peu de toutes nos déclarations, Rosamund. Tais-toi donc et laisse-le nous apprendre pourquoi il est venu nous voir.

Enfin l'avoué put prendre la parole :

— Je viens mettre au clair un ou deux points. J'arrive de Lytchett St Mary.

— C'est donc bien tante Cora qui a été assassinée. Nous avons lu ça dans les journaux. Je m'en étais douté parce que son nom ne court pas les rues. Pauvre vieille tante Cora! Je la regardais, aux obsèques, je me disais qu'elle était fagotée comme une vieille sorcière et je me suis fait la réflexion que quand on est comme ça on ferait aussi bien de mourir; eh bien! elle est morte, maintenant. Ils ne voulaient absolument pas me croire, hier soir, quand je leur disais que la personne tuée avec une hachette, dont parlaient les journaux, était vraiment ma tante. Ils se sont contentés de me rire au nez; pas vrai, Michael?

Michael Shane ne répondit pas, et Rosamund, d'un ton toujours aussi enjoué, poursuivit :

— Deux meurtres! L'un après l'autre! C'est quand même trop, n'est-ce pas?

— Ne sois pas idiote, Rosamund. Ton oncle Richard n'a jamais été assassiné.

— En tout cas, Cora l'affirmait.

Mr Entwhistle intervint dans la discussion :

— Vous êtes rentrés à Londres après les obsèques?

— Oui, nous étions dans le même train que vous.

— Bien sûr... Bien sûr. Je vous demandais ça parce que j'ai essayé d'entrer en rapport avec vous... (Il jeta un coup d'œil rapide sur l'appareil téléphonique)... le lendemain... à plusieurs reprises même, mais je n'ai pas eu de réponse.

— Oh! mon Dieu! Comme je suis navrée! Qu'avons-nous fait, ce jour-là, c'est-à-dire avant-hier? Nous sommes restés ici jusque vers midi. Toi, tu es sorti pour essayer de trouver Rosenheim, puis tu es allé déjeuner avec Oscar. Quant à moi, j'ai fait les magasins pour essayer de trouver des bas nylon. Je devais recontrer Janet, mais nous nous sommes manquées. Oui, j'ai passé un après-midi charmant à faire des emplettes. Le soir, nous avons dîné au *Castille*. Nous avons dû rentrer vers dix heures.

— Oui, à peu près à cette heure-là, confirma Michael. Puis, se tournant vers Mr Entwhistle :

— Pour quelle raison vouliez-vous entrer en rapport avec nous, ce jour-là, monsieur?

— Oh! rien que certains points concernant les biens de Richard Abernethie, des papiers à signer...

— Est-ce que nous allons rentrer dans notre argent sur-le-champ ou dans cent sept ans? demanda Rosamund.

— Je crains, répondit Mr Entwhistle, que la loi n'exige des délais...

— Mais nous pouvons obtenir une avance, pas vrai? (Rosamund parut inquiète.) Michael a dit que oui. C'est très important pour nous, en ce moment, à cause de la pièce.

Michael intervint alors d'un ton enjoué.

— Oh! il n'y a vraiment pas le feu à la maison. Il s'agit seulement de savoir, si oui ou non, nous devons prendre une option.

— Il est très facile de vous faire avoir une avance, reprit l'avoué. Autant que vous voudrez...

— Alors, c'est parfait.

Rosamund poussa un soupir de soulagement, puis elle demanda, comme si l'idée ne lui en était venue qu'après coup :

— Tante Cora a-t-elle laissé quelque chose en mourant?

— Oui, un peu. C'est votre cousine Suzan qui hérite.

— Suzan? Pourquoi Suzan, je voudrais bien savoir? Combien lui a-t-elle laissé?

— Quelques centaines de livres et un peu de mobilier.

— Du joli mobilier?

— Non, fut la réponse de Mr Entwhistle.

Alors, Rosamund se désintéressa de la question.

— Tout cela est curieux, et c'était tout à fait dans la manière de Cora de s'écrier, après les obsèques : « Mais il a bien été assassiné? »... Et le lendemain, elle se fait assassiner à son tour. Curieux, n'est-ce pas?

Un silence embarrassant suivit, qui fut interrompu par Mr Entwhistle.

— Très curieux, en effet! approuva-t-il.

***

Tandis qu'elle se penchait par-dessus la table et parlait de cette façon animée, qui lui était habituelle, Mr Entwhistle étudiait Suzan Banks. Son visage était séduisant, mais cette séduction provenait de la vitalité même du sujet, pensait-il. Sous bien des rapports, Suzan lui rappelait l'oncle Richard Abernethie : la forme de la tête, la courbe de la mâchoire, les yeux enfoncés au regard réfléchi. Comme lui, elle possédait l'énergie qui pousse en avant, la prévoyance, le jugement sûr. Des trois membres de la jeune génération, elle seule semblait appartenir à la classe de ceux qui avaient amassé la fortune de la famille Abernethie. Richard avait-il reconnu les affinités existant entre lui et sa nièce? Mr Entwhistle le pensait, car Richard avait toujours su bien juger les caractères. Suzan possédait ces qualités mêmes que son oncle recherchait. Et cependant, Richard Abernethie n'avait fait preuve d'aucun favoritisme à son égard. Mr Entwhistle se disait que, n'ayant aucune confiance en George et négligeant la charmante et écervelée Rosamund, Richard aurait pu trouver en Suzan l'héritière idéale. Pourquoi donc ne l'avait-il pas choisie? Pourquoi, sinon à cause de son mari? Cela était logique.

Par-dessus l'épaule de Suzan, son regard glissa doucement vers Gregory Banks, qui, l'air absent, se taillait un crayon. C'était un être maigre et pâle, aux traits incertains et à la chevelure roussâtre; totalement dominé par la personnalité de sa femme, le genre d'homme qui dit toujours « oui ». Lui et sa femme formaient un couple très mal assorti; Suzan avait cependant tout fait pour l'épouser. Pourquoi? Que lui avait-elle trouvé?

Suzan s'exprimait avec emphase et indignation :

— ... C'est vraiment une honte. Vous vous rappelez cette femme qui a été assassinée dans le Yorkshire, l'année dernière? Eh bien, personne n'a été arrêté. Et cette autre vieille femme qui tenait une confiserie? Tuée d'un coup de pince-monseigneur! On a appréhendé un individu, puis on l'a relâché!

— Il fallait des preuves, chère amie, dit Mr Entwhistle.

Sans écouter, Suzan poursuivait :

— Et cette autre affaire, celle de l'ancienne nurse, encore une hache, ou une hachette, comme pour tante Cora.

— Ah! mon Dieu! Suzan, vous semblez très documentée sur ces crimes, reprit doucement l'avoué.

— Naturellement. On se rappelle ces affaires quand quelqu'un de votre famille est, à son tour, victime d'un assassinat analogue. En tout cas, tout cela montre qu'il existe des tas d'individus qui courent les campagnes, entrent par effraction chez les gens et s'en prennent aux femmes seules. Mais la police ne paraît pas s'en soucier beaucoup!

— Ne sous-estimez pas la police, Suzan. C'est une organisation qui compte des hommes très futés, patients et tenaces.

— Pourquoi des centaines de crimes restent impunis chaque année?

— Des centaines? — Mr Entwhistle eut un air de doute. — Quelques-uns, oui, mais il existe certains cas où la police connaît bien le coupable, mais ne possède pas les preuves suffisantes pour le confondre.

— Je n'en crois rien, répliqua la jeune femme. Je suis persuadée que si l'on connaissait l'auteur d'un assassinat, on finirait bien par réunir les preuves de culpabilité. Est-ce que la police possède quelque indice — je parle de la mort de tante Cora — sur l'identité de l'assassin?

— Je ne saurais vous le dire, et il est peu probable que les policiers me fassent des confidences. Il est encore trop tôt pour émettre une opinion. N'oubliez pas que la mort de votre tante ne date que d'avant-hier...

— Et la dame de compagnie de Cora? N'a-t-elle rien à voir dans cette histoire? Tante lui a-t-elle laissé quelque chose?

— Oh! une broche d'améthyste de quatre sous et quelques croquis représentant des ports de pêche d'une valeur toute sentimentale.

— A moins que le coupable ne soit un simple d'esprit, il faut bien qu'il y ait eu un mobile?

Mr Entwhistle eut un petit gloussement :

— Autant qu'on puisse en juger, répondit-il, la seule personne ayant intérêt à tuer, c'était vous, ma chère Suzan.

— Quoi?

Gregory venait soudain de s'avancer. On eût dit un dormeur qui s'éveille. Dans ses yeux brilla une lueur mauvaise, et brusquement, il ne fut plus qu'un personnage falot et de second plan.

— En quoi cela concerne-t-il Suzan? Qu'allez-vous insinuer?

— Assez, Greg! Mr Entwhistle n'a rien voulu insinuer.

— Simple plaisanterie, dit l'avoué en manière d'excuse, et pas du meilleur goût, je le reconnais. C'est à vous, Suzan, que Cora a laissé tout son avoir. Mais pour une jeune femme qui vient d'hériter de plusieurs centaines de milliers de livres, le legs de votre tante Cora n'est pas un mobile suffisant.

— Elle m'a laissé son argent? — Il y avait de l'étonnement dans sa voix. — C'est extraordinaire! Pour quelle raison pensez-vous qu'elle ait fait cela? Elle ne me connaissait même pas.

— Elle avait entendu circuler des rumeurs concernant certaines difficultés surgies au moment de votre mariage (Gregory s'arrêta de nouveau de tailler son crayon et fronça le sourcil). Elle-même avait eu pas mal d'ennuis au moment de se marier, et je suppose que cela vous avait rapprochée d'elle.

— Elle avait épousé un artiste? s'enquit Suzan. Personne ne l'aimait dans la famille. Avait-il du talent?

Mr Entwhistle hocha négativement la tête.

— Y a-t-il des œuvres de lui, à la villa de Cora?

— Oui.

— Bon. Je jugerai par moi-même. Je pense qu'il serait peut-être bon que j'aille faire un tour là-bas. Y a-t-il quelqu'un?

— Je me suis arrangé avec Miss Gilchrist pour qu'elle garde la maison jusqu'à nouvel ordre.

Gregory intervint :

— Il faut qu'elle ait les nerfs solides pour continuer d'habiter une villa où un crime vient d'être commis.

— Miss Gilchrist est une personne de bon sens, répliqua sèchement l'homme de loi. D'autre part, avant d'avoir trouvé une nouvelle situation, elle ne sait où aller.

— Etaient-elles intimes?

— Assez, je pense. Cora ne la traitait pas comme une domestique.

— Moi, je trouve qu'elle l'a traitée comme la dernière des dernières. Ces prétendues « dames de compagnie » sont exploitées de nos jours. Je vais essayer de lui trouver quelque chose de convenable. Ça ne soit pas être si difficile. Quiconque veut rendre service, faire un peu de ménage et de cuisine vaut son pesant d'or aujourd'hui. Elle sait faire la cuisine?

— Oh! oui. La seule chose qui ne lui plaît pas, a-t-elle déclaré, c'est le gros travail.

Mr Entwhistle jeta un bref coup d'œil à sa montre et ajouta :

— Votre tante a choisi Timothy comme son exécuteur testamentaire.

La voix de Suzan était empreinte de mépris lorsqu'elle répondit :

— Timothy! L'oncle Timothy n'est qu'un mythe. On ne le voit jamais.

Derechef, l'avoué regarda l'heure.

— Je prends le train cet après-midi pour aller le voir. Je lui ferai part de votre décision de vous rendre à la villa de votre tante.

— Ce sera l'affaire d'un jour ou deux. Je n'ai pas l'intention de rester longtemps absente de Londres. J'ai plusieurs projets en vue; je vais me lancer dans les affaires.

Mr Entwhistle jeta un coup d'œil au petit salon du

minuscule appartement. De toute évidence, Suzan et Gregory étaient dans la gêne.

— Et quels sont vos plans d'avenir, si je ne suis pas indiscret?

— J'ai en vue un immeuble dans Cardigan Street. Je suppose qu'il serait possible d'avoir une avance? Il se pourrait que j'eusse à verser des acomptes.

— Cela pourra s'arranger, répondit l'homme de loi. A propos, je vous ai téléphoné le lendemain des obsèques, mais je n'ai pu obtenir de réponse. Je songeais justement à vous offrir une avance sur l'héritage. Vous étiez sans doute allés en ville...

— Oh! non! s'écria Suzan sans hésiter. Nous n'avons pas quitté l'appartement de toute la journée.

— Tu sais, Suzan, dit doucement Gregory, je crois que notre téléphone n'a pas marché ce jour-là. Tu te rappelles que je n'ai pas pu avoir la communication avec la maison Hard, l'après-midi? Je voulais le signaler à la compagnie, mais le lendemain matin la ligne fonctionnait.

— Ah! le téléphone! conclut Mr Entwhistle, on ne peut pas toujours compter sur lui.

— Comment tante Cora a-t-elle su ce qui s'était passé au moment de notre mariage? demanda brusquement Suzan.

— J'imagine que Richard a dû lui en parler. Cora a refait son testament, il y a environ trois semaines. Elle avait d'abord tout légué à la Société de théosophie. C'est à cette époque que Richard est allé la voir.

Suzan parut surprise :

— L'oncle Richard est allé la voir? Ça, je l'ignorais.

— Je n'en savais rien moi-même, dit l'avoué.

— Ça s'est donc passé quand?...

— Comment?

— Rien, dit Suzan.

CHAPITRE VI

Lorsque Maude accueillit Mr Entwhistle à sa descente du train, à la gare de Bayham Compton, elle lui dit d'un ton un peu brusque :

— Vous avez été bien bon de venir nous voir. Je puis vous assurer que Timothy et moi nous avons beaucoup apprécié votre décision de venir nous rendre visite. Evidemment, la mort de Richard est ce qui pouvait arriver de pire à Timothy. Ce fut un choc pour lui. Timothy était vraiment très attaché à Richard; puis, cette idée de la mort s'ancra dans son esprit. Le fait d'être un infirme lui a d'abord fait craindre pour sa propre santé. Il s'est rendu subitement compte qu'il restait le seul survivant des frères Abernethie; alors, il a pensé qu'il serait le prochain à partir et que cela ne tarderait plus maintenant. Des idées morbides, quoi! Je le lui ai dit, d'ailleurs.

Ils sortirent de la gare et Maude conduisit l'avoué vers une voiture délabrée et antédiluvienne.

— Excusez la vieille guimbarde, dit-elle. Il y a des années que nous voulons en acheter une neuve. Mais nous n'en avons pas eu les moyens. On a déjà été obligé de changer le moteur deux fois. J'espère qu'elle va pouvoir démarrer. Parfois, il faut la remonter à la manivelle.

A plusieurs reprises, elle tira sur le démarreur, mais il n'en résulta qu'un vague ronron.

N'ayant jamais remonté une voiture à la main, Mr Entwhistle commença à éprouver quelque appréhension; mais Maude descendit elle-même, introduisit la manivelle et, après quelques tours donnés d'une main vigoureuse, le moteur reprit de la vie. Il était bien heureux, pensa l'avoué, que Maude fût une femme si puissamment bâtie.

— Et voilà, dit-elle. La vieille guimbarde m'a joué des tours à sa façon ces derniers temps. Elle est tombée en panne quand je suis rentrée des obsèques. J'ai dû marcher en pleine campagne pendant trois kilomètres, jusqu'au plus proche garage, où on ne m'a pas été d'un grand secours. J'ai été obligée de descendre à l'auberge locale pendant qu'on la bricolait. Encore un incident qui a mis Timothy dans tous ses états. Il m'a fallu lui téléphoner pour lui dire que je ne rentrerais pas avant le lendemain. Ça l'a contrarié, bien entendu. On essaie de lui cacher beaucoup de choses, mais je ne pouvais tout de même pas passer sous silence le meurtre de Cora. J'ai dû faire appeler le docteur Barton pour qu'il lui donne un calmant. Et, quand il a appris qu'il s'agissait d'un assassinat, ce fut plus qu'il n'en put supporter. J'ai toujours pensé que Cora était une idiote.

Pendant un court instant, Mr Entwhistle rumina cette remarque. Il ne voyais pas très bien le rapport.

— Je ne me souviens pas avoir revu Cora depuis notre mariage, reprit Maude. A cette époque, il me répugnait de dire à Timothy quelque chose comme : « Ta sœur cadette n'est qu'une toquée. » Je le pensais pourtant. Elle disait des choses tellement extravagantes qu'on se demandait s'il fallait lui en vouloir ou en rire. J'imagine qu'elle vivait dans une sorte de monde imaginaire, fait de mélodrame et plein d'idées fantastiques qu'elle se faisait sur les autres. Enfin, la pauvre fille est bien avancée, maintenant. Avait-elle des protégés?

— Des protégés? Que voulez-vous dire?

— Je me posais seulement la question — quelque artiste pique-assiette, ou musicienne... Enfin, une personne qu'elle aurait laissé entrer chez elle, ce jour-là, et qui l'aurait assassinée pour un peu d'argent liquide. Un jeune homme, peut-être — il existe de drôles d'adolescents aujourd'hui, surtout quand ils ont la manie de l'art. Cela paraît si étrange de pénétrer chez quelqu'un par effraction et de commettre un meurtre au milieu de l'après-midi. C'est tellement plus normal de s'introduire dans une maison la nuit.

— Mais alors, la personne en question aurait trouvé deux femmes.

— Ah! oui. La dame de compagnie! Je ne comprends toujours pas pourquoi ce quelqu'un aurait attendu qu'elle soit partie pour entrer et assassiner Cora. Pour quel motif? Il ne s'attendait tout de même pas à trouver de l'argent liquide chez elle, et il a pu avoir d'autres occasions de pénétrer dans la villa au moment où les deux femmes étaient absentes. C'eût été plus sûr. Cela me semble tellement stupide de tuer quand ce n'est pas absolument nécessaire!

— Et vous avez le sentiment que le meurtre de Cora n'était pas une nécessité?

— Tout cela semble si ridicule!

Mr Entwhistle se demanda si le meurtre, en général, avait un sens. Que savait-il des assassins et du processus mental qui les pousse au crime? Fort peu de choses, en vérité. Sa firme n'avait jamais compté de criminels parmi sa clientèle.

La voix de Maude l'arracha à ses méditations.

— Si seulement je pouvais empêcher Timothy de lire les journaux, s'écria-t-elle. Mais il insiste toujours pour les voir et, bien entendu, la lecture de la presse le met à l'envers. Vous comprenez bien, n'est-ce pas, Mr Entwhistle, qu'il n'est absolument pas question que Timothy assiste à l'enquête. Si cela est nécessaire, le docteur Barton lui fera un certificat médical.

— Sur ce point, vous pouvez être entièrement rassurée.

— Dieu soit loué!

Après un virage, la voiture franchit les grilles et s'engagea dans une allée mal entretenue, conduisant à Stanfield Grange, autrefois belle petite propriété qui avait, aujourd'hui, une apparence lugubre et négligée. Maude soupira :

— Nous avons dû laisser cela à l'abandon, pendant la guerre. Les deux jardiniers ont été mobilisés et, maintenant, il ne nous reste plus qu'un vieux qui, d'ailleurs, n'est pas d'un grand secours. Les gages sont si élevés!

La voiture stoppa devant le portique d'une très jolie vieille maison georgienne, qui aurait eu besoin d'une bonne couche de peinture.

— Pas de domestiques, dit Maude d'un ton amer, tandis qu'elle faisait entrer l'homme de loi.

Maude introduisit son visiteur dans le salon où le thé était préparé près du feu. Ayant installé Mr Entwhistle, elle s'éclipsa pour revenir quelques instants plus tard, portant une théière et une bouilloire en argent. Le thé, qui était bon, s'accompagnait de brioches et de gâteaux faits à la maison.

— Et Timothy? s'enquit l'avoué.

Maude expliqua vivement qu'elle lui avait apporté son plateau avant de partir pour la gare.

— Comme cela, ajouta-t-elle, il aura fait sa petite sieste et ce sera maintenant pour vous le meilleur moment de le voir. Essayez de l'empêcher de trop s'énerver, surtout.

Mr Entwhistle l'assura qu'il ferait de son mieux.

Tout en observant Maude à la lueur dansante du feu, l'avoué ressentait pour elle une certaine compassion.

C'était une femme vaillante, pratique, saine et vigoureuse; pourtant elle inspirait un peu de pitié, et quoique pleine de bon sens, elle était sans défense par certains côtés. L'amour qu'elle éprouvait pour son mari était tout maternel. Maude Abernethie n'avait jamais eu d'enfant et pourtant elle était faite pour être mère. Son mari infirme était devenu un fils qu'elle protégeait, gardait et soignait.

« Pauvre Mrs Tim », se dit Mr Entwhistle.

***

— Gentil à vous d'être venu, Entwhistle.

Timothy se souleva dans sa chaise en même temps qu'il tendit une main au visiteur. Grand et fort, il ressemblait beaucoup à son frère, Richard, mais les traits qui, chez le défunt, avaient témoigné d'une grande force de volonté, apparaissaient chez Timothy comme autant de signes de faiblesse : le dessin de la bouche manquait de détermination, le menton fuyait légèrement et l'œil était moins enfoncé dans l'orbite. Sur le front soucieux, des rides marquaient le caractère irritable de l'homme.

La couverture jetée sur ses genoux rendait plus évidente son infirmité, ainsi que la véritable pharmacie, flacons et boîtes de cachets, qui encombrait une table, à portée de sa main droite.

— Il ne faut pas que je me fatigue, prévint-il. Le médecin me l'a défendu. Il passe son temps à m'ordonner de ne pas me faire du souci! Du souci! S'il avait eu quelqu'un d'assassiné dans sa propre famille, je parie bien qu'il s'en ferait, lui, du souci. C'en est trop pour un seul homme! D'abord la mort de Richard, puis les obsèques et le testament — et quel testament! — et pour finir, Cora qui se fait tuer à coups de hachette! Une hachette! Pouah! Quelle horreur! Ce pays est rempli de gangsters, des apaches, joli produit de la dernière guerre! Des bandits qui vont massacrer des femmes sans défense. Personne n'a plus le cran de faire quoi que ce soit pour mettre un terme à cet état de choses.

« Dans quel abîme est en train de sombrer ce fichu pays? continua Timothy. Voilà ce que je me demande. Tout a commencé à mal aller avec notre satané gouvernement travailliste, et nos dirigeants actuels ne valent guère mieux que les précédents. Regardez dans quelle situation nous nous trouvons. On ne peut même pas trouver un jardinier convenable, ni de domestiques. Cette pauvre Maude se tue à la cuisine. — A propos, je crois qu'un pudding à la crème ferait très bien après la sole, ce soir, ma chère, avec un bouillon léger pour commencer. Il faut que je me fortifie, c'est ce qu'a dit le docteur Barton. Voyons, où en étais-je? Ah! oui, Cora. Cela donne un choc, je vous le dis, quand on apprend que sa propre sœur vient d'être assassinée. Ça m'a donné des palpitations pendant vingt minutes. Vous vous occuperez de tout, n'est-ce pas, Mr Entwhistle? Je ne peux vraiment pas assister à l'enquête, ni me laisser ennuyer par aucune affaire concernant les dernières volontés de Cora. Je désire oublier tout ce qui concerne cette tragédie. Mais au fait qu'advient-il de la part qui revenait à Cora de l'argent de Richard? Elle me revient, je suppose?

Maude murmura quelque chose qui sembla avoir trait aux tasses de thé qu'elle allait débarrasser de la table et quitta la pièce.

Timothy se renversa dans son fauteuil.

— Bonne chose de pouvoir parler sans la présence des femmes. Nous allons pouvoir discuter affaires sans être sottement interrompus.

— La part revenant à Cora sera répartie entre vous deux, vos nièces et votre neveu, dit l'homme de loi.

— Non, mais, dites donc! (Le rouge de l'indignation

colora les joues de Timothy.) Je suis son plus proche parent et le seul frère vivant?

Mr Entwhistle se mit en devoir de rappeler à l'infirme, en y mettant toutes les formes nécessaires, les termes mêmes du testament de Richard, dont, d'ailleurs, il possédait une copie.

— N'essayez pas de me faire comprendre votre jargon juridique, reprit Timothy sans ménagement. Ah! vous, les hommes de loi! Du reste, je n'en croyais pas mes oreilles lorsque Maude m'a appris le fin mot de l'histoire. J'ai d'abord cru qu'elle s'était trompée. Les femmes n'ont pas l'esprit très clair. Maude est la meilleure qui puisse se trouver, mais les femmes ne comprennent rien aux questions financières. Je suis même certain que si Richard n'était pas mort, Maude ne se serait pas rendu compte qu'il nous aurait bientôt fallu déguerpir d'ici. Oui, c'est ainsi!

— Je suis certain que si vous vous étiez adressés à Richard...

Timothy aboya plutôt qu'il ne rit.

— Ce n'est pas mon genre. Notre père nous a laissé à chacun une part confortable de sa fortune, mais je ne voulais pas entrer dans l'affaire de la famille — les corricides! Je suis au-dessus de ça. Et Richard m'en a toujours voulu. Bref, avec les impôts, la dévalorisation des revenus et tout le reste, il m'a fallu réaliser une grande partie de mon capital. Mais je ne me serais jamais tourné vers Richard. Et je vous garantis, Mr Entwhistle, que toutes ces contrariétés ont contribué à ébranler ma santé. Un homme dans mon état, ne devrait pas avoir d'ennuis. Puis, Richard est mort, et je n'ai pu faire autrement que d'éprouver un sentiment de soulagement et d'échafauder des projets. Je ferai repeindre la maison, engagerai un couple de bons jardiniers (ils sont chers aujourd'hui) et... où en étais-je?

— Vous parliez de vos projets.

— Oui, oui. Mais je ne veux pas vous raser avec tout ça. Ce qui m'a contrarié, blessé même, ce sont les termes du testament de Richard.

— Vraiment? (Mr Entwhistle prit un air interrogateur.) Ces termes n'étaient pas... ce que vous espériez?

— Bien sûr que non. Puisque Mortimer était mort, je m'attendais à être le seul légataire.

— Ah! Est-ce que...? Vous l'avait-il... laissé entendre?

— Pas à proprement parler. Un type plutôt réticent, voilà ce qu'était Richard. Mais la question s'est posée, ici même, peu de temps après la mort de Mortimer. Il voulait qu'il y eût en quelque sorte un conseil de famille restreint. Nous discutâmes le cas du jeune George, puis celui des jeunes femmes et de leurs maris. Il voulait connaître mon point de vue, quoiqu'il m'eût été difficile de lui être d'un grand secours. Je ne suis qu'un infirme qui ne se déplace pas. Avec Maude, je vis loin du monde. Les deux filles ont fait de mauvais et stupides mariages, si vous voulez mon avis. Eh bien! après son départ, je pensais qu'il m'avait consulté en tant que doyen de la famille et, tout naturellement, j'imaginais être le seul héritier s'il venait à disparaître avant moi. Richard aurait vraiment pu me faire confiance pour ce qui était de m'occuper des jeunes et de cette pauvre Cora. Bon sang! Entwhistle, suis-je ou ne suis-je pas un Abernethie, le dernier des Abernethie?

Dans le feu de son discours, il avait fait tomber la couverture et s'était redressé dans son fauteuil. Il n'y avait alors chez lui aucun signe de faiblesse. Un homme en parfaite santé, pensa Mr Entwhistle, impressionnable, mais sain. Au surplus, l'avoué se rendit compte que Timothy Abernethie avait sans doute toujours nourri de la jalousie à l'égard de son frère. Et, dans son testament, Richard ne l'avait pas chargé de présider à la destinée des autres membres de la famille! Y avait-il songé? Puis, s'était-il ressaisi?

Soudain, des miaulements discordants se firent entendre, venant du jardin. En un clin d'œil, Timothy fut sur ses pieds. Se précipitant à la fenêtre, il hurla :

— La ferme!

Se saisissant d'un gros livre, il le lança à toute volée sur les rôdeurs.

— Sales chats! grogna-t-il en revenant vers son visiteur. Ils saccagent les parterres de fleurs et je ne puis supporter ces braillements.

Il se rassit, puis demanda :

— Voulez-vous boire quelque chose, Entwhistle?

— Non, c'est un peu tôt. D'ailleurs, Maude vient de me servir un thé excellent.

— Une femme capable, Maude, grommela Timothy. Mais elle en fait trop. Elle a aussi fort à faire avec le moteur de notre vieille voiture. Elle ne s'y connaît pas mal en mécanique, vous savez.

— Oui. J'ai appris qu'elle avait eu une panne en rentrant des obsèques.

— Oui, mais elle a eu la bonne idée de me téléphoner pour m'empêcher de m'inquiéter. Malheureusement, notre femme de charge, qui a pris la communication, a écrit le message de telle manière que je n'y ai rien compris. J'étais sorti pour prendre un peu l'air. Le docteur m'a recommandé de faire de l'exercice chaque fois que je m'en sens capable. Quand je suis rentré, j'ai trouvé un bout de papier sur lequel était griffonné : « Madame est navrée, la voiture va mal et elle reste pour la nuit. » Naturellement, j'ai cru qu'elle était restée à Enderby, mais lorsque j'ai téléphoné là-bas, j'ai appris qu'elle s'était mise en route le matin.

— J'ignore jusqu'à quel point votre femme vous a parlé des obsèques et de vos parents, dit Mr Entwhistle.

Maude vous a-t-elle fait part de la remarque de Cora concernant Richard qui aurait été assassiné?

— Oh! oui. J'ai appris ça, gloussa Timothy. Chacun a baissé le nez en feignant d'être scandalisé. Déjà, quand elle était jeune, elle avait le don de mettre les pieds dans le plat. Elle a également dit quelque chose concernant notre mariage qui a contrarié Maude. Maude ne l'a jamais beaucoup aimée, vous savez. Elle m'a téléphoné le soir même pour savoir si je me comportais bien, si Mrs Jones était venue pour me faire à dîner et pour me dire que tout s'était bien passé. Alors, j'ai demandé : « Et le testament? » Elle a essayé de détourner la conversation, mais j'ai réussi à lui arracher la vérité. Je n'ai pas voulu y croire, d'abord, et je lui ai dit qu'elle avait dû faire erreur. Mais elle a tenu bon. Cela m'a touché, Entwhistle, blessé même, si vous voyez ce que je veux dire. Si vous voulez mon avis, eh bien! Richard a fait preuve de méchanceté. Je sais bien qu'il ne faut pas médire des morts, mais vraiment...

Et Timothy développa son point de vue jusqu'à ce que Maude entrât dans la pièce et déclarât avec fermeté :

— Je crois, chéri, que Mr Entwhistle est resté assez longtemps avec toi. Il faut te reposer, maintenant, si vous avez réglé toutes vos affaires.

— Oh! nous avons réglé pas mal de choses. Je vous donne carte blanche, Entwhistle. Si on attrape le coupable, faites-le-moi savoir.

***

Le lendemain matin, l'avoué reprit le train pour Londres.

Arrivé chez lui, il hésita un instant, puis il prit le téléphone et appela un de ses amis.

CHAPITRE VII

— Je ne saurais vous dire combien j'ai apprécié votre invitation.

Mr Entwhistle serra avec chaleur la main de son hôte.

Hercule Poirot indiqua à son visiteur un siège près du feu.

Mr Entwhistle poussa un soupir et s'assit.

— Je suis rentré de province ce matin, dit-il.

— Et vous venez me consulter pour une affaire?

— Oui. Mais c'est une longue histoire.

— Alors, nous en parlerons après le dîner. George!

Une table avec deux couverts était dressée dans un coin de la pièce. George apparut, portant un pâté de foie gras et des toasts enveloppés dans une serviette.

— Nous mangerons le pâté près du feu, dit Poirot. Après, nous irons à table

Une heure et demie plus tard, Mr Entwhistle, s'étirant sur sa chaise, poussa un nouveau soupir, de satisfaction cette fois.

— On peut dire, Poirot, que vous ne vous privez de rien. Dans ce domaine, on peut toujours faire confiance à un Français.

— Je suis Belge, précisa le maître de maison, mais pour ce qui est de la première partie de votre remarque, vous avez raison. A mon âge, l'une des principales joies qui demeure est celle de la table, et, grâce au ciel, je possède un excellent estomac.

La pendule sonna la demie de neuf heures. Le moment psychologique était venu pour Mr Entwhistle. Toute réticence avait disparu chez l'avoué, qui, maintenant, n'aspirait plus qu'à dire son histoire.

Ce fut un rapport précis qui, de ce fait, n'en fut que plus apprécié du petit homme d'un certain âge, au crâne en forme d'œuf, qui l'écoutait.

— Tout cela me semble très clair, dit-il quand l'homme de loi eut cessé de parler. Vous avez un instant soupçonné que Richard Abernethie avait été assassiné. Ce soupçon (ou cette supposition) n'est fondé que sur les paroles prononcées par Cora Lansquenet le jour des obsèques de son frère. Si elle n'avait rien dit, que resterait-il? Rien. Et le fait que Cora Lansquenet ait été assassinée le lendemain n'est peut-être qu'une simple coïncidence. Il est vrai que la mort de Richard Abernethie a été soudaine, mais il était suivi par un médecin qui connaissait bien son malade et qui, n'ayant aucun soupçon, a délivré le permis d'inhumer. Richard a-t-il été enterré ou incinéré?

— Incinéré, selon son désir.

— Cela signifie donc qu'un deuxième médecin a donné, lui aussi, le permis — mais là n'est pas la difficulté. Revenons-en au point essentiel de l'affaire, c'est-à-dire à Cora. Vous étiez présent et l'avez entendue. Ses paroles étaient bien : « Mais il a bien été assassiné, n'est-ce pas? »

— Oui.

— Et vous êtes persuadé qu'elle disait la vérité?

— Oui, j'en suis certain.

— Pourquoi?

— Pourquoi?

Un peu interloqué, Mr Entwhistle répéta le mot.

— Mais oui, pourquoi? Parce que, au fond de vous-même, vous ressentiez un malaise en songeant à la manière dont Richard était mort.

L'avoué hocha la tête.

— Non, non. Ce n'est pas du tout cela.

— Alors, c'est à cause d'elle — de Cora? Vous la connaissiez bien?

— Je ne l'avais pas revue depuis... Oh! depuis plus de vingt ans! J'aurais pu la rencontrer dans la rue sans la reconnaître. Autrefois, c'était une fille maigre; j'ai retrouvé une femme boulotte, d'âge mûr. Mais je crois qu'en lui parlant face à face, je l'aurais reconnue par sa coiffure qui n'avait pas changé, par sa manière très personnelle de vous regarder à travers sa frange comme une bête farouche et par la façon brusque et bien à elle de parler, en penchant la tête d'un côté, tout en vous sortant une remarque insultante. Elle avait du caractère, voyez-vous.

— En fait, c'était la même Cora que vous aviez connue jadis. Elle continuait à dire des choses insultantes — et ces propos insultants qu'elle proférait autrefois, étaient-ils ordinairement justifiés?

— Voilà bien ce qu'il y avait de fâcheux chez Cora : elle disait des vérités qu'il aurait mieux valu passer sous silence.

— Et ces traits de son caractère étaient restés les mêmes. Richard Abernethie avait été assassiné, aussi Cora fit aussitôt allusion à la chose.

Mr Entwhistle changea de position.

— Vous pensez qu'il a été assassiné?

— Moi? Pas du tout, mon ami. N'allons pas si vite. Nous sommes d'accord sur un point : Cora était persuadée qu'il y avait eu meurtre. Nous sommes donc fondés à conclure : *elle devait avoir un motif pour y croire*. Maintenant, dites-moi, après avoir prononcé sa fameuse remarque, il y eut aussitôt un concert de protestations, c'est exact?

— Tout à fait exact.

— Alors, elle s'est montrée confuse, décontenancée et elle a battu en retraite, déclarant — ainsi que vous m'avez dit vous en souvenir — quelque chose comme : « D'après ce qu'il m'a dit, j'avais compris... »

L'homme de loi approuva de la tête.

— Si seulement je pouvais me rappeler exactement, dit-il, mais je suis à peu près sûr de ces paroles. Elle a déclaré : « Il m'a dit » ou « Il a dit ».

— Et puis, on parla d'autre chose. Vous souvenez-vous d'avoir remarqué une certaine expression sur un visage en particulier? Quelque chose d'un peu... hors de l'ordinaire?

— Non.

— Et le lendemain, Cora se fait assassiner. Alors, vous vous demandez s'il y a là un rapport de cause à effet?

— J'imagine que tout cela doit vous sembler fantastique?

— Pas le moins du monde, répondit Poirot. En supposant que l'hypothèse de l'assassinat de Richard soit exacte, tout est logique. Un meurtre parfait, celui de Richard Abernethie, a été commis. Tout s'est passé admirablement pour le coupable jusqu'au moment où, brusquement, il apparaît qu'une personne connaît la vérité. Il est clair que cette personne doit être réduite au silence, *et le plus rapidement possible.*

— Alors vous pensez qu'il y a eu vraiment meurtre?

Poirot répondit gravement :

— Je pense, mon cher, exactement comme vous, qu'il y a là un cas justifiant une enquête. Avez-vous pris des décisions, à ce propos? En avez-vous parlé à la police?

— Non. Je ne disposais d'aucune preuve tangible. Ma position est celle du représentant de la famille. Si

Richard a été assassiné, le meurtre n'a pu être commis que d'une seule manière.

— Par le poison?

— Exactement. *Et le corps a été incinéré*. Désormais, nous n'avons plus de preuves. Mais j'ai pris la ferme résolution de tirer cette affaire au clair. C'est pour cette raison, Poirot, que je suis venu vous trouver.

— Qui se trouvait dans la maison au moment de la mort de Richard?

— Un vieux valet de chambre qui était avec lui depuis des années, une cuisinière et une femme de chambre. Il semble que le coupable doive nécessairement être l'un des trois...

— Ah! N'essayez pas de me brouiller les cartes. Voyons. Cette Cora sait qu'il y a eu meurtre. Pourtant, elle est d'accord pour qu'on étouffe l'affaire. « Je crois que vous avez tous raison », a-t-elle dit. Par conséquent, un membre de la famille était visé, quelqu'un que la victime elle-même n'aurait pas tenu à accuser ouvertement. Sinon, puisque Cora aimait beaucoup son frère, elle n'aurait pas consenti à cacher l'identité de l'assassin. Vous êtes bien d'accord avec moi?

— Oui. C'est ainsi que je raisonnais, en effet, reconnut Mr Entwhistle. Cependant, comment un membre de la famille aurait-il pu...?

Poirot l'interrompit :

— En ce qui concerne l'hypothèse de l'empoisonnement, il y a toutes sortes de possibilités. Il est à présumer qu'il s'est agi d'un narcotique, s'il est mort durant son sommeil. Il est possible qu'on lui administrait déjà une drogue du même genre.

— De toute manière, répliqua Mr Entwhistle, nous ne pourrons jamais rien prouver.

— Dans le cas de Richard, non. Mais pour ce qui est du meurtre de Cora, le problème se pose différemment.

Le jour où nous connaîtrons le coupable, il nous sera facile de réunir les preuves. Avez-vous fait quelque chose dans ce sens?

— Très peu, à la vérité. Je me suis efforcé, avant tout, de procéder par élimination. Il me déplaît de penser qu'un Abernethie peut être un assassin. Je ne peux toujours pas y croire. Je pensais, en leur posant quelques questions futiles, pouvoir prouver l'innocence de certains membres de la famille — de tous, peut-être; auquel cas, il serait évident que Cora s'était trompée dans son hypothèse du meurtre. La question était donc tout simplement de savoir quel avait été l'emploi du temps de chacun au moment de l'assassinat de Cora.

— Eh bien! demanda Poirot, que faisaient-ils ce jour-là?

— George Crossfield était aux courses d'Hurst Park. Rosamund faisait des emplettes à Londres. Son mari — car il fallait bien parler des maris...

— Assurément.

— ... Son mari, dis-je, s'occupait d'établir une option pour une pièce de théâtre. Suzan et Gregory n'ont pas quitté leur appartement. Timothy Abernethie, qui est à moitié infirme, était chez lui, dans le Yorkshire, et sa femme, revenant d'Enderby Hall, rentrait chez elle en voiture.

Hercule Poirot approuva de la tête d'un air entendu.

— C'est ce qu'ils ont affirmé, mais ont-ils dit la vérité?

— Je n'en sais vraiment rien, Poirot. En ce qui concerne quelques-unes de ces déclarations, on pourrait s'en assurer, mais cela leur dévoilerait notre jeu et équivaudrait en quelque sorte à une accusation. Je vais me borner à vous faire part de certaines conclusions auxquelles je suis parvenu.

« Il se peut que George soit allé aux courses, mais je

ne le crois pas. A mon avis, il s'est beaucoup trop vanté d'avoir misé sur deux gagnants. Lorsque je lui ai demandé le nom de deux chevaux, il m'a répondu presque sans hésitation. Je me suis informé depuis : les deux ont été, ce jour-là, l'objet de mises importantes et l'un d'eux est, en effet, arrivé premier; quant au second, bien qu'il fût coté, il n'a même pas été placé.

— Tout cela est intéressant. Dites-moi, ce George, avait-il de pressants besoins d'argent au moment de la mort de son oncle?

— Ce fut mon impression. Il m'est impossible de le prouver, mais je le soupçonne fort d'avoir spéculé avec de l'argent qui ne lui appartenait pas et d'être menacé de poursuites. Sa mère était une jolie femme, quoiqu'un peu écervelée, qui avait épousé un personnage douteux. Quant à Rosamund, c'est une ravissante idiote. Je ne la vois vraiment pas fracassant la tête de Cora avec une hache. Son mari, Michael Shane, est un personnage ombrageux, ambitieux, par-dessus le marché, et d'une vanité arrogante. En fait, je le connais peu et n'ai aucune raison de l'accuser; mais tant que je ne saurai pas s'il a dit la vérité sur son emploi du temps le jour du crime, je continuerai à le soupçonner...

— Cependant, vous ne doutez pas de sa femme?

— Non, non. Je sais bien qu'elle est extraordinairement insensible, mais de là à l'accuser de s'être servie d'une hachette... non, c'est un être trop frêle.

— Parfait donc, dit Poirot d'un ton légèrement cynique. Et l'autre nièce?

— Suzan? Elle est d'un type très différent de Rosamund. C'est, dirais-je, une femme remarquablement adroite. Elle et son mari sont restés chez eux ce jour-là. J'ai prétendu — ce qui était faux, naturellement — leur avoir téléphoné l'après-midi, et Gregory m'a répondu sans hésitation que la ligne avait été en dérangement toute la journée. Il a essayé, en vain, d'appeler quelqu'un.

— Rien de concluant, en somme, et finalement votre système d'élimination n'a pas été fructueux. Quel genre d'homme est son mari?

— J'ai du mal à voir clair en lui. Il possède une personnalité en quelque sorte déplaisante, mais je n'arrive pas à comprendre pourquoi il me fait cet effet. Pour ce qui est de Suzan...

— Oui?

— Suzan me rappelle son oncle. Elle a sa force, son cran, et ses qualités.

— Aime-t-elle son mari?

— Avec dévotion, dirais-je.

— Parlez-moi maintenant de votre tournée chez les membres de la vieille génération.

Mr Entwhistle évoqua longuement sa visite chez Maude et Timothy.

Poirot résuma :

— Ainsi Mrs Abernethie s'y connaît dans la mécanique. Et Mr Abernethie n'est pas si infirme qu'il paraît l'être. Il sort pour faire quelques petites promenades et, selon vous, il est parfaitement capable de faire preuve de vigueur. C'est aussi un égoïste qui jalousait son frère.

— Il parlait de Cora avec beaucoup d'affection.

— Ce qui ne l'empêchait pas de tourner en dérision sa sotte remarque après les obsèques. Et le sixième héritier?

— Helen? Mrs Leo? Je ne la soupçonne pas un seul instant. De toute manière, on pourra prouver qu'elle n'a rien à voir au drame : elle se trouvait à Enderby — avec trois domestiques.

— Eh bien! mon ami, dit Poirot, venons-en au but de votre visite : qu'attendez-vous de moi?

— Je veux connaître la vérité, Poirot.

— Oui, oui. A votre place, je raisonnerais de la même manière.

— Et vous êtes le seul être qui soit capable de découvrir le coupable. Je sais bien que vous ne vous occupez plus de ce genre d'affaires, mais je vous demande instamment de prendre celle-ci en main. Ne pourriez-vous pas vous entretenir avec le médecin qui a soigné Richard Abernethie?

— Vous le connaissez?

— Un peu.

— Quel genre?

— C'est un homme entre deux âges. Très compétent. Lui et Richard étaient très liés. C'est un très brave type.

— Alors, allez le voir en premier. Il vous parlera plus librement qu'à moi. Questionnez-le sur la maladie de son vieil ami et essayez de découvrir quels remèdes il a pris avant et au moment de sa mort. Demandez-lui si Richard ne lui a jamais dit avoir eu peur d'être empoisonné. Cette demoiselle Gilchrist, est-elle bien sûre de l'avoir entendu prononcer le mot de « poison » en parlant à Cora?

Mr Entwhistle réfléchit un instant.

— C'est le terme dont elle s'est servie, mais c'est le type même du témoin qui change souvent d'avis.

— Vous est-il venu à l'esprit, cher ami, que votre Miss Gilchrist soit elle-même en danger?

— J'avoue que non, répondit l'avoué surpris.

— Mais si, voyons. Cora claironne ses soupçons le jour des obsèques. Le meurtrier est en droit de se demander si elle n'a pas fait des confidences à quelqu'un d'autre lorsqu'elle a appris la mort de Richard Abernethie. Mon avis est, mon cher, qu'il n'est pas prudent que Miss Gilchrist séjourne à la villa de Mrs Lansquenet.

— J'ai cru comprendre que Suzan compte y aller pour s'occuper des affaires de Cora.

— Je vois, je vois. Eh bien! faites ce que je vous ai demandé. Vous pourriez également préparer Mrs Abernethie — Mrs Leo Abernethie — à une éventuelle visite de ma part. A partir de maintenant, je vais m'occuper entièrement de cette affaire.

Ce disant, Poirot tortilla ses moustaches avec une farouche énergie.

CHAPITRE VIII

Mr Entwhistle considéra le docteur Larraby d'un air songeur. Il pensa qu'il devait se montrer modérément franc avec un homme de science.

— Je suis venu vous consulter pour un cas particulièrement délicat, commença-t-il. J'espère que vous ne vous froisserez pas. Vous êtes un homme de bon sens et serez certain, comme moi, qu'une hypothèse, si absurde qu'elle soit, doit être examinée attentivement, et ne pas être écartée d'emblée sans qu'on ait recherché une explication. Cette hypothèse concerne un de mes clients, mon défunt ami Richard Abernethie. Etes-vous certain, *absolument certain*, qu'il soit mort de ce qu'il est convenu d'appeler « mort naturelle »?

Le docteur Larraby était un homme d'âge mûr; son visage jovial et rubicond trahit la plus grande surprise.

— Que diable! Mais, bien sûr. N'ai-je pas délivré un permis? Si je n'avais pas été convaincu...

— Naturellement. Je vous certifie que je ne le nie pas. Mais je voulais avoir votre assurance formelle étant donné... euh... les rumeurs qui circulent...

— Des rumeurs? Quelles rumeurs?

— On ne sait jamais exactement comment ces bruits commencent, dit sournoisement Mr Entwhistle. Mais je sens qu'on devrait y mettre un terme et, si possible, en opposant un démenti autorisé.

— Abernethie était un malade, déclara le médecin. Il souffrait d'un mal qui devait normalement être fatal au bout de, disons... deux ans au plus. Peut-être plus tôt. Mais la disparition de son fils avait porté une rude atteinte à sa volonté de vivre. Je dois reconnaître que je ne m'attendais pas à une issue aussi rapide, mais il existe des précédents dans ce domaine. Un praticien qui prétend déterminer avec exactitude le jour de la mort d'un malade est voué au ridicule. Les ressources physiques d'un homme sont incalculables.

— Je comprends parfaitement tout ce que vous me dites. Je ne mets nullement en doute la sûreté de votre diagnostic. Mr Abernethie était — permettez-moi d'user d'une formule un peu mélodramatique — condamné. Est-il possible, à votre avis, qu'un homme sachant, ou se doutant, qu'il n'a plus que peu de temps à vivre, puisse vouloir abréger les jours qui lui restent? Ou que quelqu'un l'ait fait à sa place?

— Vous songez à un suicide? Abernethie n'était pas le genre d'individu à se donner la mort.

— Je vois. Ainsi, médicalement parlant, vous considérez cette hypothèse comme impossible.

— Je ne dirais pas impossible. (Le médecin semblait un peu embarrassé.) Après la mort de son fils, Abernethie ne prenait plus le même goût à la vie qu'autrefois. Je ne crois pas au suicide mais je ne dirais pas qu'il est impossible.

— Vous raisonnez en psychologue. Quand je vous ai dit *médicalement parlant* cela signifiait : les circonstances de sa mort rendent-elles cette hypothèse impossible?

— Non, bien sûr. Je n'irai pas jusque-là. Il est mort pendant son sommeil, le fait n'est pas rare. Mais s'il fallait pratiquer une autopsie chaque fois que quelqu'un meurt en dormant...

La figure déjà rubiconde du médecin devenait de plus en plus rouge.

— Bien entendu, bien entendu, dit vivement Mr Entwhistle. Mais s'il existait des preuves, preuves dont vous-même n'auriez pas connaissance; si, par exemple, il avait déclaré à quelqu'un...

— Qu'il envisageait de se tuer? L'a-t-il dit? En vérité, voilà qui me surprendrait.

— Mais s'il en était ainsi — c'est une simple suggestion — pourriez-vous exclure la possibilité?

— Non, non, prononça lentement le docteur Larraby. Mais je le répète, cela me surprendrait beaucoup.

Mr Entwhistle se hâta de profiter de son avantage.

— Si tel est le cas, nous pouvons admettre qu'il n'y a pas eu mort naturelle. Je vous rappelle que nous émettons des hypothèses. Dans ces conditions quelles auraient pu être les causes de cette mort? Des drogues? Et quel genre de drogues?

— Plusieurs sortes. Un narcotique me semblerait tout indiqué. Je n'ai observé aucune cyanose et le corps reposait paisiblement.

— Il prenait des somnifères?

— Oui, je lui avais prescrit un produit hypnotique sans danger. Il n'en absorbait pas tous les soirs; d'ailleurs, il n'avait à sa portée qu'un petit nombre de comprimés à la fois. Une quantité trois ou quatre fois plus forte que la dose prescrite n'aurait pu le tuer. Je me souviens maintenant avoir aperçu le flacon posé sur le rebord du lavabo après sa mort et je constatai qu'il était presque plein.

— Quels autres médicaments lui aviez-vous prescrits?

— Divers remèdes : un produit contenant une faible dose de morphine à prendre en cas de crises douloureuses; des capsules vitaminées, une mixture antidyspeptique.

— Des capsules vitaminées, interrompit l'avoué, avec une enveloppe gélatineuse?

— Oui, elles contenaient de l'adexoline.

— Pensez-vous qu'il ait été possible d'introduire quelque chose à l'intérieur d'une de ces capsules?

— Vous voulez dire un produit mortel? Dites-moi, Entwhistle, où voulez-vous en venir? Ma parole, vous pensez à un meurtre!

— Je ne sais pas exactement. A vrai dire, je n'ai aucune preuve. Mr Abernethie est mort et la personne à qui « il a parlé » est morte elle aussi. Mais ce sont là des rumeurs vagues et déplaisantes que je veux arrêter si c'est en mon pouvoir de le faire. Si vous m'affirmez que personne n'a eu vraiment la possibilité d'empoisonner Abernethie, j'en serai ravi, car ce me sera un grand soulagement.

Le docteur Larraby se leva et se mit à marcher de long en large.

— Je ne peux pas vous dire ce que vous désirez entendre de ma bouche et je le regrette bien, dit-il enfin. Bien sûr, on aurait pu l'empoisonner. N'importe qui aurait eu la possibilité de substituer au produit contenu dans la capsule un poison quelconque, de la nicotine pure, par exemple; ou encore de mélanger quelque chose à ses aliments ou à sa boisson. Cette dernière hypothèse ne vous semblerait-elle pas plus plausible?

— C'est possible. Mais, voyez-vous, seuls les trois domestiques se trouvaient dans la maison au moment de la mort de Richard, et je ne les soupçonne pas. En fait, je suis persuadé qu'ils sont innocents. C'est pour cette raison que j'envisagerais plutôt un acte à retardement. Je suppose qu'il n'existe aucune drogue dont l'absorption entraîne la mort au bout de plusieurs semaines.

— Hypothèse commode, mais qui ne tient pas, je le crains, répliqua le médecin un peu sèchement. Toute cette histoire me paraît bien tirée par les cheveux, Entwhistle.

— Abernethie ne vous a-t-il jamais rien dit? N'a-t-il jamais fait allusion à un membre de sa famille qui aurait voulu se débarrasser de lui?

Le docteur Larraby considéra l'avoué avec curiosité.

— Non, il ne m'a jamais confié quoi que ce fût. Voyons, laissez-moi essayer de comprendre : quelqu'un a prétendu qu'Abernethie lui avait dit... Je suppose qu'il s'agit d'une femme...

— Oui, c'est une femme.

— ... lui avait dit que quelqu'un essayait de l'assassiner?

Mis au pied du mur, Mr Entwhistle dut, contre son gré, rapporter au médecin la remarque faite par Cora, le jour des obsèques.

Le visage du praticien s'éclaira aussitôt :

— Mon vieux, s'écria-t-il, à votre place, je ne me ferais pas des idées. L'explication est bien simple : à une certaine époque de sa vie, la femme a soif de sensationnel; elle est désaxée, on ne peut lui faire confiance et elle est capable de dire n'importe quoi, elles sont comme ça, parfois, vous savez.

Mr Entwhistle se sentit irrité par l'explication facile du médecin. L'avoué n'avait-il pas déjà eu affaire à des femmes hystériques?

— Il se peut que vous ayez raison, dit-il en se levant de sa chaise. Malheureusement, nous ne pouvons plus rien tirer d'elle, puisqu'elle a été assassinée.

Le docteur Larraby dévisagea Mr Entwhistle comme s'il craignait pour la raison de l'homme de loi.

— Vous avez sans doute lu cette affaire dans les journaux, Mrs Lansquenet, à Lytchett St Mary, dans le Berkshire.

— Evidemment, mais il ne m'est pas venu à l'idée

qu'il pût y avoir un lien de parenté entre elle et Richard Abernethie.

Cette nouvelle semblait avoir beaucoup ému le docteur Larraby.

Eprouvant le sentiment d'avoir pris sa revanche sur la supériorité professionnelle du médecin, mais conscient que ses soupçons n'avaient malheureusement pas été apaisés par cette visite, Mr Entwhistle prit congé.

***

De retour à Enderby Hall, Mr Entwhistle décida d'avoir un entretien avec Lanscombe.

Il commença par lui demander quels étaient ses projets.

— Mrs Leo, dit-il, m'a demandé de rester ici jusqu'à ce que la maison soit vendue, monsieur, et je suis très heureux de pouvoir l'obliger. Nous aimons tous beaucoup Mrs Leo.

Il soupira.

— Cela me fait quelque chose, ajouta-t-il, de penser qu'on va vendre Enderby, si Monsieur me permet de donner mon avis. Il y a tant d'années que j'y suis et que j'y ai vu grandir toutes les jeunes dames et tous les jeunes messieurs. J'avais toujours pensé que Mr Mortimer succéderait à son père et fonderait une famille ici. Il a toujours été entendu que j'irais au North Logde (1) lorsque je prendrais ma retraite. C'est un endroit charmant, mais, hélas! je suppose que ce projet ne tient plus, maintenant.

— Je le crains, en effet, Lanscombe. Le domaine sera vendu avec toutes ses dépendances. Mais, avec votre petit héritage...

1 Pavillon Nord.

— Oh! je ne me plains pas, monsieur, et je suis très sensible à la générosité de Mr Abernethie.

— Comment était-il, les derniers temps?

— Eh bien! Monsieur, il n'était pas lui-même, depuis la mort de Mr Mortimer.

— Oui, cette mort l'avait touché. Et puis, c'était déjà un malade, et les malades se font parfois des idées bizarres. J'imagine que Mr Abernethie n'échappait pas à cette règle. Ne parlait-il pas d'ennemis personnels, de quelqu'un, en particulier, qui lui aurait voulu du mal? Ne s'était-il pas mis dans la tête qu'on mettait quelque chose dans ses aliments?

Le vieux Lanscombe parut surpris — surpris et offensé.

— Je n'ai rien remarqué de semblable, monsieur.

— Je sais que vous êtes un loyal serviteur, Lanscombe. Mais ces idées que Mr Abernethie aurait pu se faire seraient sans importance, une simple manifestation de malade.

— Vraiment, monsieur? Tout ce que je peux dire, c'est que Mr Abernethie n'a jamais rien dit de tel devant moi, et je n'ai pas connaissance qu'il ait fait des déclarations analogues à quelqu'un d'autre.

Tout doucement, Mr Entwhistle orienta la conversation vers un autre sujet.

— Certains membres de sa famille sont venus le voir avant sa mort, n'est-ce pas? Son neveu, ses deux nièces et leurs maris?...

— Oui, monsieur. En effet.

— Ces visites lui ont-elles fait plaisir ou avait-il l'air mécontent?

— Je ne saurais vous le dire, monsieur.

— Mais si, Lanscombe, je suis sûr que vous pouvez me répondre, dit gentiment Mr Entwhistle. Je vous comprends. Vous vous dites qu'il ne vous appartient pas de formuler une opinion à ce sujet. Mais il est des circonstances dans lesquelles il faut savoir se faire violence. J'avais beaucoup d'affection pour Mr Abernethie, vous savez. Vous aussi. C'est pour cette raison que je vous demande l'avis de l'homme et non pas du valet de chambre.

Lanscombe demeura silencieux pendant un instant, puis il parla d'une voix neutre :

— Y a-t-il quelque chose qui... ne va pas, monsieur?

— Je ne sais pas, répondit franchement l'avoué. J'espère que non, mais je voudrais en être sûr. Vous-même, avez-vous senti quelque chose d'anormal?

— Uniquement depuis les obsèques, monsieur. Et je ne pourrais vous dire quoi exactement. Mrs Leo et Mrs Timothy elles-mêmes ne paraissaient pas tout à fait dans leur assiette, le soir, après le départ des autres membres de la famille.

— Vous savez ce que contient le testament?

— Oui, monsieur. Mrs Leo a pensé que j'aimerais savoir. Si je peux me permettre de donner mon avis, le testament m'a semblé avoir été rédigé en toute équité.

— Oui, mais je ne crois pas que ce soit le testament que Mr Abernethie avait pensé faire aussitôt après la mort de son fils. Voulez-vous maintenant répondre à la question que je vous ai posée tout à l'heure?

— Eh bien! Monsieur, le maître a été très déçu après la visite de Mr George... Il espérait, je pense, que Mr George ressemblerait à Mr Mortimer. Mais Mr George n'était pas, si je puis dire, de la même classe. Le mari de Miss Laura a toujours été mal considéré et je crains que Mr George ne tienne plutôt de son père. Puis, ce fut le tour des jeunes dames qui arrivèrent avec leurs maris. Miss Suzan lui a plu tout de suite — c'est une jeune personne très jolie et spirituelle — mais j'ai l'impression qu'il ne pouvait pas supporter son mari.

— Et l'autre couple?

— Je n'ai pas grand-chose à dire sur eux. Ils font une belle et agréable paire. J'ai eu l'impression que le maître aimait bien leur compagnie, mais ne goûtait pas beaucoup la vie de théâtre. « C'est une existence de fous », m'a-t-il confié un jour.

— Et après ces visites, Mr Abernethie s'est absenté? Il est allé d'abord voir son frère et, plus tard, sa sœur, Mrs Lansquenet?

— Cela, je l'ignorais. Je veux dire que je savais qu'il allait rendre visite à Mr Timothy et après à « quelque chose St Mary ».

— C'est cela. Vous rappelez-vous si, à son retour, il a fait quelque commentaire sur ceux qu'il avait vus pendant son voyage?

Le visage de Lanscombe se rembrunit.

— Le maître avait l'habitude de parler à voix basse, s'adressant à moi... ou plutôt se parlant à lui-même. Mais je ne garde qu'un très vague souvenir de ce qu'il disait. Il avait l'air de se demander ce que quelqu'un avait bien pu faire de son argent. Il songeait sans doute à Mr Timothy. Puis, il parlait des jeunes femmes : quatre-vingt-dix-neuf pour cent d'entre elles sont idiotes, mais, quelquefois la centième peut être joliment maligne. Oh! oui, maintenant, je me rappelle l'avoir entendu prononcer cette phrase : « On ne peut vraiment dire ce qu'on pense qu'à une personne de sa génération. Elle ne s'imagine pas, comme le font les jeunes, que vous vous faites des idées. » Et, une autre fois (je ne sais à quel propos) : « Ce n'est pas très joli de tendre des pièges, mais je ne peux faire autrement. »

Après lui avoir posé encore une ou deux questions, Mr Entwhistle congédia Lanscombe.

***

Il demeura longtemps songeur, se demandant jusqu'à quel point il se confierait à Helen. Finalement, il décida de tout lui dire. Il commença par la remercier de s'être occupée de tout ranger. La maison avait été mise en vente et des acheteurs éventuels devaient venir la visiter.

— Vous serait-il possible de rester jusqu'à ce que la maison soit vendue?

— Mais certainement, cela ne me gênera pas le moins du monde. De toute façon, je ne comptais pas partir pour Chypre avant le mois de mai.

— Il y a une raison précise qui me fait vous demander de ne pas vous absenter. Un de mes amis — Hercule Poirot...

— Hercule Poirot! s'exclama vivement Helen. Mais alors, vous pensez donc que... que Cora avait raison? Que Richard a été assassiné?

C'est alors que Mr Entwhistle prit la résolution de se confier à elle. Quand il eut cessé de parler, Helen s'écria :

— Tout cela devrait nous sembler fantastique, et pourtant, le soir des obsèques, Maude et moi, nous évoquions la sotte remarque de Cora; et puis Cora est assassinée, et je me suis dit qu'il ne fallait y voir qu'une simple coïncidence. Tout cela est bien difficile à débrouiller.

— Oui, très difficile. Mais Poirot est un original qui, quelquefois, a fait preuve d'un véritable génie. Il a très bien compris que nous voulions être sûrs qu'en définitive toute cette affaire se réduisait à rien.

— Et s'il n'en était pas ainsi?

— Qu'est-ce qui vous fait dire cela?

— Je ne sais. J'ai une impression désagréable... Pas

seulement à cause de la remarque de Cora, mais pour autre chose — quelque chose qui n'était pas normal.

— Pas normal? Expliquez-vous.

— Justement, je ne sais comment expliquer cette impression.

— Pour l'instant, n'y pensez pas trop. L'explication vous reviendra plus tard, et alors vous m'en fèrez part aussitôt. Entendu?

— Entendu.

CHAPITRE IX

Miss Gilchrist enfonça énergiquement son chapeau sur la tête et fit rentrer une mèche de cheveux gris. L'enquête avait été fixée à midi et il était à peine onze heures et quart.

On sonna à la porte d'entrée.

Elle alla ouvrir. Une jeune femme élégante dans ses vêtements noirs, et tenant à la main une petite valise, se tenait sur le seuil. Elle remarqua que Miss Gilchrist avait l'air inquiet, et dit vivement :

— Mademoiselle Gilchrist? Je suis la nièce de Mrs Lansquenet, Suzan Banks.

— Oh! mon Dieu! Entrez donc, madame Banks.

— Je regrette de vous avoir effrayée.

— Vous m'avez fait peur, en effet. C'est peut-être à cause de l'enquête. J'ai été nerveuse toute la matinée. Il y a à peu près une demi-heure, on a sonné à la porte. C'est à peine si j'ai osé aller répondre. Pourtant, ce n'était qu'une religieuse qui venait quêter pour un orphelinat. J'ai été si soulagée que je lui ai donné deux shillings, bien que je ne sois pas catholique. Mais, je vous en prie, prenez une chaise, madame Banks. Vous êtes venue par le train?

— Non, j'ai pris la voiture.

Suzan parcourait la pièce du regard.

— Pauvre tante Cora, dit-elle, elle m'a laissé tout ce qu'elle avait. Vous le saviez?

— Oui, Mr Entwhistle me l'a appris. Je pense que vous serez contente du mobilier. Il n'y a pas longtemps que vous êtes mariée et les meubles coûtent cher. Mrs Lansquenet avait de très jolies choses.

— Oh! je n'ai pas l'intention de garder les meubles, dit Suzan. J'ai les miens, vous savez. Je les vendrai aux enchères. A moins que... Y a-t-il quelque chose qui vous plaise? Je serais très contente...

Elle s'arrêta, un peu gênée. Miss Gilchrist, de son côté, avait l'air tout à fait à son aise.

— Ça, c'est vraiment très gentil de votre part, dit-elle. Oui, très gentil, et j'apprécie votre geste. Moi aussi, j'ai mes affaires personnelles qui sont au garde-meubles, au cas où j'en aurais besoin un jour. Mais ce que j'aimerais vraiment, si vous consentiez à me la donner, c'est cette petite table où Mrs Lansquenet et moi prenions toujours le thé.

Avec un léger frisson, Suzan jeta un coup d'œil à une petite table verte sur laquelle étaient peintes des clématites pourpres. Bien sûr, elle était disposée à en faire cadeau à Miss Gilchrist.

— Merci infiniment, madame. Maintenant, si vous désirez voir toutes ses autres affaires, ou peut-être attendre après l'enquête...

— J'avais pensé rester ici quarante-huit heures pour tout ranger.

— Vous voulez dire que vous coucheriez ici?

— Oui, si cela ne fait pas de difficultés.

— Oh! non, madame; je mettrai des draps propres à mon lit et je m'arrangerai très bien en bas, sur le canapé.

— Mais il y a la chambre de tante Cora, n'est-ce pas? Je pourrais bien y dormir.

— Cela... cela ne vous gênerait pas?

— Vous voulez dire... à cause du meurtre? Non, cela me sera égal. J'ai du cran, Miss Gilchrist.

Elles montèrent dans la chambre du crime, la vieille demoiselle précédant la visiteuse. La pièce où mourut Cora était propre, bien rangée et dénuée de toute ambiance sinistre. De même que le petit salon, elle montrait que le goût et la personnalité avaient totalement fait défaut à Cora. Au-dessus de la cheminée, une vieille peinture à l'huile représentait une femme potelée s'apprêtant à entrer dans sa baignoire.

Ce spectacle donna le frisson à Suzan.

— C'est le mari de Mrs Lansquenet qui a peint ce tableau, expliqua Miss Gilchrist. Il y en a encore beaucoup en bas.

— Quelle horreur!

— Personnellement, je ne goûte pas beaucoup ce genre de peinture, mais Mrs Lansquenet était très fière de son mari en tant qu'artiste, quoique, malheureusement, son œuvre n'ait pas été très appréciée.

— Où se trouvent les œuvres de tante Cora?

— Dans ma chambre. Voulez-vous les voir?

Avec une certaine fierté, Miss Gilchrist fit les honneurs de ses richesses.

Cora se spécialisait dans les marines. Des cartes postales auraient tout aussi bien fait l'affaire, songea Suzan, et cette réflexion l'amena à soupçonner que ces tableaux avaient bel et bien été faits d'après des cartes postales.

— Mrs Lansquenet peignait toujours d'après nature, répondit la vieille fille, à cette suggestion formulée par Suzan à haute voix. Mrs Lansquenet était un véritable artiste, ajouta-t-elle d'un ton de reproche.

Suzan jeta un coup d'œil à sa montre et dit vivement :

— Il serait peut-être temps de partir pour assister à l'enquête. Est-ce loin d'ici? Faut-il prendre la voiture?

— Ce n'est qu'à cinq minutes de marche, assura Miss Gilchrist.

Mr Entwhistle, qui était venu par le train, les rejoignit et les conduisit au tribunal.

L'enquête du coroner n'eut rien de particulièrement remarquable. On détermina les causes de la mort : aucun signe de lutte, ce qui indiquait que la victime avait été tuée alors qu'elle était sous l'effet d'un somnifère. La mort était survenue entre quatorze et seize heures et demie au plus tard. Miss Gilchrist confirma qu'elle avait découvert le corps. Un agent de police et l'inspecteur Morton déposèrent à leur tour. Puis, le coroner résuma l'affaire en quelques mots, après quoi, on délivra le verdict suivant : « Meurtre par une ou plusieurs personnes inconnues. »

Dehors, où l'on se retrouva au soleil, plusieurs appareils photographiques firent entendre leur déclic. Après quoi, Mr Entwhistle emmena Suzan et Miss Gilchrist à l'auberge du *King's Arms*, où il avait commandé un déjeuner dans un cabinet particulier.

— Piètre repas, dit-il, en s'excusant.

En réalité, le déjeuner fut bon.

— J'ignorais que vous eussiez l'intention de venir aujourd'hui, Suzan; si je l'avais su, nous aurions fait le voyage ensemble.

— Je ne comptais pas venir, d'abord, puis j'ai pensé que cela aurait fait mauvais effet qu'aucun membre de la famille ne fût présent. George n'avait pas le temps de s'absenter, Rosamund avait une audition et oncle Timothy, bien entendu, est incapable de se déplacer. Il ne restait plus que moi.

— Votre mari n'a pu vous accompagner?

— Oh! Gregory avait son magasin.

Ayant remarqué la surprise de Miss Gilchrist, elle ajouta :

— Mon mari travaille dans une pharmacie.

— Votre oncle Timothy m'inquiète, reprit Mr Entwhistle.

— Oncle Timothy? Oh! je ne le crois pas bien malade : ce n'est qu'un hypocondriaque.

— Oui, oui. Vous avez peut-être raison. Mais je dois dire que ce n'est pas sa santé qui m'inquiète. Ce serait plutôt sa femme. J'ai appris qu'elle avait fait une chute dans les escaliers et qu'elle s'était fracturé la cheville. Elle s'est couchée et votre oncle est dans un triste état.

— Parce qu'il faudra qu'il s'occupe d'elle au lieu que ce soit elle qui s'occupe de lui? Ça lui fera beaucoup de bien.

— Oui, mais s'occupera-t-il de votre pauvre tante? Il n'y a pas de domestique chez eux.

— La vie est véritablement un enfer pour les gens âgés, reprit Suzan. J'ai entendu dire qu'ils vivaient dans une sorte de manoir georgien.

Mr Entwhistle fit « oui » de la tête.

Ils quittèrent l'auberge.

Près de la porte d'entrée de la villa, un couple de reporters attendait Suzan. Arrivée devant eux, elle prononça quelques paroles peu comprementtantes, puis entra dans la maison avec Miss Gilchrist, tandis que Mr Entwhistle retournait à l'auberge pour réserver une chambre. Les obsèques de Cora devaient avoir lieu le lendemain.

— Ma voiture est toujours en plein air, dit Suzan. Je l'avais complètement oubliée. Je l'amènerai au village un peu plus tard.

— Pas trop tard, conseilla Miss Gilchrist, inquiète. Vous ne sortirez pas une fois la nuit tombée, n'est-ce pas?

Suzan la regarda et rit :

— Vous ne pensez tout de même pas qu'un assassin continue à rôder dans les parages?

— Non, je pense que vous avez raison.

Miss Gilchrist semblait gênée. « C'est exactement ce qu'elle pense, se dit Suzan. C'est incroyable! »

Tandis que la dame de compagnie de Cora disparaissait dans la cuisine pour préparer le thé, Suzan se dirigea vers le petit salon. Quelques minutes plus tard, on sonna à la porte.

Suzan alla répondre. Le visiteur était un homme âgé qui souleva son chapeau et, regardant Suzan d'un air réjoui, demanda :

— Madame Banks, sans doute?

— Moi-même.

— Mon nom est Guthrie — Alexander Guthrie. J'étais un ami, un très vieil ami de Mrs Lansquenet. Vous êtes, je pense, sa nièce, mademoiselle Suzan Abernethie de votre nom de jeune fille?

— C'est exact.

Mr Guthrie essuya soigneusement ses semelles sur le paillasson, entra, enleva son pardessus qu'il posa avec son chapeau sur un petit meuble en chêne, et suivit Suzan dans le petit salon.

— Tristes circonstances, reprit le visiteur, pour qui le mot triste ne paraissait pas venir facilement à la bouche, étant donné son tempérament apparemment jovial. Oui, très tristes circonstances. Je me trouvais dans la région et j'ai estimé que le moins que je puisse faire était d'assister à l'enquête et, bien entendu, aux obsèques. Pauvre Cora! Pauvre petite folle! Je la connaissais depuis le début de son mariage, chère madame. C'était une personne pleine de vie, prenant l'art très au sérieux. Elle prenait également son mari au sérieux — en tant qu'artiste, je veux dire — trop au sérieux, même. Tout bien considéré, ce ne fut pas un méchant mari. Il vagabondait pas mal, si vous voyez ce que je veux dire, et ce vagabondage, Cora le mettait sur le compte de son tempérament artiste. C'était un artiste, et de ce fait, un être sans moralité. Et, étant sans moralité, il devait fatalement être un artiste : Cora ne voyait pas plus loin. Pauvre Cora! Elle n'avait aucun sens artistique, elle, mais possédait beaucoup de bon sens.

— C'est, en effet, ce que tout le monde semble dire. Je ne la connaissais vraiment pas personnellement.

— Elle s'était détachée de sa famille à cause de son cher Pierre. Elle n'était pas jolie, mais elle avait « quelque chose ». C'était une personne de bonne compagnie. A n'importe quel moment, on ne savait jamais ce qu'elle allait dire la minute suivante, et il était difficile de savoir si son ingénuité était naturelle ou voulue. Une véritable enfant.

Suzan offrit une cigarette. Le vieux monsieur secoua la tête.

— Non, merci, dit-il, je ne fume pas. Vous devez vous demander pourquoi je suis venu ici. Pour être franc, je n'avais pas la conscience très nette. J'avais promis à Cora de venir la voir, il y a quelques semaines. D'habitude, je lui rendais visite une fois l'an, et, dernièrement, elle avait pris la manie d'acheter des tableaux à des ventes et elle voulait me les montrer. Il faut vous dire que je suis critique d'art. Cora était convaincue de la sûreté de son coup d'œil en matière de peinture. Entre nous soit dit, ce n'était pas le cas. L'an dernier, elle voulait me faire voir un Rembrandt. Un Rembrandt! Ce n'était même pas une bonne copie. Mais elle avait déniché une jolie gravure de Bartolozzi, malheureusement toute piquée. Enfin, je la lui ai vendue pour trente livres et, naturellement, cela l'a encouragée. Récemment, elle m'a parlé, dans une lettre, d'un primitif italien, et j'avais promis de venir pour lui donner mon avis sur cette acquisition.

— C'est ce tableau, là-bas, dit Suzan, indiquant un cadre au mur, derrière le visiteur.

Mr Guthrie se leva de sa chaise, ajusta ses lunettes et examina la toile.

— Pauvre chère Cora, dit-il enfin. Eh bien! chère madame, je ne veux plus abuser de votre temps.

— Restez donc pour le thé. Je crois qu'il est prêt.

— Très aimable à vous.

Le critique d'art se rassit promptement.

— Je vais aller voir.

Dans la cuisine, Miss Gilchrist sortait sa pâtisserie du four. Un plateau était prêt et la bouilloire commençait à faire grelotter son couvercle.

— C'est un certain Mr Guthrie, dit Suzan. Je lui ai demandé de rester pour le thé.

— Mr Guthrie? Ah! oui. C'était un grand ami de cette pauvre Mrs Lansquenet. C'est un critique d'art très coté.

Les gâteaux étaient très réussis, tous y firent honneur et Miss Gilchrist rougissait de plaisir.

— J'ai un peu honte, dit Mr Guthrie, de tant apprécier ce thé dans la maison même où la pauvre Cora a été si sauvagement assassinée.

— Oh! mais, Mrs Lansquenet aurait certainement désiré vous voir prendre un bon thé. Cela vous fera du bien.

— Oui, peut-être avez-vous raison. Mais on a de la peine à se faire à cette idée qu'une personne que vous connaissiez bien ait pu être assassinée...

— En effet, dit Suzan. Cela me semble extraordinaire.

— ...Et certainement pas par un vulgaire clochard. J'imagine parfaitement les raisons qui auraient pu motiver ce meurtre...

— Vraiment? Quelles raisons? demanda vivement Suzan.

— Voyez-vous, Cora manquait de discrétion. Elle prenait même plaisir à montrer à quel point elle pouvait, à l'occasion, être perspicace. Tout comme une enfant qui serait, par hasard, entrée en possession d'un secret concernant telle ou telle personne. Même si elle promettait de garder le secret, il fallait qu'elle en parlât.

Suzan demeura silencieuse. Miss Gilchrist fit de même.

— Oui, poursuivit l'artiste, une pincée d'arsenic dans sa tasse de thé ou une boîte de chocolat envoyée par la poste, voilà ce qui ne me surprendrait pas. En revanche, l'agression brutale me semble tout à fait invraisemblable.

Mr Guthrie soupira. Après avoir remercié les deux femmes pour le thé, il les salua poliment et s'en fut.

Miss Gilchrist, qui était allée raccompagner le visiteur, revint bientôt, tenant à la main un petit paquet.

— Le facteur a dû passer pendant que nous étions à l'enquête, dit-elle. Il avait poussé ce paquet dans la boîte aux lettres et le colis était tombé dans un coin, derrière la porte.

Elle défit le paquet.

— Je me demande... Mais on dirait un gâteau de mariage.

C'était, effectivement, une portion d'un gâteau aux amandes. Au ruban qui avait attaché l'emballage était fixée une carte portant ces mots : « *John et Mary.* »

— Qui ça peut être? Quelle idée de ne pas indiquer les noms de familles!

Miss Gilchrist essaya de retrouver dans sa mémoire les John et les Mary de sa connaissance.

— C'est peut-être la fille de Dorothy — elle s'appelle Mary, mais je n'ai jamais entendu dire qu'elle allait se marier. Il y a aussi le petit John Banfield — il doit avoir grandi et être en âge de prendre femme maintenant — ou bien la jeune Enfield — non, elle s'appelle Margaret. Enfin, ça me reviendra.

Ramassant le plateau du thé, elle se dirigea vers la cuisine.

Suzan se leva à son tour.

— Je vais aller garer la voiture ailleurs, annonça-t-elle.

CHAPITRE X

Suzan prit la voiture à l'endroit où elle l'avait laissée et roula jusqu'au village. Là, elle trouva bien une pompe à essence, mais pas de garage. Aussi décida-t-elle de l'amener à l'auberge. Il y avait de la place, et, au moment où elle arrivait, une grosse Daimler s'apprêtait à sortir, conduite par un chauffeur. A l'intérieur se trouvait un vieux monsieur emmitouflé, à l'air étranger.

Le jeune mécanicien avec qui Suzan était en conversation, à propos du moteur, la regardait avec une attention soutenue, tout en ne paraissant pas prêter le moindre intérêt à ce qu'elle lui disait.

— Vous êtes sa nièce, n'est-ce pas? demanda-t-il enfin d'une voix empreinte de respect.

— Quoi?

— Vous êtes bien la nièce de la victime? répéta le jeune homme.

— Oh! oui, en effet.

— Ah! je me demandais où je vous avais déjà vue.

Suzan reprit le chemin de la villa.

— Enfin, vous voici de retour! s'exclama Miss Gilchrist. Vous aimez les spaghetti, n'est-ce pas? J'avais pensé que pour ce soir...

— Oh! n'importe quoi. Je n'ai pas très faim.

Un peu plus tard, elle revint au salon portant le café,

breuvage décidément trop léger. Miss Gilchrist offrit enfin un morceau du fameux gâteau de mariage, mais Suzan refusa.

— Il est pourtant très bon, remarqua la vieille fille, après y avoir goûté.

Elle avait fini par conclure que le paquet provenait de « la fille de cette chère Hélène qui, je m'en souviens maintenant, vient de se fiancer, mais je ne me rappelle plus son nom ».

Suzan laissa Miss Gilchrist babiller pendant un moment, avant de prendre elle-même l'initiative de la conversation.

— Je crois avoir entendu dire que mon oncle Richard est venu ici quelque temps avant sa mort?

— Oui, en effet. Ce devait être environ trois semaines avant.

— Avait-il l'air... malade?

— Eh bien! pas exactement. C'était un homme d'allure vigoureuse. D'ailleurs, Mrs Lansquenet fut très surprise de le voir arriver. « Eh bien! Richard, dit-elle, après toutes ces années! » et lui, répondit : « Je suis venu pour voir comment tu te comportais. » « Je me comporte très bien », répondit Mrs Lansquenet. Je crois, voyez-vous, qu'elle était un peu offensée par cette visite inopinée après une si longue absence. « Pourquoi conserver nos griefs? reprit Mr Abernethie. Toi, Timothy et moi-même, sommes les derniers représentants de notre génération et, avec Timothy, il est difficile de parler d'autre chose que de sa santé. Pierre semble t'avoir rendue heureuse; je me serais donc trompé? Là, es-tu contente? » Il s'exprimait bien gentiment.

— Est-il resté longtemps?

— Rien que pour le déjeuner. Nous avions du bœuf.

Miss Gilchrist semblait avoir une mémoire essentiellement culinaire.

— Avaient-ils l'air de s'entendre?

— Oh! oui!

Suzan s'interrompit un moment, puis :

— Tante Cora a-t-elle été surprise en apprenant sa mort? demanda-t-elle.

— Oh! oui! Ce fut brutal.

— Très brutal, en effet. N'a-t-il pas parlé de la gravité de sa maladie?

— Non, mais Mrs Lansquenet disait qu'il se faisait bien vieux. Elle a même prononcé le mot de sénile.

— Et vous, pensiez-vous qu'il était sénile?

— Oh! non! Pas à le voir, en tout cas. Mais je n'ai pas eu le temps de beaucoup lui parler, parce que je les ai laissés seuls.

— Vous n'avez pas entendu leur conversation?

Suzan se demandait si la vieille demoiselle était de celles qui écoutent aux portes. Miss Gilchrist rougit d'indignation.

— Non, madame Banks, vraiment pas. Je n'ai pas l'habitude d'écouter aux portes.

« Ce qui veut dire le contraire, pensa Suzan, sinon elle aurait simplement répondu non. »

— Excusez-moi, miss Gilchrist, dit-elle, à haute voix. Ce n'est pas ainsi que je l'entendais. Mais, parfois, dans ces petites villas de construction si fragile, on ne peut faire autrement que d'entendre ce qui se passe dans toute la maison.

— Ce que vous dites est parfaitement exact, madame, la villa est légèrement construite et je comprends que vous vouliez savoir ce qu'ils se sont dit. Malheureusement, je ne vous serai pas d'un grand secours. Mais je crois qu'ils parlaient de la santé de Mr Abernethie et puis... d'idées qu'il se faisait. Cela arrive souvent chez certains malades. Ainsi, ma tante...

Ici, Miss Gilchrist commença une description de la tante en question. Mais Suzan fit la sourde oreille.

— Oui, dit-elle, c'est, en effet, ce que nous pensions tous. Les domestiques de mon oncle lui étaient très attachés et, naturellement, ils ont été bouleversés d'apprendre que Mr Abernethie pensait...

— Oh! naturellement, les domestiques sont très chatouilleux sur cette question.

— Il soupçonnait les domestiques de vouloir l'empoisonner, je pense.

— Je ne sais pas. Vraiment, je...

Suzan remarqua son embarras.

— Ce n'étaient pas les domestiques; une personne, en particulier?

Le regard de la vieille demoiselle évitait de rencontrer celui de son interlocutrice, et celle-ci se dit que Miss Gilchrist devait en savoir plus qu'elle ne voulait le reconnaître.

Jugeant inopportun de la brusquer, Suzan changea de sujet.

— Quels sont vos projets d'avenir, Miss Gilchrist?

— Eh bien! Madame, j'ai demandé à Mr Entwhistle s'il n'y avait aucun inconvénient à ce que je demeure ici jusqu'à ce que tout soit réglé.

— Je sais et je vous en suis très reconnaissante.

— Je voulais également vous demander si vous pensiez que cela durerait longtemps, parce que, bien entendu, il faut que je m'occupe de trouver un nouvel emploi.

— Il n'y a vraiment pas grand-chose à faire ici, tout peut être rangé d'ici quarante-huit heures.

— Vous avez décidé de tout vendre?

— Oui. Je pense qu'on pourra louer la villa sans difficulté. Je voulais également vous prier d'accepter trois mois de salaire.

— Vous êtes très généreuse, madame, et j'apprécie beaucoup votre geste. Seriez-vous disposée à... si je pouvais avoir... au besoin... pourriez-vous me recommander, dire, par exemple, que je suis restée avec une de vos parentes et que j'ai donné toute satisfaction?

— Mais bien entendu.

— Je ne sais si j'ose enfin... — Ses mains tremblaient tandis qu'elle s'efforçait de prendre une voix plus assurée — Je suppose qu'il n'est pas possible d'éviter de mentionner les circonstances et le nom...

Suzan la considéra avec surprise.

— Je ne vois vraiment pas...

— C'est parce que vous n'y avez pas songé, madame. Il y a eu meurtre. Un meurtre dont on a parlé dans les journaux. Comprenez-vous? les gens pourraient penser : « Deux femmes vivant ensemble, l'une d'elles est assassinée, la dame de compagnie est peut-être coupable. » Je passe la nuit à remuer tout cela dans ma tête, me disant que je ne retrouverai plus de travail de ce genre. Que puis-je faire d'autre?

Miss Gilchrist venait de poser cette question sur un ton pathétique et Suzan se sentit très émue. Elle se rendit compte du désespoir de cette brave mais insignifiante femme dont l'existence dépendait désormais de ce que penseraient ses futurs employeurs.

— Mais si on découvre le coupable?

— Ah ! dans ce cas, tout ira bien. Mais le découvrira-t-on ? A mon avis, la police n'a pas encore la moindre idée sur son identité et si elle ne l'arrête pas, eh bien! je serai toujours celle qui aurait pu tuer.

Songeuse, Suzan hocha la tête. Il était exact que Miss Gilchrist ne profitait en rien de la mort de Cora Lansquenet, mais qui le saurait?

— Ne vous tourmentez pas, reprit Suzan d'un ton enjoué. Je suis certaine que vous trouverez quelque chose chez des amis à moi. Ce sera très facile.

La sonnerie du téléphone retentit. Miss Gilchrist sursauta.

— Mon Dieu! Je me demande qui ce peut être!

— C'est sans doute mon mari. Il m'avait prévenue qu'il m'appellerait ce soir.

Elle décrocha l'appareil. « Oui? Oui, c'est Mrs Banks. » Il y eut une pause, puis la voix de Suzan se fit plus tendre. « Allô, chéri! Oui, c'est moi... Oh! très bien... Meurtre par inconnu... la formule habituelle, oui... non, seulement Mr Entwhistle... Comment? C'est bien difficile à dire, mais je le crois. Oui, exactement ce que nous pensions... Je vendrai la marchandise; il n'y a rien qui puisse nous intéresser. Pas avant un jour ou deux. C'est terrible... Voyons, pas tant d'histoires. Je sais ce que je fais. Greg, tu n'as pas... Tu as bien fait attention... Non, ce n'est rien. Bonsoir, chéri. »

Elle raccrocha.

Elle demeura un instant près du téléphone, les sourcils froncés. Puis, soudain, une idée lui traversa l'esprit. « Evidemment, murmura-t-elle, c'est la seule chose à faire. »

Empoignant de nouveau l'appareil téléphonique, elle demanda l'Interurbain. Un quart d'heure plus tard, on rappela.

— Il n'y a pas de réponse, déclara-t-on à l'autre bout du fil.

— Essayez encore, je vous prie.

Le ton était autoritaire et Suzan garda le récepteur à son oreille. Au bout d'un instant, elle entendit une voix d'homme, maussade et un peu indignée.

— Oui? Oui? Qui est là?

— Oncle Timothy?

— Qui est-ce? Je n'entends pas.

— Oncle Timothy, c'est Suzan Banks, votre nièce.

— Oh! c'est Suzan! Qu'y a-t-il? Pourquoi appelez-vous à cette heure de la nuit?

— Il est encore de bonne heure.

— Pas du tout. J'étais couché.

— Vous vous couchez bien tôt. Comment va tante Maude?

— C'est pour cela que vous téléphonez? Votre tante souffre beaucoup et ne peut rien faire à la maison. Rien du tout. Nous sommes dans un joli pétrin. Cet idiot de médecin prétend qu'il ne peut pas nous envoyer une infirmière. Il voulait faire transporter Maude à l'hôpital. Et nous n'avons personne.

— C'est justement pour cela que je vous ai appelé. Voulez-vous Miss Gilchrist?

— Qui est-ce? Jamais entendu parler.

— La dame de compagnie de Cora. Elle est très gentille et très capable.

— Elle fait la cuisine?

— Oui, elle cuisine très bien. Et puis, elle pourrait s'occuper de tante Maude.

— Tout cela est bien joli, mais quand pourrait-elle venir?

— Je m'arrangerai pour que ce soit le plus tôt possible. Après-demain, peut-être.

— Bon, merci beaucoup.

Suzan Banks raccrocha et courut à la cuisine.

— Cela vous plairait-il d'aller dans le Yorkshire pour aider ma tante? Elle est tombée et s'est fracturé la cheville. Mon oncle est incapable de faire quoi que ce soit. Il est plutôt assommant, mais tante Maude est gentille. Ils ont quelqu'un du village et vous pourriez faire la cuisine et prendre soin de ma tante.

D'émotion, Miss Gilchrist en laissa tomber la théière.

— Oh! merci, merci infiniment. Comme c'est gentil de votre part! Je peux me vanter d'être une bonne garde-malade et je suis sûre de pouvoir m'entendre avec votre oncle. Et puis je lui ferai des petits plats. Merci encore, madame.

CHAPITRE XI

Suzan était couchée, attendant le sommeil. Elle avait eu une rude journée et pensait qu'elle s'endormirait tout de suite, n'ayant jamais de mal à trouver le sommeil. Mais depuis des heures, elle était là, complètement éveillée, sans parvenir à empêcher son esprit de travailler.

Les meubles craquèrent... était-ce un pas furtif qu'elle entendait maintenant? Suzan alluma la lampe. Rien. Les nerfs, rien que les nerfs. Voyons, détends-toi, ferme les yeux.

A coup sûr, c'était un gémissement ou un faible grognement... la plainte de quelqu'un qui souffre... qui meurt...

« Allons, ne cédons pas à l'imagination, il ne le faut pas », murmura-t-elle.

Le gémissement se fit de nouveau entendre plus fort... quelqu'un était en proie à une douleur aiguë.

De nouveau Suzan alluma, s'assit dans son lit et écouta. De vrais grognements venaient jusqu'à elle à travers la cloison, provenant de la chambre à côté.

Elle sauta de son lit, enfila en hâte sa robe de chambre et sortit rapidement. Arrivée sur le palier, elle frappa pendant un instant à la porte de Miss Gilchrist, puis entra. La lampe de la chambre brûlait et la vieille demoiselle était assise dans son lit. Ses traits étaient convulsés par la douleur.

— Miss Gilchrist, qu'y a-t-il? Etes-vous malade?

— Oui. Je ne sais pas... ce que j'ai. Elle essaya de se lever, mais fut prise de vomissements et s'affaissa sur ses oreillers.

— Je vous en prie, murmura-t-elle. Téléphonez au médecin. Je dois avoir mangé quelque chose...

— Je vais vous donner du bicarbonate de soude, dit Suzan. Nous ferons appeler le médecin demain matin si vous n'allez pas mieux.

— Oh! non! Appelez-le tout de suite, je me sens... tellement mal.

— Connaissez-vous son numéro? Sinon, je regarderai dans l'annuaire...

Miss Gilchrist donna le numéro de téléphone. La nausée la reprit. Suzan décrocha l'appareil et, au bout d'un instant, elle entendit une voix d'homme répondant à son appel :

— Qui? Gilchrist? Dans Mead's Lane. Oui, je sais où c'est. J'arrive tout de suite.

Il tint parole et, dix minutes plus tard, Suzan entendit une voiture s'arrêter devant la villa.

Elle ouvrit au médecin.

Le praticien affectait cet air propre aux médecins qui ont l'habitude d'être dérangés au milieu de la nuit. Mais dès qu'il eut examiné la femme qui gémissait sur son lit, son comportement se modifia. Il lança brièvement quelques ordres à l'adresse de Suzan, puis redescendit au rez-de-chaussée pour donner un coup de téléphone. Ensuite, il rejoignit Suzan dans le petit salon.

— J'ai commandé une ambulance. Il faut la faire transporter à l'hôpital...

Il s'interrompit.

— Qu'a-t-elle mangé? ajouta-t-il.

— Nous avons eu un gratin de spaghetti pour dîner et un pudding à la crème, enfin du café.

— Avez-vous mangé la même chose qu'elle?

— Oui.

— Vous vous sentez bien? Aucune gêne? Pas de douleur?

— Non.

— Qu'a-t-elle pris d'autre? Pas de conserve de poisson ni de saucisse?

— Non. Nous avons déjeuné au *King's Arms* après l'enquête.

— Oui, bien sûr. Vous êtes bien la nièce de Mrs Lanquenet?

— Oui.

L'ambulance arriva. On emporta Miss Gilchrist et le médecin partit avec elle. Avant de prendre congé, il assura à Suzan qu'il lui téléphonerait le lendemain matin. Aussitôt après leur départ, Suzan remonta se coucher et, cette fois, elle n'eut pas plus tôt reposé sa tête sur l'oreiller qu'elle dormait.

***

La plupart des gens du village assistaient aux obsèques. Seuls Suzan et Mr Entwhistle conduisaient le deuil. Celui-ci ayant demandé où était Miss Gilchrist, Suzan lui chuchota à l'oreille l'incident de la veille au soir. L'avoué leva les sourcils.

— Curieuse coïncidence, n'est-ce pas?

— Oh! elle va mieux ce matin. On m'a téléphoné de l'hôpital et il semble qu'elle ait eu une crise hépatique. Il y a des gens plus sensibles que d'autres.

Mr Entwhistle n'insista pas. Il devait rentrer à Londres aussitôt après l'enterrement. Quant à Suzan, elle regagna la villa pour trier les affaires de Cora.

Elle fut interrompue dans son travail par l'arrivée du médecin. Il avait l'air soucieux.

— Elle pourra sortir dans quarante-huit heures, dit-il. Mais elle a eu de la chance que je sois venu si vite.

Surprise, Suzan demanda :

— Etait-ce donc si sérieux?

— Mrs Banks, voulez-vous me dire exactement tout ce que Miss Gilchrist a mangé et bu dans la journée d'hier. Tout!

Suzan réfléchit et se mit en devoir de le renseigner le plus exactement possible. Le médecin hocha la tête. Il était loin d'avoir l'air satisfait.

— Elle a certainement absorbé quelque chose d'autre que vous n'avez pas pris vous-même.

— Je ne crois pas...

Le médecin se gratta le nez tout en arpentant la pièce.

— Est-ce vraiment quelque chose qu'elle a mangé qui lui a fait tant de mal? Du poison?

Le docteur lui jeta un coup d'œil rapide. Puis, il se décida soudain à parler :

— C'était de l'arsenic, dit-il.

— De l'arsenic! s'exclama Suzan. Vous voulez dire que quelqu'un lui a administré de l'arsenic?

— On le dirait bien.

— Alors, elle en aurait pris de son plein gré.

— Un suicide? Elle prétend que non, et d'ailleurs elle est mieux placée que quiconque pour le savoir. D'autre part, si elle avait voulu se donner la mort, elle n'aurait pas choisi l'arsenic. Il y a des comprimés de somnifère à la villa; elle n'avait qu'à dépasser la dose.

— Mais cet arsenic aurait-il pu être introduit ici par accident?

— C'est ce que je me demande. Cela me paraît tout à fait improbable, mais, toutefois, le cas s'est déjà produit. Cependant, puisque vous avez toutes les deux mangé les mêmes choses...

Suzan hocha la tête. Soudain, elle sursauta :

— Mais bien sûr! C'est le gâteau de mariage!

— Comment? Quel gâteau de mariage?

Et tandis que Suzan s'expliquait, le médecin l'écoutait avec une attention soutenue.

— Tout cela est étrange. Et vous me dites qu'elle ne savait pas exactement qui l'avait envoyé? En reste-t-il? Avez-vous conservé l'emballage?

— Je ne sais pas, je vais aller voir.

Ils cherchèrent ensemble et finirent par mettre la main sur la petite boîte en carton qui contenait encore quelques miettes de gâteau, mais le papier ayant servi à l'emballage demeura introuvable. Suzan déclara qu'il avait été jeté au feu. Avec beaucoup de soin, le docteur fit un paquet de la boîte.

— Je me charge de tout cela. Vous ne quittez pas la maison tout de suite, Mrs Banks?

— Non, répondit Suzan. Il faut que je m'occupe des affaires de ma tante.

— Très bien. Vous comprenez que la police désirera sans doute vous poser quelques questions. Il faut que je m'en aille à présent.

Il regagna sa voiture. L'atmosphère de la villa était étouffante, et Suzan laissa la porte d'entrée ouverte avant de remonter. Tandis qu'elle rangeait les affaires de sa tante, Suzan découvrit un plein tiroir de vieilles photographies et un carnet de croquis. Elle s'attarda à regarder un groupe, pris de toute évidence en France, il y avait très longtemps, représentant une Cora plus jeune et plus mince pendue au bras d'un homme grand, dégingandé et barbu, vêtu d'une veste de velours et que Suzan identifia comme étant Pierre Lansquenet.

Les photographies intéressaient Suzan, mais elle les laissa de côté pour trier tous les papiers et les classer méthodiquement. Soudain, elle tomba sur une lettre. Elle la lut, puis la relut. Elle était encore perdue dans sa contemplation quand une voix derrière elle lui fit pousser un cri d'effroi.

— Et quelle est cette trouvaille, Suzan? Hello! Mais, qu'as-tu?

Suzan rougit de mécontentement. Le cri qu'elle avait poussé était involontaire, et elle se sentait un peu honteuse et désireuse de se justifier

— George! Tu m'as fait peur.

Son cousin lui sourit mollement.

— On le dirait, en effet.

— Comment es-tu arrivé ici?

— Eh bien! la porte était ouverte, alors je suis entré. Comme il me semblait n'y avoir personne en bas, je suis monté jusqu'ici. Maintenant, si tu veux savoir comment j'ai fait pour arriver dans cette partie du monde, je peux te dire que je me suis mis en route ce matin pour assister aux obsèques.

— Mais je ne t'ai pas aperçu à la cérémonie.

— Mon vieux tacot m'a joué des tours, j'étais en retard pour les obsèques, mais comme je savais que tu étais ici, je suis venu t'y rejoindre.

Il s'interrompit, puis reprit :

— Je t'avais d'ailleurs téléphoné et Gregory m'a appris que tu étais venue dans ce patelin pour prendre possession des lieux. J'ai pensé que je pourrais t'être utile.

— On n'a donc pas besoin de toi au bureau? demanda Suzan. Ainsi, tu peux t'offrir des jours de congé quand ça te chante?

— Un enterrement est indiscutablement une excuse valable. Au surplus, un assassinat est une chose qui fascine toujours les gens. Du reste, je n'ai pas l'impression que je resterai au bureau longtemps maintenant. Je peux me le permettre, et j'ai d'autres projets en tête.

Il ricana :

— Tout comme Gregory, ajouta-t-il.

Suzan considérait son cousin d'un air songeur. Elle ne l'avait jamais beaucoup fréquenté, et, lors de leurs rares rencontres, elle estima que c'était un homme avec qui il était difficile de s'entendre.

— Quelle est la vraie raison de ton voyage ici, George? demanda-t-elle.

— Peut-être un petit travail de détective. J'ai beaucoup songé aux dernières obsèques auxquelles nous avons assisté. On peut dire que tante Cora a mis les pieds dans le plat ce jour-là. Je me demande si elle a prononcé sa fameuse phrase par pure inconscience ou bien si elle avait vraiment quelque chose en tête. Mais dis-moi, quelle était cette lettre que tu lisais avec tant d'attention quand je suis entré ici?

Lentement, Suzan répondit :

— C'est une lettre qu'oncle Richard a écrite à Cora après la visite qu'il lui a faite.

— Intéressante?

— Non, pas exactement.

— Je peux voir?

Elle hésita un moment, puis elle lui tendit la lettre.

George la lut superficiellement d'une voix basse et monotone :

Content de t'avoir revue après toutes ces années... tu avais bonne mine... j'ai fait bon voyage et ne suis pas rentré trop fatigué...

Sa voix changea, devint plus dure :

Je te prie de ne rien dire à personne de ce que je t'ai confié. J'ai pu me tromper. Ton frère affectionné, Richard.

Il regarda Suzan.

— Qu'est-ce que ça peut bien vouloir dire?

— Ça peut signifier n'importe quoi... il parlait peut-être de sa santé... ou d'un ragot venant d'un ami commun.

— En effet, ce n'est pas concluant, mais quand même significatif. Qu'est-ce qu'il a pu dire à Cora? Quelqu'un le saît-il?

— Miss Gilchrist est peut-être au courant, dit Suzan. Je crois qu'elle a écouté leur conversation.

— Ah! oui, la dame de compagnie. Au fait, où est-elle?

— A l'hôpital. On la soigne pour un empoisonnement par l'arsenic.

— Sans blague!

— Mais oui. Quelqu'un lui a envoyé une part de gâteau de mariage empoisonné.

George prit place sur une des chaises de la chambre à coucher et fit entendre un sifflement.

— Il semble que l'oncle Richard ne se soit pas trompé.

***

Le lendemain matin, l'inspecteur Morton se rendit à la villa. C'était un homme tranquille, entre deux âges, à la voix grasseyante propre aux gens du pays. Il avait des gestes posés, mais les yeux rusés.

— Vous êtes sans doute au courant du but de ma visite, madame, dit-il. Le docteur Proctor vous a déjà renseigné sur Miss Gilchrist. On a analysé les miettes provenant du gâteau de mariage et cette analyse a révélé la présence d'arsenic.

— Ainsi quelqu'un a voulu l'empoisonner?

— On le dirait, en effet. Et Miss Gilchrist ne semble pas nous être d'un grand secours. Elle se contente de répéter que cela lui semble inconcevable, que personne n'aurait pu faire une chose semblable. Et pourtant quelqu'un a voulu l'empoisonner. Pouvez-vous nous aider à faire un peu de lumière sur cette affaire?

— Je reste confondue, répondit Suzan. Ne peut-on rien découvrir par le timbre de la poste, ou par l'écriture?

— Vous oubliez que le papier ayant servi à emballer la boîte a été brûlé. Et je doute que le paquet ait été envoyé par la poste. Le jeune Andrew qui conduit le fourgon postal ne se rappelle pas l'avoir distribué.

— Mais alors?

— Alors, Mrs Banks, nous pensons qu'on s'est servi d'un papier d'emballage portant déjà le nom et l'adresse de Miss Gilchrist et un timbre oblitéré, et qu'on a poussé le paquet dans la boîte aux lettres ou qu'on l'a déposé devant la porte pour donner l'impression que la poste l'avait apporté.

— La dose de poison... était-elle mortelle?

— Il est difficile de se prononcer avant d'avoir le résultat de l'analyse quantitative. Il faudrait savoir si Miss Gilchrist a mangé le morceau tout entier. Elle semble dire que non. Pouvez-vous me renseigner sur ce point?

— Non, malheureusement. Je n'en suis pas sûre. Elle m'en a offert, mais j'ai refusé.

— J'aimerais jeter un coup d'œil en haut, si vous n'y voyez pas d'inconvénient.

— Non, bien sûr.

Elle le suivit dans la chambre de Miss Gilchrist.

Il se dirigea vers le lit, glissa la main sous l'oreiller et le souleva prudemment. Un sourire éclaira son visage.

— Nous y voilà, dit-il.

Un morceau de gâteau se trouvait sur le drap.

— C'est extraordinaire! s'écria Suzan.

— Oh! non, pas du tout! Les jeunes filles de votre génération ignorent sans doute que mettre un morceau de gâteau de mariage sous son traversin fait rêver d'un futur mari.

— Mais Miss Gilchrist... sûrement...

— Elle n'a pas voulu en parler parce qu'elle ne voulait pas qu'on se moque d'elle. A son âge...

Le visage de l'inspecteur se rembrunit.

— Et si elle n'avait pas obéi à cette vieille coutume, Miss Gilchrist ne serait sans doute pas vivante à l'heure qu'il est.

— Mais qui pouvait donc souhaiter sa mort?

Leurs regards se rencontrèrent; son regard à lui était étrangement méditatif et Suzan ressentit de la gêne.

— Vous n'en savez rien, vous? demanda-t-il.

— Non, bien sûr que non.

— Alors, il nous faudra le découvrir, dit l'inspecteur Morton.

CHAPITRE XII

Deux hommes étaient assis dans une pièce meublée dans le style moderne.

Tout en dégustant un verre de sirop, Hercule Poirot écoutait ce que racontait Mr Goby.

Mr Goby était petit, maigre, étriqué. Son apparence modeste avait quelque chose de reposant et son insignifiance donnait presque l'impression qu'il n'était pas là. Il ne regardait pas Poirot. A vrai dire, il ne regardait jamais personne. A présent, il semblait s'adresser au coin gauche de la cheminée.

Mr Goby excellait dans sa spécialité d'informateur. Rares étaient ceux qui le connaissaient, mais ceux qui faisaient appel à ses talents étaient ordinairement des gens extrêmement riches, car il faisait payer très cher sa spécialité. Il avait le don de se procurer des informations très rapidement.

Mr Goby s'était plus ou moins retiré des affaires, mais il lui arrivait encore de rendre service à quelques-uns de ses vieux clients et Hercule Poirot comptait au nombre de ceux-ci.

— J'ai réuni tous les renseignements que j'ai pu, dit-il au coin gauche de la cheminée, sur le ton de la confidence. J'ai envoyé mes jeunes gens à droite et à gauche. Ce sont de bons petits gars qui font tout ce qu'ils peuvent, mais qui ne me rendent pas autant de services que ceux que j'avais autrefois. Ils ne veulent plus apprendre, croient tout savoir au bout de deux ans de métier, et ils se font payer à l'heure.

Il secoua la tête mélancoliquement. Puis, s'adressant à une prise électrique sur laquelle ses yeux venaient de se poser, il poursuivit :

— Tout cela est la faute du gouvernement et de la nouvelle éducation. Ça leur donne des idées. Ils reviennent me trouver en me disant ce qu'ils pensent. Mais ils sont incapables de penser. Les connaissances, ils les ont puisées dans les livres; cela ne vaut rien dans notre métier.

Mr Goby se renversa dans sa chaise et fit un clin d'œil à l'abat-jour.

Poirot se taisait. Mr Goby devenait loquace en vieillissant mais finirait bien par arriver au sujet qui l'intéressait.

— Ah! dit le vieil informateur, en tirant de sa poche un méchant petit carnet. Il se mouilla le doigt et fit claquer les pages. Nous y voici. Mr George Crossfield. Occupons-nous de lui en premier. Je me bornerai à vous citer simplement les faits, et vous vous demandez sans doute comme je m'y suis pris pour les découvrir. Depuis longtemps déjà il se rend dans Queer Street. Les chevaux et le jeu, surtout. Il ne semble pas très porté sur les femmes. Voyage en France de temps en temps, et même à Monte-Carlo, où il passe le plus clair de son temps au casino. Trop malin pour encaisser ses chèques là-bas, ce qui ne l'empêche pas de disposer de beaucoup plus d'argent qu'il n'est admis pendant son voyage. Je n'ai pas approfondi cette question parce que ce n'était pas ce que vous désiriez savoir. En tout cas, les scrupules ne l'étouffent pas quand il s'agit de tourner la loi. J'ai quelques raisons de penser qu'il a investi des fonds ne lui appartenant pas. A joué à la Bourse ces derniers temps, ainsi que sur des dadas. Mal avisé et malchanceux. N'a pas mangé à sa faim depuis trois mois. Soucieux, irritable et mal embouché au bureau. Depuis la mort de l'oncle, tout cela a changé. Il mange son pain blanc...

« Venons-en, maintenant, au renseignement particulier que vous m'avez demandé. N'était certainement pas aux courses d'Hurst Park le jour où il prétend s'y être rendu. Les gens s'adressent invariablement aux bookmakers à l'hippodrome même. On ne l'y a pas vu ce jour-là. Il est possible qu'il ait pris le train à la gare de Paddington pour une destination inconnue. Un chauffeur de taxi qui a conduit un voyageur à Paddington ne l'a pas reconnu de façon formelle d'après la photographie que je lui ai montrée. Mais cela ne veut rien dire. Il est d'un type très ordinaire — rien de particulièrement saillant dans son physique. Aucun succès avec les porteurs de Paddington. N'est certainement pas descendu à la gare de Chosley, qui est la plus proche de Lytchett St Mary — petite gare — étrangers facilement repérables. Aurait pu descendre à Reading et prendre le car. Les cars sont bondés. Je continue à l'avoir à l'œil. Il y a aussi une petite histoire de marché noir que j'aimerais tirer au clair.

— Continuez à le surveiller, dit Hercule Poirot.

De nouveau, Mr Goby mouilla son doigt et fit glisser la page suivante.

— Mr Michael Shane. Jouit d'une certaine réputation dans son milieu. A de lui-même une plus haute idée qu'en ont les autres. Il veut être vedette, et vite. Il aime l'argent et vit largement. Plaît aux femmes. Elles lui tombent littéralement dans les bras. Elles ne lui sont pas non plus indifférentes, mais les affaires avant tout, comme on dit. Il a beaucoup tourné autour de Sorrel Dainton, vedette de la pièce dans laquelle il jouait. Avait un petit rôle, mais l'a exploité à fond. Le mari de Miss Dainton ne l'aime pas. Sa femme, Rosamund Shane, ne sait rien des rapports de son mari avec Miss Dainton. D'ailleurs, elle n'a pas l'air de savoir grand-chose. C'est une piètre artiste, mais qui est folle de son mari. Il y a eu des bruits selon lesquels ils allaient se séparer; mais cela semble s'être calmé... depuis la mort de Mr Richard Abernethie.

Mr Goby ponctua cette dernière phrase d'un hochement de tête significatif évidemment destiné aux coussins du divan.

— Le jour qui nous occupe, Mr Shane prétend avoir rencontré un Mr Rosenheim et un Mr Oscar Lewis pour régler une question de théâtre. Ne les a pas rencontrés. Leur a envoyé un télégramme : tout à fait désolé, mais il ne pouvait pas venir au rendez-vous. En réalité, il est allé au garage Emeraldo où il a loué une voiture à midi. Est parti avec. Est revenu vers six heures du soir. Selon le compteur de vitesse, il a pu parcourir le nombre de kilomètres suffisant pour effectuer le voyage qui nous intéresse. Aucune confirmation à Lytchett St Mary. Aucune voiture étrangère n'a été aperçue ce jour-là. A pu laisser l'automobile à plus d'un kilomètre du pays. Il y a même un endroit où l'on peut garer à quelques centaines de mètres de la villa. Ça va? Nous continuons à nous occuper de lui?

— Très certainement.

— Maintenant, Mrs Shane.

Mr Goby se frotta le nez et parla de Mrs Shane à sa manchette gauche.

— Prétend avoir fait des emplettes. Rien que des emplettes... Mr Goby leva les yeux au plafond. Elle avait appris la veille qu'elle héritait de beaucoup d'argent. Elle possède un ou deux comptes qui présentent des découverts et, depuis quelque temps déjà, on la presse de régler l'arriéré. A effectivement été ici et là et un peu partout, essayant des vêtements, regardant les bijoux, demandant le prix de ceci, puis le prix de cela. En définitive, ne semble pas avoir acheté grand-chose. Est d'un abord facile. Une de mes jeunes employées, très versée dans le monde du théâtre, s'est arrêtée devant la table où elle avait pris place dans un restaurant et s'est écriée à la manière habituelle : « Oh! chérie, je ne vous avais pas revue depuis... Vous êtes merveilleusement habillée! Avez-vous vu Hubert dernièrement? » Hubert est la personne qui monte le spectacle où Mrs Shane a joué un rôle médiocre. Mais cela n'en valait que mieux. Et les voilà toutes les deux en train de papoter et, brusquement, ma jeune fille lance les noms qu'il faut, puis elle dit : « Il me semble que je vous ai aperçue l'autre jour. » Et elle cite le jour qui nous intéresse. Mais Mrs Shane répondit simplement : « Oh! vraiment! » Que peut-on faire avec une telle femme!

Et Mr Goby de hocher la tête en regardant sévèrement le radiateur.

— Rien, hélas! reconnut Hector Poirot. Je suis bien placé pour le savoir. Je n'oublierai jamais l'assassinat de lord Edgware. Il s'en est fallu de peu que je ne fusse vaincu, moi, Hercule Poirot, tout simplement à cause d'une petite écervelée trop maligne. Mais les âmes les plus simples ont souvent le génie de commettre un crime sans histoire et de ne plus s'en occuper. Espérons que notre meurtrier à nous est un être intelligent, supérieur, content de lui et incapable de résister à la vantardise.

« Enfin... Mais, continuez, je vous en prie. »

Derechef Mr Goby consulta son carnet.

— Mr et Mrs Banks (qui prétendent être restés chez eux ce jour-là). *Elle* n'y était pas en tout cas. Est allée au garage, a pris la voiture à treize heures et n'est rentrée qu'à dix-sept heures. Destination inconnue. Impossible de nous renseigner sur le kilométrage : elle est sortie avec sa voiture tous les jours et personne n'a pu vérifier.

« En ce qui concerne Mr Banks nous avons découvert quelque chose de curieux. Pour commencer, je mentionnerai le fait que, le jour en question, nous ne savons pas ce qu'il a fait. N'est pas allé à son travail. Il paraîtrait qu'il a demandé deux jours de congé en raison des obsèques. Depuis lors, il a plaqué le bureau sans aucune considération pour la maison qui l'emploie : une jolie petite pharmacie bien installée. Là, on n'aime pas beaucoup Mr Banks. On le considère plutôt comme un agité.

« Eh bien! ainsi que nous l'avons dit, nous ne connaissons pas l'emploi de son temps le jour de la mort de Mrs Lansquenet. N'était pas avec sa femme. Se pourrait qu'il soit passé à leur petit appartement ce jour-là. Mais pas de concierge, ni personne capable de rendre compte des allées et venues des locataires. D'autre part, son passé est intéressant. Jusqu'à il y a quatre mois — un peu avant de rencontrer sa femme — se trouvait dans une maison pour maladies mentales. Pas de certificat : juste ce qu'on appelle une dépression nerveuse. Semble avoir eu des ennuis en vendant un médicament (il travaillait alors dans une pharmacie du quartier de Mayfair). La femme a guéri; la firme a présenté ses plus plates excuses : aucune poursuite. Après tout, de tels accidents ne sont pas rares et les gens convenables se montrent toujours navrés à l'égard du pauvre type responsable. La maison ne l'a pas renvoyé. A donné lui-même sa démission, disant que cet accident avait ébranlé ses nerfs. Mais, après, il semble que son état ait empiré. A déclaré au médecin qu'il était obsédé par un sentiment de culpabilité, que c'était un coup monté, que la femme s'était montrée grossière envers lui, s'était plainte que sa dernière ordonnance n'avait pas été correctement exécutée et que, pour se venger, il avait ajouté du poison ou quelque autre drogue. « Il fallait bien qu'elle soit punie pour m'avoir parlé de la sorte », a-t-il dit. Après quoi il a pleuré, déclarant qu'il ne méritait pas de vivre, et d'autres choses encore. Les médecins ont l'habitude de ce genre de complexe — complexe de culpabilité, etc.; ils n'ont pas cru le moins du monde à un coup monté, mais à une simple négligence.

— Ça se peut ([1]), dit Hercule Poirot.

— Pardon? Quoi qu'il en soit, il est allé dans cette maison de santé, on l'y a soigné et il en est sorti après avoir été considéré comme guéri. C'est dans cet état qu'il a rencontré Miss Abernethie. Ensuite, il trouve un nouvel emploi dans cette obscure, mais sérieuse petite pharmacie. Leur dit qu'il avait été absent d'Angleterre pendant un an et demi et leur a donné des références provenant de quelque boutique d'Eastbourne où il avait travaillé avant. Là, on n'a rien à relever contre lui, mais un des employés déclara que c'était un garçon emporté et un drôle de personnage. On raconte qu'un client entra un jour et dit en manière de plaisanterie : « J'aimerais que vous me donniez quelque chose pour empoisonner ma femme! Ha! ha! » Et Banks de lui répondre d'une voix douce : « Je le pourrais, mais cela vous coûterait deux cents livres! » Le client se sentit gêné, puis prit le parti de rire. Cette réponse peut n'avoir été qu'une excellente farce, mais Banks, il me semble, n'est pas homme à aimer les farces.

— Mon ami ([1]), reprit Hercule Poirot, je suis vraiment stupéfait de la manière dont vous vous procurez vos renseignements — renseignements d'ordre médical et hautement confidentiels, pour la plupart.

Les yeux de Mr Gôby parcoururent la pièce et, les fixant sur la porte, il murmura qu'il connaissait la méthode.

— Venons-en maintenant aux personnages de la pro-

[1] En français dans le texte.

vince; Mr et Mrs Timothy Abernethie. Joli endroit où ils habitent. Mais il faudrait de l'argent pour le remettre en état. Paraissait très à court. Les impôts, des placements malheureux... Mr Abernethie ne jouit pas d'une bonne santé, mais raffole d'en faire état. Se plaint tout le temps et abuse de son entourage. Mange copieusement et semble capable de faire un gros effort physique s'il le veut. Quand la femme de ménage s'en va, il n'y a personne d'autre à la maison et nul n'a le droit d'entrer dans la chambre de Mr Abernethie avant son coup de sonnette. Etait de très mauvaise humeur le lendemain des obsèques. A injurié Mrs Jones. N'a presque pas touché à son petit déjeuner et a dit qu'il ne voulait rien prendre à midi, qu'il avait passé une mauvaise nuit. A prétendu que le déjeuner qu'elle lui avait préparé était immangeable. Il était seul chez lui et personne ne l'a revu depuis neuf heures trente ce matin-là jusqu'au lendemain.

— Et Mrs Abernethie?

— Est partie d'Enderby en voiture à l'heure dont vous m'avez parlé. Est arrivée à pied à un petit garage, dans un village appelé Cathstone, et a expliqué que son automobile était tombée en panne à quelque trois kilomètres de là.

« Un mécanicien l'a conduite en voiture jusqu'à l'endroit désigné par elle, et, après examen, a remorqué l'auto en panne jusqu'au garage, déclarant qu'il y avait beaucoup de travail à faire dessus et qu'il ne pouvait pas promettre que la réparation serait terminée le jour même. La dame est allée à l'auberge voisine, a réservé une chambre pour la nuit, demandé des sandwiches et a manifesté le désir d'aller contempler le paysage — l'endroit est situé en bordure d'une lande. N'est retournée à l'auberge que tard le soir. Mon informateur m'a dit que cela ne l'avait pas étonné. L'auberge est sordide.

« Elle a eu ses sandwiches à onze heures. Si elle a marché jusqu'à la route principale (à près de deux kilomètres de là) elle a pu faire de l'auto-stop jusqu'à Wallscaster et là prendre l'express de la côte du sud qui s'arrête à Reading-Ouest. Cela aurait pu se faire, à condition que... l'agression ait eu lieu assez tard dans l'après-midi.

— Le médecin a fixé seize heures trente comme heure limite.

— Attention, dit Mr Goby, je n'ai pas dit que c'était vraisemblable. Elle a l'air d'une gentille dame très aimée de tout le monde. Très attachée à son mari qu'elle traite comme un enfant.

— Oui, oui, le complexe maternel.

— Elle est vigoureuse, robuste, coupe du bois et charrie des grandes piles de bûches. S'y connaît bien aussi dans les moteurs d'auto.

— Voilà où je voulais justement en venir. Qu'y avait-il de détraqué à la voiture?

— Voulez-vous connaître tous les détails, monsieur Poirot?

— Dieu me pardonne! Je ne possède aucune connaissance en mécanique.

— Ce fut difficile à déceler, et difficile à réparer. Et ç'aurait pu être dû à la malveillance. Ç'eût été très facile pour quelqu'un d'un peu spécialiste.

— C'est magnifique [1] s'écria Poirot, d'un ton amer et enthousiaste à la fois. Bon Dieu [1]! ne pouvons-nous donc éliminer aucun élément suspect? Et Mrs Leo Abernethie?

— Dame très aimable, elle aussi. Feu Mr Abernethie avait beaucoup d'affection pour elle. Mrs Leo est venue le voir quinze jours avant sa mort.

— Après quoi, il s'est rendu à Lytchett St Mary, chez sa sœur?

[1] En français dans le texte.

— Non. Mais juste avant. Les revenus de Mrs Leo ont beaucoup diminué depuis la guerre. Elle a abandonné sa maison en province et a pris un petit appartement à Londres. Elle est propriétaire d'une villa à Chypre où elle vit le plus souvent. Elle a un jeune neveu; elle s'occupe un peu de son éducation; il semble aussi qu'il y ait un ou deux artistes qu'elle aide financièrement de temps en temps.

— Et il vous paraît impossible qu'elle ait quitté Enderby ce jour-là sans que les domestiques se soient aperçus de son absence? Dites-moi qu'il en est ainsi, je vous en supplie?

— J'ai bien peur de ne pouvoir vous faire plaisir, monsieur Poirot. Mrs Abernethie s'est rendue à Londres pour chercher des vêtements, car, ainsi qu'elle l'avait décidé avec Mr Entwhistle, elle comptait rester à Enderby et s'occuper de la maison.

— Il ne manquait plus que ça ([1])! dit Hercule Poirot d'une voix très émue.

[1] En français dans le texte.

CHAPITRE XIII

Lorsqu'on apporta la carte de visite de l'inspecteur Morton, du comté du Berkshire, Hercule Poirot leva les sourcils.

— Faites-le entrer, George, faites-le entrer. Et apportez-nous... Que préfèrent les gens de police?

— Je suggérerais de la bière, monsieur.

— Quelle horreur! Mais combien britannique! Eh bien! apportez-nous de la bière.

L'inspecteur Morton alla droit au but.

— Je suis venu à Londres, dit-il, et me suis procuré votre adresse. Vous ne vous souvenez pas de moi; mais moi, je vous remets très bien. L'affaire de Pangbourne...

— Ah! vous vous en êtes donc occupé?

— Oh! seulement en qualité de stagiaire. Il y a longtemps de cela, mais je ne vous ai jamais oublié.

— Alors, vous m'avez donc reconnu l'autre jour?

— Ce n'était pas très difficile, monsieur. Et l'inspecteur Morton de réprimer un léger sourire. Votre apparence est... plutôt originale.

Il le considéra de haut en bas, comme l'eût fait un tailleur, et ses regards se posèrent finalement sur les moustaches en guidon de bicyclette.

— Vous avez fait un tour en province, ajouta-t-il.

Poirot répondit complaisamment :

— C'est possible, c'est possible.

— Cela m'intéresserait de savoir pourquoi vous êtes allé là-bas. Ce genre de crime — vol, agression — tout cela ne vous intéresse généralement pas.

— Quel est, à votre avis, le type habituel du crime sauvage?

— C'est justement ce que je me demandais.

— Et c'est ce que vous vous êtes demandé depuis le début, n'est-ce pas?

— Oui, monsieur Poirot. Il y a quelques éléments singuliers dans cette affaire. Dès le commencement, nous avons suivi la routine habituelle, questionnant une ou deux personnes, mais chacune a pu justifier son emploi du temps l'après-midi du crime. Ce n'est pas ce qu'on pourrait appeler un assassinat ordinaire. Nous en sommes certains, et notre chef est du même avis. En fait, le meurtrier a voulu qu'il en soit ainsi. Il se pourrait que cette femme Gilchrist fût la coupable, mais, en ce qui la concerne, il ne semble pas y avoir de mobile. Mrs Lansquenet était peut-être légèrement déficiente, mentalement parlant, ou simple d'esprit, si vous préférez, mais c'était une femme d'intérieur et un chien de garde pour son amie, sans toutefois y voir autre chose. Il existe de par le monde des douzaines de Miss Gilchrist, qui ne sont pas pour autant des criminelles.

Il se tut, puis :

— Il semble donc que nous devions chercher plus avant, poursuivit-il. Je viens vous demander de nous aider, car *quelque chose* a bien dû vous amener dans notre région, monsieur Poirot.

— Oui, oui, quelque chose, en effet : une excellente voiture, une Daimler, mais ce n'était pas seulement cela.

— Vous vous étiez procuré des informations?

— Je n'appellerai pas ça des informations. En tout cas, rien qui pût servir de preuve. Mais vous avez été aiguillé sur cette affaire.

— Oui. Voyez-vous, monsieur Poirot, l'affaire s'est passablement développée.

Et, méticuleusement, sans omettre aucun détail, il parla de l'incident du gâteau de mariage.

— Ingénieux, oui, ingénieux... J'avais prévenu Mr Entwhistle de prendre soin de Miss Gilchrist. Elle était à la merci d'une agression. Mais je dois reconnaître que je ne m'attendais pas au poison. A vrai dire, je songeais plutôt à ce que le coup de hachette se renouvelât, craignant surtout pour elle des promenades solitaires, la nuit tombée, dans les chemins des environs.

— Mais pourquoi avez-vous pensé à une éventuelle agression? J'espère, monsieur Poirot, que vous allez me renseigner sur ce point.

Poirot approuva doucement de la tête.

— Oui, je vais vous le dire. Mr Entwhistle ne vous en parlera pas, lui, parce que c'est un homme de loi et que les hommes de loi préfèrent ne pas s'attarder à des hypothèses. Mais il ne m'en voudra pas de vous faire des révélations. Non, il en sera même soulagé.

Poirot cessa de parler lorsque George entra, portant un grand verre de bière.

— Voici de quoi vous rafraîchir, inspecteur. Non, j'insiste...

Avec force gestes, il entreprit de faire le récit qu'il tenait de Mr Entwhistle, en y ajoutant les enjolivements que sa nature exubérante lui suggérait. On aurait juré qu'Hercule Poirot avait été témoin de la scène.

— En somme, ce Mr Abernethie a bien pu être empoisonné?

— C'est une possibilité.

— Mais le corps a été incinéré. Par conséquent, nous ne pouvons rien prouver, n'est-ce pas?

— Exactement.

L'inspecteur Morton semblait ruminer ce qu'il venait d'apprendre.

— C'est intéressant, mais cela ne nous sert à rien, rien qui puisse justifier une enquête sur la mort de Richard Abernethie. Ce serait une perte de temps.

— En effet.

— Mais il y a les *gens* — ceux qui étaient présents quand Cora Lansquenet a dit ce qu'elle a dit, et l'un d'eux a peut-être pensé qu'elle le *dirait* encore avec plus de détails.

— C'est certainement ce qu'elle aurait fait. Il y a, comme vous le dites très justement, inspecteur, les gens. Vous comprendrez ainsi pourquoi j'ai assisté à l'enquête, pourquoi je m'intéresse à cette affaire : parce qu'il y a toujours des *gens* auxquels je m'intéresse.

— Mais alors, l'agression contre Miss Gilchrist...

— Tout indiquée. Richard Abernethie s'était rendu à la villa où il avait eu une conversation avec Cora. Peut-être avait-il alors cité un *nom* en particulier. La seule personne susceptible d'avoir entendu leur conversation est Miss Gilchrist. Une fois Cora réduite au silence, l'assassin pouvait continuer à être inquiet. Et si l'autre femme savait quelque chose? Bien entendu, si le meurtrier s'était dit que le mieux est l'ennemi du bien, il aurait agi sagement. Mais les meurtriers, inspecteur, observent rarement cette sagesse. Heureusement pour nous, d'ailleurs!

L'inspecteur Morton eut un léger sourire. Poirot continua.

— Cette attaque lancée contre Miss Gilchrist est, de la part du coupable, une première faute, car cela vous fournit une occasion de plus d'enquêter. Il y a l'écriture figurant sur l'étiquette de la boîte contenant le gâteau. Comme il est dommage que le papier d'emballage ait été brûlé!

— Oui, car j'aurais pu savoir si, oui ou non, le paquet est arrivé par la poste.

— Et vous pensez qu'il n'est pas arrivé par la poste?

— C'est ce que m'a dit le facteur, mais il n'en est pas très sûr. Si le colis était passé par le bureau de poste du village, il y aurait neuf chances sur dix pour que la postière l'ait remarqué; mais le courrier est maintenant distribué par fourgon depuis Market Keynes et, bien entendu, le jeune homme a suffisamment de travail pour expliquer le fait qu'il ne se souvienne pas très bien s'il a distribué un paquet. Il me paraît étrange qu'on ne l'ait remarqué qu'après le départ de Mr... Mr Guthrie.

— Ah! Mr Guthrie!

L'inspecteur Morton sourit.

— Oui, monsieur Poirot, nous nous occupons de lui. Après tout, c'était une bonne excuse pour lui de venir en mettant sa visite sur le compte de l'amitié qu'il témoignait à Mrs Lansquenet. Il a très bien pu laisser tomber le petit paquet. Et il y a d'autres possibilités.

— Vous pensez? demanda Poirot.

— Mr Georges Grossfield est également venu dans la région, mais seulement le lendemain. Il voulait assister aux obsèques. Il a eu des ennuis de moteur en cours de route. Que savez-vous de lui, monsieur Poirot?

— Très peu de chose et pas autant que je le désirerais.

— Alors, c'est comme ça? Si je comprends bien, tout un petit monde s'intéressait à feu Mr Abernethie. J'espère que cela ne suppose pas qu'il faille tous les poursuivre.

— J'ai réuni quelques renseignements qui sont à votre disposition. Bien entendu, je ne suis pas qualifié pour interroger tous ces gens, et, d'ailleurs, ce ne serait pas prudent de ma part.

— Je procéderai avec prudence moi-même. Il ne faut

pas effaroucher le gibier trop tôt. Mais lorsqu'on lui fait peur, il faut lui faire bien peur.

— Voilà une très sage technique. A vous donc la routine, cher ami, avec toute la machine dont vous disposez. La méthode n'est pas rapide, mais elle est sûre. Quant à moi...

— Oui, monsieur Poirot?

— Quant à moi, dis-je, je vais prendre la route du Nord. J'ai l'intention d'acheter une maison destinée à loger des réfugiés étrangers. Je représente l'U.N.A.R.C.O.

— L'U.N.A.R.C.O.?

— Oui, la « United Nations Aid for Refugees Centre Organisation ([1]) ». Ça sonne bien, n'est-ce pas?

Pour toute réponse, l'inspecteur Morton grimaça un sourire.

[1] Centre d'Organisation des Nations Unies pour l'Aide aux Réfugiés Etrangers.

CHAPITRE XIV

— Merci beaucoup, vous avez été très aimable, dit Hercule Poirot à une Janet au visage morose et à la bouche revêche.

« Ces étrangers, quand même! Ils posent de ces questions! Et quelle impertinence! C'est très joli de prétendre être un spécialiste qui s'intéresse à certains états cardiaques insoupçonnés comme celui dont Mr Abernethie souffrait sans doute. C'est même probable, car il a été emporté bien brutalement, notre maître, et son médecin lui-même s'en est étonné. Mais quel besoin cet étranger a-t-il de venir mettre son nez par ici?

« Et Mrs Leo qui éprouve le besoin de me recommander : « Je vous prie de répondre aux questions de Mr Pontarlier. Il a de bonnes raisons pour poser des questions. »

« Des questions. Toujours des questions. En quoi les affaires privées des gens peuvent-elles intéresser le gouvernement? Et leur âge? Elle n'avait pas dit le sien. Quand on ne sent que cinquante-quatre ans, pourquoi avouer plus de cinquante-quatre ans? »

De toute manière, Mr Pontarlier n'avait pas demandé son âge. Il respectait trop les convenances. Il s'était borné à lui demander quels étaient les médicaments que prenait son maître, à quel endroit on les rangeait, et s'il n'en avait pas absorbé une dose trop forte, soit par négligence, soit parce qu'il ne se sentait pas très bien.

« Comme si elle pouvait se rappeler toutes ces bêtises! Le maître savait bien ce qu'il faisait, après tout! Naturellement, on les avait tous jetés, ces médicaments. Il y avait aussi ces états cardiaques et ce mot très long dont il s'était servi. »

Le prétendu médecin poussa un soupir et redescendit pour se mettre à la recherche de Lanscombe. Il se disait qu'il n'avait pas tiré grand-chose de Janet; il n'y comptait d'ailleurs pas trop. Ce qu'il voulait, c'était lui arracher, sans qu'elle s'en doutât, un renseignement qui cadrerait avec celui, puisé à la même source, que lui avait fourni Helen Abernethie. Celle-ci se l'était procuré avec moins de peine, puisque Janet était prête à admettre que Mrs Abernethie avait, elle, le droit de poser des questions.

Bien entendu, pensait Poirot, il aurait pu faire confiance à Helen. Son renseignement était certainement sûr. Mais Poirot, par nature ou par expérience, ne comptait jamais que sur lui-même.

En tout cas, la preuve qu'il recherchait était mince et peu satisfaisante. Elle se réduisait au fait qu'on avait prescrit à Richard Abernethie des capsules d'huile vitaminée et que ces capsules étaient contenues dans un flacon qui, au moment de la mort, était presque vide. N'importe qui aurait pu enfoncer, dans une ou plusieurs de ces capsules, l'aiguille d'une seringue hypodermique et disposer les capsules dans le flacon, de telle manière que la dose mortelle ne fût absorbée que quelques semaines après que le coupable eût quitté Enderby. Il était également possible qu'un inconnu ait pu se glisser dans la maison la veille du jour où Richard Abernethie était mort, soit pour trafiquer une capsule, soit — hypothèse plus vraisemblable — pour substituer à l'un des comprimés de somnifère renfermés dans le flacon placé près du lit un comprimé semblable, mais contenant du poison. Autre possibilité, enfin, la substance mortelle pouvait avoir été tout simplement mélangée à ses aliments ou à sa boisson.

Hercule Poirot s'était personnellement livré à quelques expériences. La porte d'entrée était verrouillée, mais il y en avait une autre, sur le côté, donnant dans le jardin, qui n'était pas fermée à clef avant le soir. Vers une heure un quart, tandis que les jardiniers déjeunaient et que tout le monde se trouvait dans la salle à manger, Poirot pénétra à l'intérieur de la propriété, atteignit la porte de côté et monta jusqu'à la chambre de Richard Abernethie sans avoir rencontré personne. Poursuivant l'expérience, il alla jusqu'à pousser une porte qui le conduisit à l'office, d'où il avait entendu des bruits de voix venant de la cuisine au bout d'un couloir, toujours sans se faire voir.

Oui, on avait pu procéder ainsi; mais l'avait-on fait? Rien n'incitait à le croire. A vrai dire, Poirot ne recherchait pas de preuves; il désirait uniquement être édifié quant aux possibilités. L'assassinat de Richard Abernethie n'était peut-être encore qu'une conjecture. Des preuves? Il en fallait seulement pour l'autre, Cora Lansquenet. Il voulait étudier d'une manière approfondie tous ceux qui avaient assisté aux obsèques de Richard et parvenir lui-même à des conclusions. Son plan était établi, mais d'abord, il devait s'entretenir avec le vieux Lanscombe.

Lanscombe fut courtois, mais distant.

— Oui, monsieur? demanda-t-il poliment.

Poirot s'assit précautionneusement sur un tabouret de cuisine.

— Mrs Abernethie m'apprend que vous aviez formé le projet de vous installer dans le petit pavillon près du portail nord lorsque vous prendriez votre retraite?

— C'est exact, monsieur. Evidemment, tout est changé maintenant. Quand la propriété sera vendue...

Poirot l'interrompit prestement.

— La chose peut encore se faire. Il y a des villas pour les jardiniers, et les pensionnaires n'auraient pas besoin du pavillon.

— Merci, monsieur. Mais je ne crois vraiment pas... Les nouveaux pensionnaires seront des étrangers, je suppose?

— Oui, ils seront des étrangers. Des gens qui ont fui les pays d'Europe, des vieux infirmes pour la plupart. S'ils retournent chez eux, ils n'ont plus d'avenir, car ce sont des gens dont les parents ont péri. On vient de réunir les fonds qui sont administrés par l'organisation dont je suis le représentant. L'achat de cette propriété est pratiquement conclu.

Lanscombe soupira :

— Vous comprendrez, monsieur, à quel point il m'est pénible de penser que cet endroit ne sera plus une résidence privée. Mais je me rends parfaitement compte que ces belles maisons ont fait leur temps. (Lanscombe poussa un nouveau soupir.) Mon pays a toujours ouvert ses bras aux malheureux et aux déshérités, nous en sommes fiers. Nous continuerons à agir de la même façon.

— Merci, Lanscombe, dit doucement Poirot. La mort de votre maître a dû vous être pénible?

— Très pénible, en effet, monsieur.

— J'ai eu une conversation avec mon ami... mon confrère, le docteur Larraby. Nous nous demandions si Mr Abernethie n'avait pas eu quelque contrariété, une visite désagréable, la veille de sa mort. Vous ne vous rappelez pas s'il a eu des visiteurs ce jour-là?

— Je ne crois pas, monsieur. Je ne me souviens d'aucun visiteur.

— Personne, vraiment?

— Le vicaire est venu prendre le thé, la veille. A part lui, quelques religieuses qui demandaient une souscription et un jeune homme qui a sonné à la porte de derrière et a demandé à Marjorie si elle voulait lui acheter des brosses. Elle ne parvenait pas à s'en défaire. Non, personne d'autre.

Lanscombe prit un air contrarié et Poirot n'insista pas.

Avec Marjorie, le Belge remporta un succès immédiat. Les sentiments de la cuisinière ne s'exprimaient jamais qu'en fonction de ses talents culinaires. Poirot vanta certains plats en connaisseur, et il n'eut aucun mal à découvrir quel avait été le dernier menu de Richard Abernethie. Marjorie, en effet, voyait la chose sous l'angle suivant : « C'est le soir de la mort de Mr Abernethie que j'ai fait un soufflé au chocolat — avec six œufs que j'avais mis de côté pour cette occasion. Le laitier est un ami à moi. J'ai pu aussi me procurer de la crème — mieux vaut ne pas demander de quelle façon Mr Abernethie s'est régalé. » Le reste du dîner fut décrit avec autant de détails. Ce qui était revenu de la salle à manger avait été terminé à la cuisine. Bref, en dépit de sa volubilité, la cuisinière n'apprit pas grand-chose à Poirot.

Là-dessus, il alla chercher son pardessus et deux cache-nez, destinés à le prémunir contre les rigueurs de ce pays du Nord, et se rendit à la terrasse où il retrouva Helen Abernethie en train de couper quelques roses tardives.

— Avez-vous découvert quelque chose d'intéressant? demanda-t-elle.

— Non, mais je m'y attendais.

— Je sais. Dès l'instant où j'ai appris par Mr Entwhistle que vous veniez, j'ai fureté un peu partout sans succès. Peut-être n'y a-t-il rien dans tout cela.

— Vous appelez « rien » un coup de hache?

— Je ne pensais pas à Cora.

— Mais moi, c'est bien à Cora que je songe. Pourquoi fallait-il qu'on l'assassinât? J'ai su, par Mr Entwhistle, qu'au moment où elle a commis sa fameuse gaffe, vous aviez senti que quelque chose... n'allait pas. Exact?

— Eh bien! oui, mais je ne sais pas...

Poirot poursuivit sans attendre qu'elle eût terminé sa phrase.

— Qu'est-ce qui « n'allait pas »? Quelque chose d'inattendu, de surprenant? Une gêne? Une menace?

— Non, rien de menaçant. Rien que quelque chose qui n'était pas... Oh! je ne sais plus. Je ne m'en souviens pas et c'était sans importance.

— Mais pourquoi ne vous en souvenez-vous plus? Parce qu'autre chose vous l'a ôté de l'esprit? Autre chose de plus important?

— Oui... Oui. Je crois que vous êtes tombé juste. Je pense que c'est l'allusion à l'assassinat qui a chassé le reste de mon esprit.

— Peut-être la réaction d'une des personnes présentes après l'allusion à l'assassinat, suggéra Poirot.

— Peut-être. Mais je ne me rappelle pas avoir regardé quelqu'un en particulier. Nos regards étaient tous braqués sur Cora.

— Vous avez peut-être entendu quelque chose. La chute d'un objet, ou un objet se brisant...

Elle sembla faire un gros effort de mémoire.

— Non... je ne crois pas.

— Enfin, cela vous reviendra un jour ou l'autre. Maintenant, dites-moi, madame, lequel de vous tous connaissait le mieux Cora?

Helen considéra cette question pendant un instant.

— Lanscombe, je suppose, dit-elle enfin. Il se la rappelait bien lorsqu'elle était petite. Janet, la femme de chambre, n'est arrivée ici qu'après son mariage et son départ d'Enderby.

— Et après Lanscombe?

— Moi, je pense. Maude la connaissait à peine.

— Alors, puisque vous êtes la personne la connaissant le mieux, pourquoi pensez-vous qu'elle ait posé ainsi cette question?

— C'était bien dans la manière de Cora.

— Fallait-il y voir de la bêtise [1] purement et simplement? A-t-elle laissé échapper cette phrase uniquement parce qu'elle lui est passée par la tête? Ou bien a-t-elle trouvé un malin plaisir à jeter le trouble dans l'esprit de chacun?

Helen réfléchit.

— Il n'est pas possible de juger quelqu'un à coup sûr, n'est-ce pas? Je n'ai jamais pu savoir si Cora était une personne sans malice, ou si, au contraire, elle désirait, comme l'aurait fait un enfant, faire son petit effet. C'est bien à cela que vous songez?

— Oui. Je pensais : supposons que Cora se soit dit : « Ce serait drôle de demander si Richard a été assassiné et de voir la tête qu'ils feraient! » Cora en était-elle capable?

Helen eut un air de doute.

— C'est possible. Elle possédait en effet un certain sens de l'humour d'enfant espiègle. Mais où cela nous mène-t-il?

— Je soulignerai le fait qu'il n'est pas recommandé de plaisanter avec un assassinat, répondit sèchement Poirot.

Helen frissonna.

— Pauvre Cora!

Poirot changea de sujet.

[1] En français dans le texte.

— Mrs Timothy a passé ici la nuit qui a suivi les obsèques?

— Oui.

— A-t-elle fait allusion, devant vous, à ce qu'avait dit Cora?

— Oui. Elle pensait que c'était une remarque extravagante, et bien dans sa manière.

— Elle n'a pas pris la chose au sérieux?

— Oh! non... non, j'en suis sûre.

Poirot pensa que le second « non » avait été prononcé d'un ton de doute. Mais n'en est-il pas toujours ainsi lorsqu'on repense à quelque chose?

— Et vous, madame, avez-vous pris la chose au sérieux?

Les yeux bleus d'Helen Abernethie prirent une expression étrangement jeune sous les cheveux gris ramenés de chaque côté du front.

— Oui, monsieur Poirot. Je crois avoir pris la chose au sérieux.

— A cause de ce sentiment que vous éprouviez que quelque chose n'allait pas?

— Peut-être.

Poirot attendit un instant avant de reprendre, mais comme Helen se taisait, il poursuivit :

— Il existait un froid entre Mrs Lansquenet et sa famille, et qui durait depuis des années?

— Oui. Aucun de nous n'aimait son mari et elle en était froissée; c'est ainsi que ce froid persista.

— Et puis, brusquement, votre beau-frère alla la voir. Pour quelle raison?

— Je l'ignore. J'imagine qu'il savait, ou devinait, qu'il n'en avait plus pour longtemps et il désirait peut-être une réconciliation — mais je n'en sais vraiment rien.

— Il ne vous a rien dit?

— A moi?

— Oui. Vous étiez bien chez lui juste avant qu'il ne s'en aille voir Cora? Vous a-t-il fait part de son projet?

A cet instant, Poirot remarqua une certaine réserve dans l'attitude d'Helen.

— Il m'a parlé d'un voyage chez son frère Timothy, voyage qu'il fit effectivement, mais il n'a jamais, en ma présence, parlé d'aller chez Cora. Nous rentrons? Ce sera bientôt l'heure de déjeuner.

Elle marchait à côté de lui, portant les fleurs qu'elle venait de cueillir. Comme ils pénétraient dans la maison par la petite porte de côté, Poirot demanda :

— Etes-vous sûre, absolument sûre, que durant votre séjour chez Mr Abernethie, il ne vous a rien dit sur un membre de la famille en particulier?

Il y avait une nuance de reproche dans la réponse d'Helen :

— Vous vous exprimez comme un policier.

— J'en étais un... autrefois. Bien sûr, je n'ai aucun droit de vous questionner. Mais vous désirez connaître la vérité, si j'ai bien compris.

Ils pénétrèrent dans le salon vert. Helen poussa un soupir.

— Richard a été très déçu par les jeunes de sa famille, dit-elle. Les vieux sont ainsi. Par bien des manières, il les discréditait, mais rien — rien, comprenez-vous — ne pouvait justifier un assassinat.

— Ah! dit simplement Poirot.

Helen se saisit d'un vase chinois et commença à y déposer ses fleurs. Quand elle les eut arrangées à sa convenance, elle chercha des yeux un endroit où elle pourrait les poser.

— Vous savez admirablement faire un bouquet, madame, déclara Hercule Poirot. Je suis persuadé que vous faites à la perfection tout ce que vous entreprenez.

— Merci. J'aime beaucoup les fleurs. Je pense qu'elles

feront très bien sur la petite table verte en malachite.

Sur cette table se trouvait déjà un bouquet de fleurs artificielles sous un globe de vere. Comme elle soulevait le globe, Poirot laissa tomber d'un ton indifférent :

— On n'a jamais dit à Mr Abernethie que le mari de sa nièce Suzan avait failli empoisonner une cliente en exécutant une ordonnance? Ah! *Pardon!*

Il bondit en avant. L'œuvre d'art victorienne avait glissé des mains d'Helen, mais le geste de Poirot n'avait pas été assez vif. L'objet tomba à terre où le globe de verre se brisa. Helen sembla contrariée.

— Que je suis maladroite! Enfin, les fleurs ne sont pas abîmées et il me sera facile de faire faire un autre globe. Je vais ranger tout cela dans le grand placard sous l'escalier.

Poirot lui donna un coup de main. Revenu dans le salon, il dit en s'excusant :

— C'est ma faute. Je n'aurais pas dû vous faire sursauter par ma question.

— Que m'aviez-vous demandé, déjà? Je ne m'en souviens plus.

— Oh! il est inutile d'y revenir. J'ai moi-même oublié de quoi il était question.

Helen marcha vers Poirot et lui posa la main sur le bras.

— Monsieur Poirot, dit-elle, à quoi bon cet interrogatoire serré? Des êtres vivants doivent-ils être mêlés à cette affaire s'ils n'ont rien à voir avec... avec...

— Avec la mort de Cora Lansquenet? Oui. Pour la simple raison qu'il faut aller au fond des choses. La vieille maxime n'est que trop vraie : *chacun a quelque chose à cacher*. Cela vaut pour tout le monde, peut-être aussi pour vous, madame. Mais, je vous le répète, rien ne doit rester dans l'ombre, et c'est pour cette raison que votre ami Mr Entwhistle est venu me trouver. Car je n'appartiens pas à la police, moi. Ce que j'apprends ne me regarde pas, mais je dois savoir. Et puisque, dans le cas qui nous intéresse, il s'agit de *gens* plutôt que de *preuves*, c'est des gens qu'il faut que je m'occupe. Je désire, madame, rencontrer toutes les personnes présentes aux obsèques et il serait souhaitable, tacitement souhaitable que la réunion se fît ici même.

— Je crains, répondit doucement Helen, que la chose ne soit assez difficile...

— Pas aussi difficile que vous le croyez. J'ai déjà trouvé un motif plausible. La maison est vendue, et c'est ce qu'annoncera Mr Entwhistle. Il invitera tous les membres de la famille à venir afin que chacun puisse choisir le meuble ou l'objet qu'il désire conserver avant la vente aux enchères. La réunion pourrait avoir lieu à l'occasion d'un week-end. Vous voyez comme c'est facile, ajouta-t-il.

Helen le regarda. Ses yeux brillèrent d'un éclat froid, presque glacial.

— Avez-vous l'intention de tendre un piège à quelqu'un, monsieur Poirot?

— Hélas! Je voudrais en savoir assez pour cela. Non, j'ai encore l'esprit libre de toute prévention. Mais il se peut que je me livre à certains tests...

— Des tests? Quel genre de tests?

— Je n'ai encore rien décidé, mais je pense, madame, qu'il est préférable que vous n'en sachiez rien à l'avance.

— Afin de pouvoir me mettre, moi aussi, à l'épreuve?

— Vous avez été mise hors de cause, madame.

« Les jeunes viendront volontiers, je pense, poursuivit Poirot. Mais ne croyez-vous pas qu'il nous sera difficile de nous assurer la présence ici de Mr Timothy Abernethie? Il paraît qu'il ne sort jamais de chez lui.

— Je crois que, pour ce qui est de Timothy, vous aurez de la chance, dit rapidement Helen en souriant. J'ai eu des nouvelles par Maude, hier. On est en train de repeindre la maison, et Timothy prétend que l'odeur de la peinture le rend malade. Je suis persuadée que lui et Maude ne demanderaient pas mieux que de venir passer une semaine ou deux ici. Maude n'est pas encore très ingambe. Vous savez qu'elle s'est fracturé la cheville?

— Je l'ignorais. Quelle malchance!

— Mais, par bonheur, ils ont pour les aider Miss Gilchrist, la dame de compagnie de Cora. Une vraie perle, paraît-il.

— Comment? Le ton de Poirot se fit brusque. Pour quelle raison lui ont-ils fait appel? Qui a eu cette idée?

— Suzan, je crois. Suzan Banks.

— Ah! répondit-il d'une voix étrange. Alors c'est la petite Suzan qui a fait cette suggestion. Elle aime beaucoup arranger les choses.

— Suzan m'a toujours fait l'effet d'une jeune personne très compétente.

— Oui, compétente, en effet. Saviez-vous que Miss Gilchrist vient de l'échapper belle, en mangeant un morceau de gâteau empoisonné?

Helen sursauta.

— Non, fit-elle. En effet, je me rappelle que Maude m'a dit qu'elle sortait de l'hôpital, mais j'ignorais pour quelle raison. Un gâteau empoisonné! Mais, monsieur Poirot... pourquoi?

— Vous me demandez « pourquoi »?

Alors Helen, déclara avec véhémence :

— Ça va bien. Réunissez-les tous ici! Découvrez la vérité! D'autres meurtres ne doivent pas se commettre.

— Alors vous coopérerez?

— Oui... je coopérerai.

CHAPITRE XV

— Comme ce linoléum est joli, madame Jones. Vous avez vraiment le coup de main pour le lino. La théière est sur la table de la cuisine; vous pouvez vous servir. Quant à moi, je vais monter sa collation de onze heures à Mr Abernethie.

Miss Gilchrist monta alors l'escalier portant un plateau joliment garni. Elle frappa à la porte de Timothy, interpréta le grognement qui lui répondit comme une invitation à entrer et pénétra vivement dans la pièce.

— Voici votre café du matin et vos biscuits, monsieur Abernethie. J'espère que vous vous sentez bien mieux aujourd'hui. Quelle belle journée!

Timothy grommela et demanda d'un ton soupçonneux :

— Il n'y a pas de peau dans ce lait?

— Oh! non, monsieur Abernethie. J'ai pris grand soin de la retirer; et je vous ai apporté une petite passoire au cas où elle se reformerait. Il y a des gens qui aiment ça, vous savez. Ils disent que c'est de la crème, et ils ont raison.

— Tas d'idiots. Qu'est-ce que c'est que ces biscuits?

— Ces biscuits digestifs qui sont si bons...

— Digestifs? Fichaise! Seuls les biscuits aux noix et au gingembre sont mangeables.

— Malheureusement, l'épicier n'en avait plus, cette semaine. Mais ceux-ci sont très bons. Goûtez-les.

— Je sais ce qu'ils valent, merci. Voulez-vous bien laisser ces rideaux tranquilles?

— Je pensais que vous aimeriez profiter du soleil. C'est une si belle journée!

— Je préfère que cette pièce reste dans l'ombre. J'ai un mal de tête fou; c'est la peinture qui m'intoxique.

Miss Gilchrist renifla et dit vivement :

— On ne peut pas dire que ça sente beaucoup ici. Les peintres travaillent de l'autre côté de la maison.

— Vous ne possédez pas une sensibilité aux odeurs. Pourquoi s'obstine-t-on à placer hors de ma portée les livres que je veux lire?

— Excusez-moi, monsieur Abernethie. J'ignorais que vous les lisiez.

— Où se trouve ma femme? Il y a plus d'une heure que je ne l'ai vue.

— Mrs Abernethie se repose sur le divan.

— Dites-lui de venir. Elle se reposera ici.

— Entendu, monsieur Abernethie. Mais il est possible qu'elle se soit endormie. Dans un quart d'heure?

— Non. Faites-lui ma commission sur-le-champ. Et ne tripotez pas cette couverture. Elle est très bien comme elle est.

— Pardon. Je croyais qu'elle pendait d'un côté.

— J'aime bien qu'elle pende. Allez me chercher Maude. J'ai besoin d'elle.

Miss Gilchrist redescendit et entra sur la pointe des pieds dans le salon où Maude Abernethie, assise, son pied surélevé, lisait un roman.

— Pardonnez-moi, madame Abernethie, s'excusa-t-elle, mais Mr Abernethie vous réclame.

Comme prise en faute, Maude poussa vivement son roman de côté.

— Oh! mon Dieu! s'écria-t-elle. Je monte tout de suite.

Et elle se saisit de sa canne.

Lorsque Maude pénétra dans la chambre de son mari, celui-ci explosa :

— Enfin! Te voilà!

— Je regrette, mon chéri, je ne savais pas que tu me demandais.

— Cette femme que tu as fait venir me rendra fou. Elle passe son temps à s'agiter et à papillonner comme un volatile en folie. Le type parfait de la vieille fille, voilà ce qu'elle est.

— Je suis désolée qu'elle t'ennuie. Elle essaie d'être aimable, voilà tout.

— Je n'ai pas envie qu'on soit aimable, ni besoin qu'une maudite vieille fille vienne caqueter autour de moi. Et diablement effrontée, en plus...

— Peut-être un peu, en effet.

— Elle me traite comme si je n'étais qu'un gosse. C'est à devenir fou.

— Je te l'accorde. Mais je t'en prie, Timothy, tâche de ne pas être grossier envers elle. Je suis encore incapable de faire quoi que ce soit; tu reconnais toi-même qu'elle fait de la bonne cuisine.

— Je suis d'accord sur ce point, admit-il à contrecœur. Elle ne cuisine pas mal. Mais fais-la rester dans la cuisine, au lieu de la laisser venir faire des embarras autour de moi.

— C'est entendu, mon chéri. Comment te sens-tu?

— Pas bien du tout. Je crois que tu ferais mieux de dire à Barton de venir m'examiner. Cette peinture est nuisible à mon cœur. Tiens, tâte mon pouls et sens comme il est irrégulier.

Maude s'exécuta, mais ne fit aucun commentaire.

— Timothy, si nous nous installions à l'hôtel tant que les peintures ne sont pas terminées?

— Ce serait du gaspillage.

— Mais cela n'a pas tellement d'importance... maintenant.

— Tu es comme toutes les femmes, toi. Ton extravagance fait mon désespoir. Sous prétexte que nous venons d'hériter une petite part de la fortune de mon frère, tu te figures que nous allons pouvoir vivre au Ritz, indéfiniment.

— Je n'ai pas dit tout à fait cela, chéri.

— Je te garantis que la différence de vie que nous apporte l'héritage de Richard ne sera guère appréciable. Le gouvernement se chargera de nous le pomper. Rappelle-toi ce que je te dis : le tout ira au fisc.

Mrs Abernethie hocha mélancoliquement la tête.

— Le café est froid, déclara alors l'infirme, sans même avoir goûté au contenu de la tasse qu'il considéra avec dégoût. Je ne pourrai donc jamais boire du café vraiment chaud!

— Je vais aller te le faire réchauffer.

Dans la cuisine, Miss Gilchrist buvait du thé tout en conversant aimablement, quoique avec une certaine condescendance, avec Mrs Jones.

— Je m'efforce tellement, dans la mesure où je le peux, de soulager Mrs Abernethie. Toutes ces montées et descentes lui sont si pénibles!

Le téléphone sonna et Miss Gilchrist se précipita dans le vestibule pour répondre. L'appareil — un modèle vétuste, datant de cinquante ans — se trouvait mal placé dans un couloir plein de courants d'air, derrière la cage d'escalier.

Maude Abernethie parut en haut de l'escalier cependant que Miss Gilchrist continuait de parler. La vieille fille se retourna.

— C'est Mrs Leo... Leo... c'est bien ça? Mrs Leo Abernethie qui est à l'appareil.

— Dites-lui que j'arrive.

Lentement, péniblement, Maude descendit les dernières marches.

— Je suis désolée que vous ayez eu à redescendre, madame Abernethie, murmura Miss Gilchrist. Mr Abernethie a-t-il terminé son café? Je vais faire un saut là-haut pour chercher le plateau.

— Helen? dit Maude, prenant l'appareil. C'est Maude.

***

L'infirme jeta à Miss Gilchrist un regard malveillant.

— Qui téléphone?

— Mrs Leo Abernethie.

— Ah! Bien entendu, elles vont papoter pendant une bonne heure. Les femmes n'ont aucun sens de l'heure quand elles sont au téléphone. Elles ne songent jamais à tout l'argent qu'elles gaspillent.

Miss Gilchrist répondit aussitôt que, dans le cas présent, ce serait Mrs Leo qui ferait les frais de la communication; à quoi Timothy répondit par un grognement.

— Tirez un peu sur ce rideau, voulez-vous? Non, pas celui-ci, l'autre. Je n'ai pas envie d'avoir la lumière en plein dans l'œil. Comme cela. Le fait que je sois un infirme ne doit pas me condamner à vivre toute la journée dans le noir. Et puis, allez voir si dans la bibliothèque, là-bas, vous me prendrez le... Qu'est-ce qu'il y a encore? Où courez-vous de la sorte?

— On a sonné à la porte de devant, monsieur Abernethie.

— Je n'ai rien entendu. Il y a cette femme de ménage en bas, laissez-la répondre.

— Bien, monsieur Abernethie. Quel était le livre que vous vouliez?

Timothy ferma les yeux.

— Je ne m'en souviens plus. Ça m'est sorti de la tête, par votre faute. Vous pouvez vous en aller.

Miss Gilchrist se saisit du plateau et se hâta de quitter la pièce. Arrivée en bas, elle posa le plateau sur la table de l'office, traversa le vestibule et alla vers la porte. Au bout d'un instant, elle revint et dit à Maude :

— Excusez-moi de vous interrompre. C'est une religieuse, pour une quête. Elle a un livre : les autres ont donné une demi-couronne ou une couronne.

— Un instant, Helen, dit Maude dans le téléphone. Puis à Miss Gilchrist : Je ne donne pas aux catholiques. Nous avons nos œuvres, pour notre Eglise.

Elle reprit la conversation interrompue, et, au bout de quelques minutes, termina par ces mots : « J'en parlerai à Timothy. »

***

— C'était Helen, dit Maude, une fois revenue dans la chambre de son mari. Il semble que la maison soit finalement vendue... à une sorte d'institution pour réfugiés étrangers. Helen a suggéré que nous allions là-bas, avant que tout soit liquidé. Elle a été navrée d'apprendre à quel point l'odeur de la peinture t'était nuisible, et elle a pensé que tu préférerais Enderby à l'hôtel, les domestiques y sont encore, et on prendra bien soin de toi.

Indigné, Timothy avait ouvert la bouche pour protester, mais il la referma. Une expression futée parut soudain dans ses yeux. Il approuva de la tête.

— Quelle prévenance de la part d'Helen! Je me demande... Je ne sais pas... Enfin, je vais y songer. Il est hors de doute que cette peinture m'intoxique. La peinture contient de l'arsenic, je crois. Mais, d'un autre côté, la fatigue du voyage pourrait être trop grande pour moi. Il est bien difficile de dire ce qui serait préférable.

— Peut-être aimerais-tu l'hôtel, chéri? dit Maude. Les bons hôtels sont très chers, mais quand il s'agit de ta santé...

Timothy l'interrompit :

— J'aimerais te faire comprendre, Maude, que nous ne sommes pas millionnaires. Pourquoi choisir l'hôtel, du moment qu'Helen a l'amabilité de nous suggérer d'aller à Enderby? Quoiqu'elle n'ait pas à le suggérer après tout, la maison n'est pas à elle. Je ne connais rien aux subtilités de la loi, mais je suppose qu'elle nous appartient autant qu'à elle, tant qu'elle n'est pas vendue. Des réfugiés étrangers! Voilà de quoi faire retourner dans sa tombe le vieux Cornelius.

Il poussa un soupir.

— Oui, ajouta-t-il, j'aimerais bien revoir cette vieille demeure avant de mourir.

Habilement, Maude joua sa dernière carte.

— J'ai cru comprendre, que Mr Entwhistle avait invité les membres de la famille à venir choisir tel ou tel meuble ou quelque pièce de vaisselle qu'ils auraient plaisir à conserver avant que le tout soit mis aux enchères.

D'un mouvement vif, Timothy se redressa dans son fauteuil.

— Il faut certainement y aller. A mon avis, Helen fait preuve d'une amabilité excessive. Après tout, en tant que chef de famille, il m'appartient d'être présent le jour de la réunion.

Il se mit debout et arpenta la pièce d'un pas alerte.

— Oui, c'est un projet excellent, poursuivit-il. Ecris donc à Helen que nous acceptons. C'est surtout à toi que je songe, ma chérie. Tu en as beaucoup trop fait, ces derniers temps. Les peintres peuvent poursuivre leur travail en notre absence et cette femme Gillespie pourra s'occuper de la maison.

— Gilchrist, rectifia Maude.

Timothy eut un geste de la main et déclara que cela était la même chose.

*
**

— Non, je ne pourrais vraiment pas, dit Miss Gilchrist.

Etonnée, Maude la regarda.

La vieille fille tremblait et regardait Maude d'un air suppliant.

— C'est ridicule de ma part, je le sais... Mais je ne pourrais pas rester seule dans cette maison. Si quelqu'un d'autre pouvait venir et coucher ici? Je ne suis pas peureuse, d'habitude, ni capricieuse, mais tout est différent, maintenant. Je serais terrifiée, littéralement terrifiée.

— Bien sûr, dit Maude. Que je suis stupide! Après ce qui s'est passé à Lytchett St Mary!

— C'est depuis que je suis ici que je me sens ainsi, j'ai peur. De rien en particulier, mais j'ai peur quand même. C'est bête, n'est-ce pas, et j'ai honte. C'est comme si, à chaque instant, je m'attendais à ce qu'il arrive quelque chose d'effrayant. Jusqu'à cette religieuse qui m'a fait sursauter, tout à l'heure.

— Je suppose que c'est le choc — le choc à retardement, suggéra Maude sans conviction.

— Est-ce cela? Je n'en sais rien. Je suis désolée de vous paraître ingrate après toutes vos gentillesses. Qu'allez-vous penser de moi?

— Il faudra que nous nous arrangions autrement, dit Maude pour la calmer.

CHAPITRE XVI

George Crossfield hésita un instant tandis qu'il observait un dos féminin disparaître par une porte. Il secoua la tête et le suivit.

La porte en question appartenait à un magasin à double vitrine, et ce magasin avait cessé tout activité. A travers les vitres, on pouvait voir l'intérieur de la boutique désespérément vide. La porte était fermée, George frappa. Un jeune homme à lunettes, au visage stupide, ouvrit et le regarda.

— Excusez-moi, dit George, mais je crois avoir vu entrer ma cousine.

Le jeune homme fit quelques pas en arrière et laissa passer George Crossfield.

— Hello, Suzan! dit-il.

Debout sur une chaise d'emballage, un mètre à la main, Suzan tourna la tête et considéra son cousin avec surprise.

— Hello, George! D'où sors-tu?

— J'ai aperçu un dos et j'étais certain qu'il t'appartenait.

— Est-tu capable de te rappeler : « deux mètres vingt-cinq », en attendant que je le note par écrit?

— Bien sûr. De quoi s'agit-il? Des rayons de bibliothèque?

— Non, les dimensions de la pièce. Deux mètres soixante-quinze, plus vingt-cinq, font trois...

Le jeune homme à lunettes toussa en manière d'excuse.

— Je vous demande pardon, madame Banks, mais si vous désirez rester ici plus longtemps...

— C'est en effet mon intention, répondit Suzan. Si vous me laissez les clefs, je refermerai en partant et les poserai au bureau en passant. Cela vous va?

— Oui, merci.

— Je suis contente que nous ayons pu nous débarrasser de lui, dit la jeune femme.

Elle arrêta ses mensurations et se retourna pour dévisager son cousin.

— Ce que tu as changé, George, c'est extraordinaire!

Elle s'assit sur une autre caisse et alluma une cigarette.

— Tu avais grand besoin de l'argent que t'a laissé le vieux Richard, n'est-ce pas?

— Qui pourrait, en toute honnêteté, prétendre que l'argent n'est pas le bienvenu par les temps qui courent?

George s'exprimait avec désinvolture.

— Tu étais dans le pétrin, pas vrai?

— Je ne vois pas en quoi cela te regarde, Suzan.

— Oh! je te portais simplement de l'intérêt.

— Vas-tu louer ce magasin pour y installer un commerce?

— J'achète toute la maison.

— Avec dépendances?

— Oui. Les deux étages supérieurs étaient des appartements. L'un est vide et se vend avec la boutique. J'achète également l'autre aux occupants.

— Ça fait plaisir, l'argent, n'est-ce pas, Suzan?

La voix de George avait pris un ton malicieux. Suzan se contenta de pousser un profond soupir.

— En ce qui me concerne, dit-elle, c'est merveilleux. L'exaucement d'une prière.

— Les prières ont-elles le pouvoir de tuer les vieux parents?

Suzan ne prêta aucune attention à cette question.

— Cet endroit est juste ce qu'il me fallait, déclara-t-elle.

— Qu'est-ce que ce sera? Une maison de couture?

— Non. Institut de beauté, préparations à base de plantes, crèmes pour le visage. Ça paie, ça paie toujours. A condition d'avoir de la personnalité... J'y arriverai.

George considéra sa cousine. Il admirait les méplats obliques de son visage, sa bouche charnue, l'éclat de son teint. L'ensemble formait une physionomie curieusement vivante et, dans Suzan, il entrevoyait cette étrange et indéfinissable qualité qui garantit le succès.

— Oui, finit-il par dire. Je crois que tu as ce qu'il faut pour réussir. Il y a longtemps que tu avais ce projet en tête?

— Il y a plus d'un an.

— Pourquoi n'en as-tu pas fait part au vieux Richard? Il aurait peut-être financé ton affaire.

— Je lui en avais parlé.

— Et il n'a pas marché? J'aurais cru, au contraire, qu'il aurait reconnu en toi ce tempérament qui était le sien.

Suzan ne répondit pas et George entrevit, l'espace d'un instant, une autre figure : celle d'un jeune homme maigre, nerveux et soupçonneux.

— Et que devient — comment s'appelle-t-il déjà? Greg — et que devient Greg dans cette affaire? demanda-t-il. J'imagine qu'il va renoncer à ses pilules et à ses poudres?

— Evidemment. Nous ferons installer un laboratoire dans l'arrière-boutique. Nous aurons nos formules personnelles pour les crèmes et les produits de beauté.

George réprima un sourire. Il était sur le point de

dire : « Ainsi l'enfant aura son petit coin pour jouer », mais il jugea bon de tenir sa langue.

— Une vraie Abernethie, voilà ce que tu es, dit-il enfin. La seule de la famille, d'ailleurs. Du point de vue de Richard, il est dommage que tu sois une femme : si tu avais été un garçon, je parie qu'il t'aurait laissé tout le fourbi.

— Je le crois, en effet, dit doucement Suzan.

Elle se tut, puis reprit :

— Il n'aimait pas Greg, tu sais.

— Ah! (George leva les sourcils.) C'est de sa faute!

— Oui.

— Enfin, tout va pour le mieux et les projets se réalisent.

Ayant prononcé ces mots, il fut frappé par le fait qu'ils pouvaient s'appliquer tout particulièrement à Suzan et, l'espace d'un instant, se sentit gêné à cette idée.

Puis, changeant de sujet :

— A propos, as-tu reçu une lettre d'Helen au sujet d'Enberby?

— Oui, ce matin. Et toi?

— Moi aussi. Que comptes-tu faire?

— Greg et moi avons pensé y aller le prochain week-end si cette date convient aux autres. Helen semble tenir à ce que nous soyons tous ensemble.

George eut un rire sarcastique.

— Sinon quelqu'un pourrait choisir le premier un meuble d'une plus grande valeur?

Suzan rit à son tour :

— Qu'est-ce que tu veux parier qu'il y aura une belle bagarre familiale?

— Rosamund voudra sans doute emporter la table en malachite verte pour un décor de théâtre.

Suzan ne riait plus. Elle fronçait les sourcils.

— As-tu vu Rosamund, récemment? demanda-t-elle.

— Je n'ai pas vu la belle cousine Rosamund depuis notre voyage en troisième classe, au retour des obsèques.

— Je l'ai rencontrée une ou deux fois, depuis. Elle... elle m'a paru plutôt drôle.

— Qu'est-ce qui lui arrive? Elle essaie de penser?

— Non... Euh... elle avait l'air... contrariée...

— Contrariée de rentrer dans beaucoup d'argent et de pouvoir monter quelque affreuse pièce dans laquelle Michael pourra se rendre ridicule?

— Oh! De ce côté, ça ne marche pas mal. Et puis, la pièce n'est pas si affreuse. Ce sera peut-être un succès. Michael a du talent, tu sais. Il peut affronter les feux de la rampe, c'est le terme, je crois. Ce n'est pas comme Rosamund qui se contente d'être belle et bête.

— Pauvre Rosamund, si belle et si bête!

— Pas si bête qu'on le croit cependant. Elle dit parfois des choses astucieuses, qu'on n'imagine pas qu'elle eût été capable de remarquer. Elle est... déconcertante.

— Tout comme notre tante Cora.

— Oui...

Une gêne passagère s'empara des deux cousins, gêne sans doute provoquée par l'évocation de Cora Lansquenet.

— Puisqu'on parle de Cora, dit George, sur un ton qu'il voulait rendre indifférent, que devient sa dame de compagnie? J'estime que nous devrions faire quelque chose pour cette femme.

— Que veux-tu dire?

— Eh bien! cela regarde la famille. Je viens de songer à Cora en tant que tante et il m'est venu à l'esprit que cette personne ne pourra peut-être pas retrouver facilement un emploi.

— Tu crois cela!

— Parfaitement. Les gens ont tellement peur pour leur peau. Non que je prétende qu'ils vont s'imaginer cette Miss Gilchrist brandissant sur eux une hache, mais, au fond d'eux-mêmes, ils penseront qu'elle pourrait leur porter malheur. L'humanité est superstitieuse.

— Il est curieux que tu aies pensé à tout cela, George. Voyez-vous ça!

— Je suis homme de loi, reprit George sèchement. J'ai déjà pu observer ce côté... illogique des gens. Je dis simplement qu'on devrait faire quelque chose pour cette femme, lui allouer une petite pension ou un peu d'argent pour l'aider à franchir une mauvaise passe, lui trouver un emploi de bureau, si elle est capable de ce genre de travail. J'ai le sentiment que nous devrions rester en contact avec elle.

— Ne te fais pas de souci, à son sujet. La voix de Suzan se fit dure et ironique. Je m'en suis occupée. Elle est chez Maude et Timothy.

George prit un air stupéfait :

— Dis donc, Suzan, c'est prudent?

— C'était la meilleure solution à laquelle j'ai pensé sur le moment.

— Tu es très sûre de toi, n'est-ce pas, Suzan? Tu sais ce que tu fais et tu n'éprouves aucun... regret?

— Des regrets? Quelle perte de temps! répondit Suzan, d'un ton léger.

CHAPITRE XVII

Michael lança la lettre à Rosamund par-dessus la table.

— Alors, qu'est-ce qu'on fait?

— Oh! nous irons. Qu'en penses-tu?

— Nous ferions aussi bien, prononça lentement Michael.

— Il peut y avoir quelques bijoux... Quoique tout ce qui se trouve dans cette maison soit hideux : oiseaux empaillés, fleurs artificielles... Pouah!

— Oui. Ça fait un peu mausolée. J'aimerais bien faire un croquis ou deux, au salon, en particulier, avec ce canapé de forme si bizarre. Ça ne ferait pas mal pour *le Voyage du Baron*.

Il se leva et consulta sa montre.

— Cela me rappelle qu'il faut que j'aille voir Rosenheim. Ne m'attends qu'assez tard, ce soir. Je dîne avec Oscar pour discuter de cette option et voir si elle peut s'arranger avec l'offre des Américains.

— Ce cher Oscar! Il sera content de te revoir depuis tout ce temps. Fais-lui bien mes amitiés.

Michael lui jeta un regard aigu.

— Que veux-tu dire, « depuis tout ce temps »? Nous avons déjeuné ensemble la semaine dernière.

— Comme c'est drôle! Il a dû l'oublier. Il a téléphoné hier et m'a dit que vous ne vous étiez pas revus depuis la première de *Tilly looks west*.

— Ce vieux fou n'y est plus.

Michael rit. Ses yeux bleus grands ouverts, Rosamund le regarda froidement.

— Tu me prends pour une sotte, Mick?

— Mais non, chérie.

— Mais si, mais si. Je ne suis pas complètement idiote. Tu n'as pas vu Oscar, ce jour-là. Je sais où tu étais.

— Rosamund chérie... que veux-tu dire?

— Que je sais parfaitement où tu étais...

— Je ne sais vraiment pas où tu veux en venir.

— A t'assurer que c'est idiot de ta part de me débiter un tas de mensonges.

— Dis donc, Rosamund...

Il était sur le point d'exploser, mais, pris de court, il se tut. Sa femme poursuivit doucement :

— Nous avons bien l'intention de prendre cette option et de monter la pièce, n'est-ce pas?

— C'est le rôle qui me convient et dont j'ai toujours rêvé.

— Oui, c'est bien ainsi que je l'entendais.

— Que veux-tu dire par là?

— Eh bien! ça vaut son pesant d'or, mais il ne faut pas prendre trop de risques.

Michael la regarda et, d'une voix lente, reprit :

— C'est ton argent, je sais. Si tu ne veux pas le risquer...

— C'est *notre* argent, chéri. (Rosamund mit l'accent sur le mot *notre*.)

— Qu'est-ce qui te prend, ma chère fille?

— Rien.

— Mais si. Tu n'es plus la même depuis quelque temps, tu es de mauvaise humeur, nerveuse; qu'y a-t-il donc?

— Rien. Je veux seulement que tu sois prudent, Mick.

— Prudent? A propos de quoi? Je suis toujours prudent.

— Non, je ne le pense pas. Tu t'imagines toujours pouvoir te débrouiller et faire croire n'importe quoi aux gens. Ton histoire d'Oscar est ridicule.

Michael rougit de colère.

— Et toi? Tu as prétendu être allée faire des courses avec Jane. Mais ce n'était pas vrai : Jane est en Amérique depuis des semaines.

— Oui, dit Rosamund. Cela aussi était stupide, de ma part. En réalité, je suis allée me promener... dans Regent's Park.

Michael la regarda avec curiosité.

— Regent's Park? Tu n'as, de ta vie, jamais mis les pieds dans Regent's Park. Qu'est-ce qu'il y a là-dessous? Tu as un bon ami? Tu peux dire ce que tu voudras, Rosamund, mais tu as beaucoup changé ces derniers temps. Pourquoi?

— J'ai... j'ai réfléchi à des tas de choses. A propos de ce qu'il faudrait faire...

Contournant la table, Michael alla vers sa femme dans un élan spontané et s'écria d'une voix passionnée :

— Chérie! Tu sais bien que je t'aime follement!

Elle répondit comme il convenait à son étreinte, mais lorsqu'ils s'en dégagèrent, il fut de nouveau désagréablement frappé par l'étrange expression qui brillait dans ses beaux yeux.

— Quoi que j'aie pu faire, tu me pardonneras, n'est-ce pas?

— Je le suppose, dit Rosamund vaguement. Mais là n'est pas la question. Vois-tu, tout est différent, maintenant. Il nous faut réfléchir et dresser des plans.

— Réfléchir... faire des plans?

Rosamund prit un air renfrogné.

— Il ne faut pas croire que tout est terminé quand

on a entrepris quelque chose. En réalité, ce n'est que le commencement et il faut penser à ce qu'on fera ensuite... ce qui est important et ce qui ne l'est pas.

— Rosamund...

Elle s'était assise, perplexe, le regard lointain, et, apparemment, Michael n'entrait pas dans le chanp visuel de sa femme.

Ce ne fut qu'à la troisième répétition de son nom que Rosamund sursauta légèrement et sortit de sa rêverie.

— Que disais-tu?

— Je voulais savoir à quoi tu pensais...

— Ah! oui. Je me demandais si je ne ferais pas bien d'aller jusqu'à... Lutchett St Mary, pour voir cette demoiselle Machin, la femme qui était avec tante Cora.

— Mais pour quelle raison?

— Elle va bientôt partir, voyons. Chez des parents ou quelqu'un d'autre. Je songe que nous ne devrions pas la laisser partir avant de lui avoir demandé...

— Demandé quoi?

— ... Qui a tué tante Cora.

Michael ouvrit de grands yeux.

— Tu crois... qu'elle sait?

— Je suppose... Elle habitait là-bas, vois-tu.

— Mais elle aurait tout dit à la police.

— Oh! je ne veux pas dire qu'elle sait tout, mais elle est probablement certaine de ce qu'elle sait. A propos de ce que l'oncle Richard a dit quand il est allé à Lytchett. Car il y est allé, Suzan me l'a dit.

— Mais elle n'a pas pu entendre la conversation.

— Si, mon chéri.

Rosamund parlait comme quelqu'un qui discute avec un enfant raisonneur.

— Sottises. Je ne vois vraiment pas Richard Abernethie faisant part des soupçons concernant la famille devant une étrangère.

— Evidemment, mais elle a pu entendre.

— Tu veux dire qu'elle a écouté aux portes?

— Sans doute; en fait, j'en suis sûre. Ce doit être mortel pour deux femmes seules, enfermées dans une villa, sans qu'il ne se passe jamais rien. Bien sûr, elle écoutait aux portes et lisait les lettres — qui n'en ferait pas autant?

Michael parut surpris.

— Le ferais-tu, toi? demanda-t-il avec brusquerie.

— Je n'irais certainement pas me placer comme dame de compagnie à la campagne, dit Rosamund frémissant à cette idée. J'aimerais mieux mourir.

— Enfin, serais-tu capable de lire des lettres... et tout ça?

Rosamund répondit tranquillement :

— Oui, si je voulais absolument savoir. Tout le monde le fait, tu ne crois pas?

Son regard limpide rencontra celui de Michael.

— Les gens aiment bien savoir, dit-elle. Elle aussi. Je parle de Miss Gilchrist. En tout cas, je suis sûre qu'elle sait.

— Rosamund, qui a tué tante Cora... et le vieux Richard, selon toi?

De nouveau, son regard croisa les yeux bleus et limpides de sa femme.

— Chéri! Ne sois pas absurde... Tu le sais aussi bien que moi. Mais il vaut bien mieux ne pas mentionner son nom. Aussi, nous n'en parlerons pas.

CHAPITRE XVIII

Installé près du feu dans la bibliothèque, Hercule Poirot observait, de son siège, le groupe rassemblé.

Pensif, son regard passa de Suzan, toute droite dans sa chaise et le visage animé, à son mari assis près d'elle, l'air absent, tortillant un bout de ficelle entre ses doigts; les yeux de Poirot se posèrent ensuite sur George Crossfield, débonnaire et nettement content de lui, qui parlait à Rosamund des tricheurs aux cartes dans les croisières transatlantiques. Sa cousine lui répondit sur un ton dénotant un manque total d'intérêt pour ce qu'il lui racontait :

— C'est extraordinaire! Mais pourquoi?

Poirot poursuivait son examen : Michael, quelque peu hagard, mais dont le charme était indiscutable; Helen, raffinée et se tenant un peu à l'écart; Timothy, commodément installé dans le meilleur fauteuil, le dos calé par un coussin supplémentaire; la robuste Maude, solidement bâtie, attentive et dans l'expectative; enfin, une silhouette assise, avec un rien de modestie, un peu en arrière du cercle de famille : c'était Miss Gilchrist qui avait revêtu un corsage étrangement élégant. Poirot pensa qu'elle n'allait pas tarder à se lever, à murmurer quelque excuse et à se rendre dans sa chambre. Miss Gilchrist savait se tenir à sa place, se dit-il, l'ayant appris à ses dépens.

Hercule Poirot but son café à petites gorgées et d'un coup d'œil expert, entre ses paupières mi-closes, il jugea l'ensemble de la scène.

Ils étaient tous là, comme il le désirait. Et maintenant, il se sentait las et dégoûté de cette affaire, se demandant ce qu'il allait faire d'eux. Serait-ce l'attitude de résistance passive d'Helen qui agissait sur lui? A elle il répugnait de voir fouiller dans ce qui touchait à la mort de Richard.

Pourquoi éprouvait-il l'envie de se ranger à son point de vue?

Le rapport de Mr Entwhistle sur tous les membres de la famille avait été parfait. Il avait fait de chacun un portrait exact et intelligent. Fort de l'expérience de l'homme de loi, Hercule Poirot voulut, toutefois, se rendre compte par lui-même. Il pensait que s'il avait un entretien avec ces gens-là, il parviendrait à savoir très exactement — non pas le « quand » ni le « comment » de l'affaire (ces deux questions ne le concernaient pas directement; mais un meurtre avait été commis et c'était là tout ce qui importait) — mais le « qui » de cette histoire. Car Poirot, tout au long de sa vie, avait acquis une grande expérience et, de même que l'expert en manière de peinture sait reconnaître un artiste, de même Poirot croyait pouvoir découvrir le type de criminel amateur qui, s'il le juge utile à ses intérêts, est prêt à commettre un meurtre.

Mais cette tâche ne se révélait pas facile.

Et cela parce que chacun des membres de la famille pouvait être considéré comme un assassin possible, quoique pas nécessairement probable. George aurait pu tuer, comme quiconque; Suzan, elle aussi, calmement, efficacement, pour réaliser un projet; Gregory également, dont le caractère étrange et morbide le poussait à jouir d'avance du châtiment, qui le sollicitait même, l'implorait; l'ambitieux et présomptueux Michael, dont la vanité était bien celle d'un criminel; Rosamund, si désespérément simplette; Timothy, parce qu'il en voulait à un frère abhorré, envieux de la puissance que l'argent de Richard aurait pu lui donner; Maude, qui considérait Timothy comme un enfant pour qui elle était capable de se montrer impitoyable; et jusqu'à Miss Gilchrist prête, elle aussi, à tuer, pensait-il, pour remonter son salon de thé.

Et Helen? Il ne voyait vraiment pas Helen commettant un crime. Elle était trop civilisée, trop éloignée de toute idée de violence. De plus, elle et son mari avaient certainement eu beaucoup d'affection pour Richard Abernethie.

Hercule Poirot poussa un soupir. Aucun raccourci ne conduisait à la vérité. Il devrait plutôt suivre une méthode plus longue, mais plus sûre. Il y avait des conversations en perspective, un grand nombre de conversations; car, tôt ou tard — prêchant ou non le faux pour savoir le vrai — les gens se trahissent fatalement.

Helen l'avait présenté à chacun, et il s'était mis en devoir de surmonter la gêne que sa présence — la présence d'un étranger — provoquait. Il avait observé et écouté, publiquement ou derrière une porte, remarqué des affinités, des antagonismes, surpris des mots imprudemment lâchés, comme il s'en dit lorsqu'il s'agit de se partager des biens; il avait adroitement obtenu des tête-à-tête, des promenades sur la terrasse et, de tout cela, il en avait tiré des observations et des déductions. Il avait évoqué avec Miss Gilchrist la gloire passée de son salon de thé, s'était entretenu avec elle de la composition exacte des brioches et des éclairs au chocolat et, dans le jardin, ils avaient parlé de l'emploi des herbes en cuisine. Pendant des heures, Timothy lui avait parlé de sa santé et de l'influence de la peinture sur son état.

De la peinture? Poirot fronça les sourcils. Qui donc lui avait déjà parlé d'une odeur de peinture, avant? Mr Entwhistle?

Il s'ensuivit une discussion sur un autre genre de peinture — les peintures de Pierre Lansquenet, celles de Cora Lansquenet, qui faisaient le ravissement de Miss Gilchrist, mais que Suzan écartait avec mépris. « Exécutées d'après des cartes postales », avait-elle suggéré. Et cette seule idée avait eu le don de bouleverser Miss Gilchrist qui répondit sèchement que cette chère Mrs Lansquenet peignait toujours d'après nature.

— Je suis quand même persuadée qu'elle trichait, avait affirmé Suzan à Poirot, lorsque Miss Gilchrist eut quitté la pièce, mais je ne tiens pas à contrarier la vieille bique en l'affirmant devant elle.

— Mais comment pouvez-vous en être certaine? demanda Poirot, les yeux fixés sur le menton bien dessiné de la jeune femme.

« Très sûre d'elle, celle-là, pensait Hercule Poirot. Parfois trop sûre, peut-être. »

Cependant, Suzan s'expliquait :

— Voici mes raisons, mais n'en dites rien à cette Gilchrist. Un de ces tableaux représente Polflexan avec sa calanque, son phare et sa jetée. Or, la jetée a été détruite pendant la guerre; par conséquent, puisque Cora a peint Polflexan, il y a deux ans, elle ne peut l'avoir fait d'après nature. Mais, les cartes postales qu'on vend aujourd'hui sur place, représentent toujours le port avec sa jetée; or il y en avait une dans un tiroir de sa chambre à coucher. Ainsi Cora a commencé son esquisse là-bas et a sans doute, en secret, terminé son œuvre chez elle, d'après la carte postale. Curieux, n'est-ce pas, comme les gens finissent par se couper.

— Oui, oui, en effet, très curieux, comme vous dites, dit Poirot.

Il se tut et songea que l'occasion qu'il cherchait se présentait.

— Vous ne me connaissez pas, madame, poursuivit-il, mais moi, je me souviens de vous. Ce n'est pas la première fois que je vous vois.

Elle le regarda fixement et Poirot hocha la tête.

— Mais si, mais si. Je me trouvais dans une automobile, bien emmitouflé, et je vous ai aperçue à travers la vitre. Vous étiez en train de parler à des mécaniciens du garage. Oui, moi je vous ai remarquée comme on remarque une femme jeune et agréable à regarder, debout comme vous l'étiez ce jour-là, en plein soleil. Aussi, quand je vous ai trouvée ici, je me suis dit : Tiens ([1]), quelle coïncidence!

— Un garage? Où? Quand?

— Oh! il n'y a pas bien longtemps, une semaine, non, un peu plus. Au fait, poursuivit Poirot hypocritement (il se rappelait fort bien le garage de l'auberge du *King's Arms*), je ne me souviens plus à quel endroit. Je voyage tant dans ce pays.

— A la recherche d'une maison qui conviendrait à vos réfugiés?

— Oui. Il faut tenir compte de tant de conditions : prix, emplacement, possibilité de faire transformer le local.

Poirot se tut, puis ajouta au bout d'un instant :

— Ne voyez-vous pas avec tristesse la vieille maison familiale s'en aller ainsi... à des étrangers?

— Bien sûr que non. (Suzan prit un air amusé.) Je crois, au contraire, que l'idée est excellente. Pour ma part, je n'y accorde aucune valeur sentimentale. Ce n'était pas *ma* maison. Mon père et ma mère habitaient Londres et nous venions à Enderby pour les fêtes de

[1] En français dans le texte.

Noël, quelquefois. D'ailleurs, j'ai toujours trouvé cet endroit fort laid et correspondant assez peu à l'idée qu'on se fait d'un temple de la fortune.

— Oui, mais la fortune continue à avoir ses temples, madame. J'ai cru comprendre — pardonnez-moi si je me montre indiscret — que vous vous proposez d'édifier un de ces temples où le luxe sera de mise, et sans regarder à la dépense.

— A peine un temple, répondit Suzan en riant; tout bonnement un local pour affaires.

— Qu'importe sa dénomination. Si je comprends bien, cela va vous coûter beaucoup d'argent, n'est-ce pas?

— Tout est affreusement cher, en effet. Mais la dépense en vaut la peine, je crois.

— Parlez-moi donc de vos projets. Je m'étonne toujours de rencontrer de belles jeunes femmes pratiques et compétentes. De mon temps — il y a de longues années, je le reconnais — les belles dames ne s'intéressaient guère qu'aux plaisirs et à leurs toilettes.

— Les femmes s'occupent encore énormément de leur figure et c'est ici que j'interviens.

— Racontez-moi donc...

Et elle lui raconta avec un luxe de détails tel, qu'elle se laissa aller, malgré elle, aux confidences. De son côté, Poirot admirait chez elle son sens aigu des affaires, la hardiesse de ses projets, son intelligence des détails, avec peut-être ce côté impitoyable qui se rencontre chez les organisateurs audacieux.

Tout en l'observant, Hercule Poirot lui dit :

— Oui, vous réussirez. Vous irez de l'avant. Il est bien heureux que vous ne soyez pas, comme beaucoup, arrêtée dans vos efforts par la pauvreté. On ne saurait aller bien loin sans capital. Avoir comme vous, des idées créatrices, et se voir paralysé par le manque d'argent doit être pénible.

— Je n'aurais pas pu le supporter. Mais j'aurais bien fini par trouver la somme nécessaire, quelqu'un pour me financer.

— Evidemment. Votre oncle, par exemple, à qui cette maison appartenait, était riche. Même s'il n'était pas mort, il aurait — comme vous dites — financé votre affaire.

— Certainement pas. En ce qui concernait les femmes, l'oncle Richard était plutôt vieux jeu. Ah! si j'avais été un homme...

Une expression de colère envahit son visage.

— Il m'a beaucoup irritée.

— Je comprends... oui, je comprends.

— Les vieux ne devraient pas faire obstacle aux jeunes. Oh! je vous demande pardon.

Hercule Poirot rit de bon cœur et tortilla sa moustache.

— Oui, je suis vieux, dit-il, mais je n'entrave jamais les jeunes. Nul n'a besoin d'attendre ma mort.

— Quelle affreuse idée!

— Mais vous, madame, vous êtes une personne réaliste. Admettons, sans plus de cérémonie, que ce monde est peuplé de jeunes et même de gens d'âge mûr qui, patiemment ou non, attendent la mort de quelqu'un, dont la disparition leur apportera... sinon la prospérité, du moins l'occasion...

— L'occasion! s'écria Suzan, avec un profond soupir. Voilà ce dont on a besoin.

Poirot, dont les regards s'étaient portés derrière Suzan, reprit gaiement :

— Et voici votre mari qui vient se joindre à notre conversation... Nous parlions de l'occasion, Mr Banks, de cette précieuse occasion qu'il faut saisir des deux mains, lorsqu'elle se présente. En toute conscience, dites-nous votre opinion.

Mais Poirot ne devait pas connaître le point de vue de Gregory Banks sur l'occasion ou sur quoi que ce fût. En fait, il s'était aperçu qu'il était à peu près impossible de converser avec lui. Il possédait un don étrange : de lui-même ou de par la volonté de sa femme, Gregory Banks semblait n'avoir aucun penchant pour le tête-à-tête ou la discussion sérieuse. Non, aucune *conversation* possible avec Mr Gregory Banks.

Mais il avait pu parler avec Maude de peinture (odeur de peinture, bien entendu). Oh! comme il avait été bon que Timothy ait pu venir à Enderby et combien Helen avait été gentille d'inviter également Miss Gilchrist.

— Car elle se rend vraiment très utile, avait dit Maude. Timothy a souvent envie de prendre quelque chose et comme il y a un petit réchaud à gaz dans une pièce attenant à l'office, elle peut lui réchauffer son infusion sans déranger personne. On hésite à trop demander aux domestiques des autres. Elle est si dévouée. Finalement, je bénis le sort qui a voulu qu'elle n'ait pas le courage de rester toute seule à la maison, quoique je reconnaisse que, sur le moment, cela m'a fâchée.

— Elle n'a pas eu le courage?...

Poirot, soudainement, eut l'air intéressé.

Il écouta Maude lui raconter comment Miss Gilchrist s'était brusquement effondrée.

— Elle avait peur, dites-vous? Et vous ne comprenez pas exactement pourquoi? Intéressant. Très intéressant.

— J'ai mis son état sur le compte du choc à retardement.

— C'est possible.

— Un jour, pendant la guerre, quand une bombe tomba à un mile de chez nous, je me souviens que Timothy...

Mais l'esprit de Poirot fit abstraction de Timothy.

— Vous rappelez-vous si un incident quelconque s'est produit ce jour-là?

— Quel jour? demanda Maude, décontenancée.

— Le jour où Miss Gilchrist a été si bouleversée.

— Oh! ce jour-là! Non, je ne crois pas. Cela datait il me semble, de son départ de Lytchett St Mary; c'est ce qu'elle affirmait, en tout cas. Quand elle était là-bas, à la villa, elle ne paraissait pas autrement affectée.

Avec pour résultat un morceau de gâteau de mariage empoisonné, songea Poirot. Il n'était pas surprenant qu'après cela Miss Gilchrist ait été effrayée. Et cette frayeur continua quand elle vint dans cette paisible campagne de Stanfield Grange; non pas continua, mais empira. Pourquoi cela? L'existence auprès d'un hypocondriaque exigeant aurait pourtant dû transformer cette crainte nerveuse en exaspération.

Quelque chose, dans cette maison, avait sans doute inspiré de la frayeur à Miss Gilchrist. Quelque chose, mais quoi? Le savait-elle elle-même?

L'occasion s'étant présentée de se trouver en tête-à-tête avec la vieille demoiselle, Poirot en profita pour entrer dans le vif du sujet avec la curiosité excessive d'un étranger.

— Vous me comprendrez, n'est-ce pas, si je vous dis qu'il m'est difficile d'aborder cette question de meurtre avec les membres de la famille? Mais je suis intrigué. Qui ne le serait pas, d'ailleurs? Un crime bestial, une artiste pleine de sensibilité attaquée dans une villa solitaire... tout cela est affreux pour la famille. Affreux pour vous aussi, j'imagine. Mr Timothy Abernethie m'a laissé entendre que vous étiez là quand ça s'est passé?

— J'y étais, en effet. Mais, si vous voulez bien m'excuser, monsieur Pontarlier, j'aime autant ne pas en parler.

— Je comprends. Oui, je comprends parfaitement.

Poirot se tut alors. Et ainsi qu'il le prévoyait, Miss Gilchrist se mit aussitôt à parler de l'événement.

Par elle, il n'apprit rien qu'il ne sût déjà, ce qui ne l'empêcha pas de jouer son rôle avec sympathie, laissant échapper quelques petites exclamations compréhensives, tout en écoutant avec un intérêt si attentif que Miss Gilchrist ne put faire autrement que de s'en réjouir.

Ce ne fut que lorsqu'elle eut épuisé son sujet — ses impressions personnelles, les déclarations du médecin, les gentillesses de Mr Entwhistle — que Poirot se mit en devoir d'aborder, prudemment, la question qui l'intéressait.

— Je crois que vous avez agi sagement en ne restant pas toute seule dans cette villa.

— Je ne l'aurais pas pu, monsieur Pontarlier. Je ne l'aurais vraiment pas pu.

— Non, bien sûr. Je comprends même que vous n'ayez pas voulu rester seule dans la maison de Mr Timothy Abernethie...

Miss Gilchrist eut l'air d'avoir été prise en faute.

— Pour cela, j'ai vraiment honte. C'était ridicule. J'ai été comme prise de panique, et je ne sais absolument pas pourquoi.

— Mais si, mais si, on sait pourquoi. Vous étiez à peine remise d'une lâche tentative d'empoisonnement...

Miss Gilchrist soupira et dit simplement qu'elle ne comprenait pas pourquoi on voulait l'empoisonner.

— Tout simplement, chère mademoiselle, parce que ce criminel, cet assassin croyait que vous en saviez assez pour le faire pincer par la police.

— Mais que pouvais-je savoir? Quelque affreux vagabond ou demi-fou...

— Si, toutefois, il s'agissait d'un vagabond. Cela me paraît peu vraisemblable...

— Oh! je vous en prie, monsieur Pontarlier! (Miss

Gilchrist était visiblement contrariée.) Ne suggérez pas des choses semblables. Je ne veux pas y croire.

— Qu'est-ce que vous ne voulez pas croire?

— Je ne veux pas croire que ce n'était pas... enfin... que c'était...

Elle se tut, pleine de confusion.

— Et cependant, poursuivit Hercule Poirot d'un air pénétrant, vous *croyez*.

— Oh! non! Non.

— Mais si. Et c'est pour cela que vous avez peur — que vous avez encore peur. N'ai-je pas raison?

— Non, je n'ai plus peur depuis que je suis ici. Il y a tant de monde, et l'atmosphère familiale est si agréable. Tout va si bien, dans cette maison.

— Il me semble qu'il a dû se trouver à Stanfield Grange, un ensemble de circonstances capable de réveiller, à votre insu, vos frayeurs. Les médecins reconnaissent aujourd'hui le rôle important que joue le subconscient.

— Oui, oui, je sais.

— Eh bien! je pense que votre peur subconsciente a pu être matérialisée par un petit incident concret, une circonstance étrangère qui a pu, en quelque sorte, extérioriser votre frayeur.

Miss Gilchrist semblait boire avidement ses paroles.

— Je suis certaine que vous êtes dans le vrai, dit-elle.

— Et d'après vous, quel serait ce fait?

Miss Gilchrist réfléchit un moment, puis fit cette réponse inattendue :

— Vous savez, monsieur Pontarlier, je crois que c'était la religieuse.

Avant que Poirot ait pu faire le moindre commentaire, Suzan survint avec son mari, suivi de près par Helen.

« Une religieuse, songea Hercule Poirot. Voyons, n'ai-je pas déjà entendu une allusion à une religieuse? »

Aussi décida-t-il, *in petto*, de reprendre la conversation sur les religieuses dans le courant de la soirée.

CHAPITRE XIX

La famille s'était montrée très polie avec M. Pontarlier, le représentant de l'U.N.A.R.C.O. Comme il avait agi sagement en choisissant ces initiales! D'emblée, tous avaient admis ce sigle et même prétendu connaître parfaitement cette organisation. Les gens éprouvent une grande répugnance à admettre leur ignorance. A l'exception de Rosamund, toutefois qui s'était étonnée : « Qu'est-ce que c'est que cela? Je n'en ai jamais entendu parler. »

— Oh! encore des réfugiés, avait-elle répondu aux explications de Poirot. J'en ai assez des réfugiés.

M. Pontarlier était donc agréé par la compagnie comme un fâcheux, certes, mais aussi comme un personnage sans intérêt. De l'opinion générale, Helen aurait pu se dispenser de le faire venir durant ce week-end, mais puisqu'il était là, il fallait bien en prendre son parti. Par bonheur, ce petit étranger n'avait pas l'air de connaître beaucoup d'anglais. Il lui arrivait de ne pas comprendre ce qu'on lui disait et lorsque tout le monde parlait à la fois, il semblait totalement dérouté.

Ce fut ainsi que, plus ou moins oublié de tous, Hercule Poirot, renversé sur sa chaise tout en sirotant son café, observait, comme un chat observe les ébats d'une petite troupe d'oiseaux gazouillants. Mais le chat n'était pas prêt à bondir.

La conversation roulait sur un service à dessert dans lequel on venait de manger.

— Je pense que je n'ai plus longtemps à vivre, dit Timothy (la voix empreinte d'une feinte mélancolie.) Maude et moi, n'avons pas d'enfants. Nous ne tenons pas à nous embarrasser d'objets inutiles, cependant, j'y attache une valeur sentimentale, et finalement, j'aimerais bien emporter ce vieux service à dessert. Il n'a plus grande valeur, mais je m'en contenterai... avec, peut-être, le secrétaire du Boudoir Blanc.

— Trop tard, mon oncle, dit George, insouciant et débonnaire. J'ai déjà demandé à Helen de me mettre de côté le service à dessert, ce matin.

Timothy devint pourpre.

— Te mettre de côté! Te mettre de côté! Que veux-tu dire? On n'a encore rien réglé, que je sache. Et que veux-tu en faire? Tu n'es pas marié.

— J'ai choisi le service, c'est un fait. Mais pour ce qui est du secrétaire, vous pouvez l'emporter. Je n'en voudrais pas même si on m'en faisait cadeau.

— Dis donc, mon jeune ami, tu ne t'imagines quand même pas que tu vas pouvoir décider de toi-même. D'abord je suis ton aîné et le seul frère de Richard encore vivant. Le service à dessert est à moi.

— Pourquoi ne prenez-vous pas le service de Dresde, mon oncle? C'est de la très belle porcelaine qui a une valeur sentimentale aussi grande. Le service à dessert me revient. Premier arrivé, premier servi.

— Sottises! Jamais de la vie! grommela Timothy.

— N'indispose pas ton oncle, George, dit Maude vivement. Evidemment il emportera le service à dessert, s'il en a envie. C'est à lui que revient le droit de choisir en premier ; vous, les jeunes, viendrez après. C'est le frère de Richard; toi, tu n'es que le neveu.

— Et laisse-moi te dire, mon jeune ami (Timothy

bouillonnait de rage), que si Richard avait fait un testament digne de ce nom, tout ce qui est dans cette maison me serait revenu. Et s'il n'en est pas ainsi, c'est parce que je soupçonne qu'on a fait pression sur lui.

Timothy foudroya son neveu du regard.

— Un testament ridicule, ajouta-t-il, ridicule.

Il se rejeta en arrière, porta la main à son cœur et gémit :

— Tout cela me fait beaucoup de mal. Si je pouvais avoir... une goutte d'eau-de-vie?

Miss Gilchrist se précipita et apporta un petit verre contenant le cordial demandé.

— Tenez, monsieur Abernethie. Je vous en prie, ne vous agitez pas comme cela. Etes-vous sûr que vous ne voulez pas monter vous coucher?

— Ne soyez pas ridicule. (Timothy avala son eau-de-vie.) Me coucher? J'entends défendre mes intérêts.

— Vraiment, George, tu me surprends, dit Maude. Ce que dit ton oncle est parfaitement vrai. Et s'il veut le service à dessert, il est à lui.

— De toute manière, il est affreux, trancha Suzan.

— Je te prie de tenir ta langue, Suzan, riposta Timothy.

Alors, on vit le jeune homme maigre, assis à côté de Suzan, lever la tête. Sa voix était inhabituellement criarde.

— Ça va, Greg. Je m'en moque.

— Mais moi, je ne m'en moque pas.

A cet instant, Helen prit la parole :

— Je crois, George, que ce serait gentil de ta part de renoncer au service en faveur de ton oncle Timothy.

Timothy bredouillait d'indignation.

— Renoncer! Il n'est pas question de renoncer.

George, pour toute réponse, s'inclina légèrement devant Helen.

— Vos désirs sont des ordres, tante Helen, dit-il. Je cède.

— Avoue donc que tu n'y tenais pas vraiment.

Il lui jeta un regard rapide et sourit :

— Le malheur, c'est que vous êtes trop fine, tante Helen. Entendu, oncle Timothy, le service est à vous. Je plaisantais.

— Une plaisanterie, vraiment! — Maude était indignée.

— Ton oncle aurait pu avoir une crise cardiaque.

— Oh! n'en croyez rien, reprit George d'un ton enjoué. Notre oncle Timothy nous enterrera sans doute tous.

Timothy, l'air mauvais, se pencha en avant.

— Je ne m'étonne plus que tu aies déçu Richard, dit-il.

— Plaît-il?

Toute trace de bonne humeur avait disparu chez George.

Timothy poursuivit :

— Après la mort de Mortimer, tu es venu à Enderby dans l'espoir que Richard ferait de toi son héritier, n'est-ce pas? Mais mon pauvre frère eut tôt fait de te juger; il savait où passerait l'argent si tu entrais en possession de sa fortune — je suis même surpris qu'il t'ait laissé quelque chose — les chevaux, le jeu, Monte-Carlo, les casinos, peut-être pire. Bref, il se doutait que tu ne marchais pas droit. Je me trompe?

George contracta ses narines jusqu'à ce qu'elles en devinssent blanches, mais ce fut d'un ton calme qu'il dit :

— Ne croyez-vous pas que vous devriez faire attention à ce que vous dites?

— J'étais trop fatigué pour assister aux obsèques, poursuivit Timothy, mais Maude m'a raconté ce que Cora avait dit. Cora était idiote, mais il y avait peut-être du vrai dans sa remarque et s'il en était ainsi, je sais bien, moi, qui je soupçonnerais...

— Timothy!

Maude venait de se lever, calme, robuste, forte comme une tour.

— Tu as eu une soirée très fatigante. Tu dois te ménager. Je ne veux pas te voir retomber malade. Allons viens, montons. Il te faut prendre un calmant et te coucher aussitôt.

Puis, s'adressant à Helen :

— Timothy et moi prendrons le service à dessert et le secrétaire, en souvenir de Richard. Aucune objection?

Son regard fit le tour de l'assemblée. Personne ne dit mot. Alors elle quitta la pièce, soutenant Timothy par le bras.

Ce fut George qui rompit le silence après leur départ.

— Quelle femme formidable ([1])! s'écria-t-il. C'est du tante Maude tout craché! Pour rien au monde je n'aurais voulu lui faire rater sa sortie triomphale.

Un peu gênée, Miss Gilchrist murmura :

— Mrs Abernethie est toujours si gentille!

Mais sa remarque ne reçut aucun écho.

Brusquement, Michael Shane se mit à rire.

— Je trouve tout cela très drôle, dit-il. A propos, Rosamund et moi avons envie de la table en malachite pour notre salon.

— Ah! non! s'écria Suzan. C'est moi qui la veux.

— Voilà que ça recommence, dit George levant les yeux au plafond.

— Nous n'avons pas besoin de nous mettre en colère, reprit Suzan. Si je désire cette table, c'est parce que je compte m'en servir pour l'institut de beauté. Ça fera une tache de couleur, et avec un bouquet de fleurs artificiel-

[1] En français dans le texte.

les dessus, ce sera merveilleux. On peut se procurer facilement des fleurs artificielles, tandis qu'une table en malachite verte est chose plutôt rare.

— Mais, chérie, dit à son tour Rosamund, c'est justement pour cette raison qu'elle nous faisait envie.

George intervint :

— Allons, allons, mesdames. Soyez sport.

— Nous en discuterons demain avec Rosamund, dit Suzan, qui, comme d'habitude, semblait très sûre d'elle.

Miss Gilchrist éprouva le besoin de placer un mot pour concilier tout le monde.

— Cette maison est remplie de si jolies choses, dit-elle. Je suis sûre que cette table ferait très bien dans votre magasin, madame Banks. Je n'en ai jamais vu de pareille. Elle doit avoir une grande valeur.

— Bien entendu, cette valeur sera déduite de la part qui me revient en héritage, précisa Suzan.

Miss Gilchrist rougit de confusion.

— Je suis navrée... je ne voulais pas...

— Elle peut être déduite de *notre* part d'héritage, intervint Michael. Fleurs artificielles comprises...

— Elles font si bien sur la table, murmura Miss Gilchrist. L'effet est si artistique, si joliment artistique.

Mais personne ne faisait attention aux fadaises bien intentionnées de la vieille fille.

— Suzan *veut* cette table, reprit Gregory, avec de la nervosité dans la voix.

Pendant un instant, il y eut un malaise général, comme si Gregory avait chanté faux.

Vivement, Helen demanda à George :

— Et toi, de quoi as-tu envie vraiment, puisque tu as renoncé au service à dessert?

George sourit et l'atmosphère se détendit.

— Je reconnais que c'est honteux de faire enrager le

vieux Timothy, dit-il. Mais il faut avouer qu'il est insupportable. Il ne veut en faire qu'à sa tête et, chez lui, cela devient une vraie maladie.

— Il faut ménager les infirmes, monsieur Crossfield, dit Miss Gilchrist.

— Un fichu hystérique, voilà ce qu'il est, répliqua George.

— Tout à fait d'accord, renchérit Suzan. Je suis certaine qu'il ne souffre de rien. Et toi, Rosamund, qu'en penses-tu?

— Quoi?

Suzan répéta sa question.

— Non... non, je ne crois pas.

Rosamund eut un geste vague et s'excusa.

— Je songeais à un éclairage possible pour cette table.

— Vous voyez? dit George. Quand une femme a une idée en tête... Ton épouse est une femme dangereuse, Michael, j'espère que tu t'en rends compte.

— Je m'en rends compte.

Michael eut un sourire plutôt lugubre.

Visiblement, George se divertissait.

— Bataille autour d'une table! continua-t-il. Le combat aura lieu demain, courtoisement, mais de façon implacable. Chacun devrait choisir son concurrent. Moi, je parie pour Rosamund, si douce, si conciliante... sans l'être. Les maris miseront probablement sur leurs femmes. Et vous, mademoiselle Gilchrist? Pour Suzan, évidemment...

— Oh! vraiment, monsieur Crossfield! Je ne me hasarderais jamais...

— Tante Helen? Oh! j'oubliais : et vous, monsieur Pontarlier?

— Pardon? demanda Hercule Poirot, l'air absent.

George envisagea un instant d'expliquer de quoi il s'agissait, puis il se ravisa. Le pauvre vieux n'avait probablement pas compris un mot de tout ce qui venait de sa passer. Il se contenta de dire :

— Plaisanterie en famille.

— Oui, oui. J'entends bien.

Poirot sourit aimablement.

— Revenons à vous, tante Helen. C'est vous qui devez départager les voix. Pour qui êtes-vous dans cette affaire?

Helen sourit.

— Et si j'en avais moi-même envie, George? dit-elle.

Puis, délibérément, elle changea de sujet de conversation et, se tournant vers son invité :

— Je crains que nous ne vous paraissions bien ennuyeux, monsieur Pontarlier.

— Pas du tout, madame. Je me considère comme très honoré d'être admis à prendre part à votre vie de famille. (Il s'inclina.) Je déplore seulement que cette maison, qui est la vôtre, tombe entre les mains d'étrangers. C'est, sans aucun doute, très douloureux.

— Mais non, vraiment, nous ne la regrettons pas.

— Vous êtes très aimable, madame. En tout cas, je peux vous dire qu'elle conviendra parfaitement à mes vieux persécutés. Quel havre de paix! J'ai cru comprendre qu'il avait été question de la convertir en école, pas une école comme les autres, mais un couvent. Tenu par des *religieuses*, par des nonnes, enfin. Vous auriez peut-être préféré cela?

— Pas le moins du monde, dit George.

— Le couvent du Sacré-Cœur de Marie, poursuivit Poirot. Par bonheur, et grâce à un bienfaiteur anonyme, nous avons été en mesure de proposer un chiffre un peu supérieur.

Puis, s'adressant directement à Miss Gilchrist :

— Vous n'aimez pas les religieuses, je crois?

Miss Gilchrist rougit et parut gênée.

— Oh! vraiment, monsieur Pontarlier, vous ne devriez

pas... enfin, je n'en fais pas une affaire personnelle, mais je ne vois vraiment pas l'intérêt — je veux dire la nécessité — de se retirer du monde de cette manière. Je ne parle pas .de celles qui, j'en suis sûre, sont des êtres dévoués qui font le bien autour d'elles.

— Je ne me vois pas me faisant religieuse, fit Suzan.

— Elles ont un habit très seyant, dit à son tour Rosamund. Vous vous rappelez Sonia Wells, quand on a repris *le Miracle*, l'année dernière? Elle était littéralement ensorcelante en nonne.

— En quoi cela peut-il plaire au Tout-Puissant qu'on s'habille comme au moyen âge? Voilà qui me dépasse, dit George, car, après tout, ce que les religieuses portent n'est rien moins que médiéval, encombrant, contraire à l'hygiène et peu pratique.

— Et qui les fait toutes se ressembler, ajouta Miss Gilchrist. C'est ridicule, je le sais, mais j'ai eu une émotion un jour, quand j'habitais chez Mrs Abernethie et qu'une religieuse a sonné à la porte, pour faire une quête. J'avais dans l'idée que c'était la même qui était venue chez la pauvre Mrs Lansquenet le jour de l'enquête, à Lytchett St Mary. J'ai eu comme le sentiment qu'elle m'avait suivie!

— Je croyais que les sœurs allaient toujours par deux. N'y a-t-il pas un roman policier ayant pour base cette particularité?

— Il n'y en avait qu'une cette fois, reprit Miss Gilchrist. Elles font peut-être des économies. En tout cas, ce ne pouvait être la même, parce que la première quêtait pour l'orgue de St Barnabé, je crois, et la dernière pour une tout autre raison, quelque chose ayant rapport avec les enfants.

Hercule Poirot intervint :

— Mais elles se ressemblaient par le visage?

Il sembla intéressé et Miss Gilchrist se tourna vers lui.

— C'est sans doute ce qui m'a donné un choc — la lèvre supérieure... c'était comme si elle avait une moustache — oui, je pense que c'est ce qui m'a émue, d'autant plus qu'à cette époque j'étais plutôt nerveusement tendue et me rappelais tout ce qu'on a raconté pendant la guerre sur des religieuses qui étaient des hommes camouflés, faisant partie de la cinquième colonne et qui se faisaient parachuter.

— L'habit de religieuse est évidemment un excellent déguisement, dit Maude d'un air songeur. Ça dissimule les pieds.

— La vérité, dit George, c'est qu'on ne regarde jamais les gens d'assez près. C'est pour cela que, devant un tribunal, les témoignages portés sur une même personne diffèrent tellement.

— Il existe un autre phénomène aussi étrange, ajouta Suzan. Parfois, quand on se regarde brusquement dans une glace, on ne se reconnaît pas. On se dit : « Voici quelqu'un que je connais très bien », et puis, tout à coup, on se rend compte que c'est soi-même.

— Ce serait encore plus difficile de se reconnaître si l'on pouvait se voir sans l'aide d'un miroir.

— Pourquoi? demanda Rosamund, intriguée.

— Parce que vous ne vous voyez jamais telle que les autres vous voient. Vous ne vous connaissez que par l'image inversée que renvoie la glace.

— Et cette image est-elle si différente?

— Oh! oui, dit vivement Suzan. Sûrement. Le visage des gens n'est pas le même quand il est inversé. Les sourcils sont différents, la bouche se relève d'un côté, le nez n'est plus droit. On peut d'ailleurs s'en rendre compte avec un crayon. Qui a un crayon?

Quelqu'un fournit l'objet demandé et chacun de placer le crayon alternativement de chaque côté de son nez et tous de rire du résultat un peu ridicule ainsi obtenu.

Désormais, l'atmosphère se détendit considérablement. La bonne humeur s'empara de chacun. Ce n'était plus la réunion des héritiers de Richard Abernethie discutant partage, mais un groupe joyeux de gens normaux en week-end à la campagne.

Seule Helen Abernethie restait silencieuse et absorbée dans ses pensées...

Hercule Poirot poussa un soupir, se leva et souhaita le bonsoir à la maîtresse de maison.

— Peut-être devrais-je plutôt dire « au revoir », madame. Mon train part à neuf heures demain matin. C'est de bonne heure. Aussi, permettez-moi de vous remercier pour vos gentillesses et votre hospitalité. La date de prise en possession de la maison sera fixée par ce bon Mr Entwhistle, avec votre agrément, bien entendu.

— Ce sera quand vous le désirerez, monsieur Pontarlier. De toute façon, j'ai terminé ce que j'avais à faire ici.

— Vous allez sans doute retourner à votre villa de Chypre?

— Oui. Un léger sourire se dessina sur les lèvres d'Helen Abernethie.

— Vous êtes contente? demanda Poirot. Vous n'avez aucun regret?

— De quitter l'Angleterre ou de ne plus habiter ici?

— De ne plus habiter ici.

— Non, non. Il est inutile, n'est-ce pas, d'essayer de se cramponner au passé. Il faut le laisser derrière soi.

— Si ce n'est pas trop difficile.

Clignant des yeux d'un air d'innocence, Poirot sourit comme s'il s'excusait auprès des personnes présentes qui arboraient sur leurs visages, une expression de politesse.

— Mais c'est parfois un peu dur, ajouta-t-il. Le passé ne veut pas se laisser enterrer, ne veut pas sombrer dans l'oubli. Il vous poursuit et se dit : « On ne m'aura pas encore. »

Suzan eut un rire sceptique.

— Mais je parle sérieusement, ajouta Poirot.

— Vous voulez dire, dit Michael, que vos réfugiés, quand ils seront installés ici, ne pourront oublier totalement leurs souffrances passées?

— Je ne faisais pas allusion à mes réfugiés.

— C'est à nous qu'il faisait allusion, chéri, dit Rosamund. A oncle Richard, à tante Cora, à la hachette, à tout cela, enfin.

Elle se tourna vers Hercule Poirot.

— N'est-ce pas?

Poirot la regarda sans paraître comprendre.

— Qu'est-ce qui vous fait croire cela, madame? demanda-t-il.

— Simplement le fait que vous êtes un détective. C'est pour cela que vous êtes venu ici. Quant à votre N.A.R.C.O., quel que soit son nom, c'est de la blague. Je ne me trompe pas, n'est-ce pas?

CHAPITRE XX

Il y eut un instant d'émotion générale. Poirot s'en rendit compte quoiqu'il ne cessât de regarder le visage ravissant et serein de Rosamund.

Il s'inclina légèrement.

— Vous êtes très perspicace, madame, dit-il.

— Pas tellement, répliqua Rosamund. On vous a désigné à moi dans un restaurant, un jour. Je m'en suis souvenue.

— Et malgré cela, vous n'avez pas mentionné le fait jusqu'à cette minute.

— Je pensais que ce serait beaucoup plus drôle ainsi.

D'un ton qu'il ne parvenait pas à contrôler, Michael dit :

— Ma petite...

Poirot le regarda. De toute évidence, Michael était irrité. Plus qu'irrité. Inquiet.

Les regards d'Hercule Poirot se posèrent sur chacun. Suzan était en colère et sur ses gardes; la bouche ouverte, Miss Gilchrist avait l'air d'une sotte; George se montrait plein de circonspection; le visage d'Helen enfin, trahissait la consternation et la nervosité.

Poirot se redressa et s'inclina devant l'assemblée.

— Oui, je suis détective.

Son accent avait perdu un peu de sa consonance étrangère.

— Qui vous a envoyé? demanda George.

— J'ai été prié d'enquêter sur les circonstances entourant la mort de Richard Abernethie.

— Par qui?

— Pour le moment, cela ne vous regarde pas. Mais ne serait-il pas souhaitable que l'on conclût que Richard Abernethie est bien mort de mort naturelle?

— Mais évidemment. Qui a prétendu le contraire?

— Cora Lansquenet. Et Cora Lansquenet est morte à son tour.

— C'est en effet ce qu'elle a déclaré, dit Suzan, dans cette pièce même, mais je ne pensais pas...

— Vraiment, Suzan? (George Crossfield la regarda d'un air sardonique.) Pourquoi faire semblant? Tu ne veux pas faire avaler ça à Mr Pontarlier?

— Il ne s'appelle pas Pontarlier, mais Hercule... quelque chose.

— Hercule Poirot, pour vous servir.

Et Poirot fit une révérence.

Les personnes présentes ne manifestèrent ni étonnement, ni appréhension. Apparemment, cela ne leur disait rien. A vrai dire, l'annonce de son nom les avait beaucoup moins inquiétées que la mention de « détective ».

— Et puis-je vous demander à quelles conclusions vous êtes parvenu? questionna George.

— Il ne te le dira pas, chéri, dit Rosamund. Ou s'il dit quelque chose, ce ne sera pas la vérité.

Elle était la seule à sembler se divertir. Et Poirot la regarda, songeur.

***

Hercule Poirot ne dormit pas très bien cette nuit-là. Il était troublé et ne savait pas très bien pourquoi. Il évoquait des bribes de conversations qu'il avait surprises, des coups d'œil échangés, des mouvements divers, et, dans la solitude de la nuit, tout prenait une signification déroutante. Il se trouvait au bord du sommeil, mais le sommeil le fuyait. A l'instant où il allait enfin y céder, une idée lui traversa l'esprit comme un éclair et le réveilla complètement. La peinture, Timothy et la peinture. La peinture à l'huile — l'odeur de peinture à l'huile — ayant un rapport avec Mr Entwhistle. Cora et la peinture — la peinture de Cora... des cartes postales... Cora avait trompé son monde avec sa peinture... Non, revenons à Mr Entwhistle... quelque chose que Mr Entwhistle a dit... ou peut-être était-ce Lanscombe? La visite d'une religieuse le jour de la mort de Richard Abernethie, une religieuse à moustache. Une religieuse à Stanfield Grange... une autre à Lytchett St Mary, trop de religieuses! Rosamund en religieuse, très belle sur scène. Rosamund disant qu'il était détective et tout le monde le regardant pendant qu'elle disait cela. C'est ainsi qu'ils avaient dû regarder Cora lorsqu'elle déclara : « Mais il a bien été assassiné, n'est-ce pas? » Helen avait dit que « quelque chose n'allait pas ce jour-là. » Qu'était-ce? Helen Abernethie oubliant le passé, allant à Chypre... Helen laissant tomber la cloche de verre recouvrant les fleurs artificielles quand il avait dit... Qu'avait-il dit? Il ne s'en souvenait plus.

Alors, Poirot s'endormit et rêva.

Il rêva de la petite table en malachite; sur la table, des fleurs artificielles recouvertes d'une cloche de verre, mais le tout revêtu d'une couche de peinture à l'huile cramoisie, couleur sang. Il percevait l'odeur de la peinture et Timothy gémissait : « Je meurs, je meurs, c'est la fin. » Grande, le regard sévère, Maude se tenait auprès de lui, un long couteau à la main, et répétant après son mari : « Oui, c'est la fin... » La fin. Un lit de mort. Des cierges. Une religieuse priant. Si seulement il pouvait voir le visage de la religieuse, il saurait.

Hercule Poirot s'éveilla... *Il savait.*

Oui, c'était la fin...

Mais il y avait encore un long chemin à parcourir.

Il classa par catégories les différents éléments du problème :

Mr Entwhistle, l'odeur de la peinture, la maison de Timothy, quelque chose qui doit ou devrait s'y trouver, les fleurs artificielles... Helen... la cloche de verre brisée...

***

Dans sa chambre, Helen Abernethie mit du temps pour se coucher. Elle réfléchissait.

Assise à sa coiffeuse, elle se regardait distraitement dans le miroir.

On l'avait forcée à admettre Hercule Poirot dans la maison. Elle n'avait pas été d'accord, mais Mr Entwhistle s'y était pris de telle sorte qu'elle n'avait pu refuser. Et maintenant, chacun savait à quoi s'en tenir sur Poirot. Désormais, plus question de laisser Richard Abernethie dormir dans sa tombe. Tout avait commencé par les quelques mots prononcés par Cora...

Et qu'avait dit George à propos de la façon dont on se voit dans la glace?

Vous ne vous voyez pas comme les autres vous voient...

Ses regards jusque-là perdus se concentrèrent alors sur l'image que lui renvoyait la glace. Elle se voyait, mais ce n'était pas vraiment elle, pas comme les autres pouvaient la voir, pas comme Cora l'avait vue... ce jour-là.

L'arc de son sourcil droit... non, du gauche... se relevait plus que le droit. La bouche? Oui, le dessin de sa bouche était bien symétrique. Si elle se rencontrait elle-même, elle était sûre de ne pas trouver de différence avec la personne du miroir. Pas comme Cora.

Cora — elle l'évoquait très exactement — Cora, le jour des obsèques, penchait la tête d'un côté tout en regardant Helen.

Soudain Helen Abernethie porta les mains à son visage.

« *Je n'y comprends rien* », se dit-elle. « *Je n'y comprends rien...* »

*
* *

La sonnerie du téléphone arracha Miss Entwhistle à un rêve charmant : elle était en train de jouer au piquet avec la reine Mary.

Elle tenta de faire la sourde oreille, mais la sonnerie s'acharnait. A moitié endormie, elle se souleva sur son oreiller et jeta un coup d'œil à la pendule, près du lit. Sept heures moins cinq! Qui diable peut appeler à cette heure matinale? Ce doit être un faux numéro.

Le grelottement du téléphone persistait. Miss Entwhistle poussa un soupir, prit d'un geste vif une robe de chambre, l'enfila et descendit jusqu'au petit salon.

— Ici, Kensington 675498, dit-elle avec âpreté dès qu'elle eut empoigné le récepteur.

— Mrs Abernethie à l'appareil. Mrs Leo Abernethie. Pourrais-je parler à Mr Entwhistle?

— Oh! bonjour, madame Abernethie. (Le bonjour manquait de cordialité.) Ici Miss Entwhistle. Mon frère n'est pas encore réveillé. Moi-même je dormais.

— Je suis navrée.

Helen était bien obligée de s'excuser.

— Mais c'est très important, ajouta-t-elle. Il faut que je parle à votre frère tout de suite.

— Ne pouvez-vous pas rappeler?

— Je crains que non.

— Soit, dit Miss Entwhistle d'un ton revêche.

Elle alla frapper à la porte de son frère et entra.

— Ce sont encore ces Abernethie, dit-elle avec de l'amertume dans la voix.

— Quoi? Les Abernethie?

— Mrs Leo Abernethie. Vraiment, téléphoner aux gens avant sept heures du matin!...

— Mrs Leo Abernethie, dis-tu? Mon Dieu! comme c'est extraordinaire! Où est ma robe de chambre? Ah! merci.

Un instant plus tard, il parlait au téléphone :

— Ici Entwhistle. C'est vous, Helen?

— Oui. Je suis désolée de vous tirer ainsi du lit. Mais vous m'aviez dit de vous appeler dès que j'aurais découvert ce qui m'avait intriguée le jour des obsèques, quand Cora nous a tous émus en émettant l'hypothèse que Richard avait été assassiné.

— Ah!... Et vous vous en souvenez, maintenant?

— Oui, mais je ne comprends toujours pas...

— Il faut me permettre d'en juger par moi-même. S'agit-il de quelque chose que vous avez remarqué sur quelqu'un?

— Oui.

— Alors, dites.

— Cela semble ridicule. (Helen voulait s'excuser.) Mais je n'en suis pas très sûre. Cela m'est venu à l'esprit en me regardant dans une glace, hier soir. Oh!...

A ce cri où se mêlaient la surprise et l'effroi, succéda un bruit sourd et étouffé que Mr Entwhistle ne put identifier.

— Allô! Allô! vous êtes là?... Helen, êtes-vous là?... Helen...

CHAPITRE XXI

Près d'une heure plus tard, Mr Entwhistle, après de longues palabres avec les services des réclamations, eut enfin la communication. Ce fut Hercule Poirot qui lui répondit.

— Dieu soit loué! s'écria l'homme de loi d'un ton d'exaspération bien pardonnable. J'ai eu toutes les peines du monde à vous avoir au bout du fil.

— Il n'y a rien d'étonnant à cela. Le récepteur n'était plus accroché.

— Qu'est-il arrivé? demanda Mr Entwhistle.

— Il y a environ vingt minutes, la femme de chambre a trouvé Mrs Leo Abernethie gisant dans la bibliothèque, près du téléphone, sans connaissance. Une forte commotion.

— Voulez-vous dire qu'elle a été frappée à la tête?

— On le dirait. Il est possible qu'elle se soit cogné la tête en tombant contre le cale-porte en marbre (1). Mais je ne le crois pas, le médecin non plus, d'ailleurs.

— Elle me téléphonait et je me suis demandé pourquoi nous avions été coupés si brusquement.

— Alors, c'est à vous qu'elle téléphonait? Que disait-elle?

[1] Pièce pesante, souvent en marbre, dont on se servait autrefois pour caler les portes *(note du traducteur)*.

— Elle faisait allusion à une étrange impression qu'elle avait ressentie le jour où Cora suggéra que Richard avait été assassiné, quelque chose d'anormal, mais malheureusement, elle n'arrivait pas à se rappeler pourquoi elle avait eu cette impression.

— Et brusquement, elle s'en est souvenue?

— Oui.

— Et elle vous a téléphoné pour vous en parler?

— Oui.

— Eh bien ([1])?

— Il n'est pas question de *eh bien!* dit Mr Entwhistle avec humeur. Elle a commencé à parler, puis a été interrompue.

— Qu'a-t-elle dit?

— Rien d'intéressant.

— Veuillez m'excuser, mon ami, mais c'est à moi qu'il appartient de juger. Qu'a-t-elle dit exactement?

— Elle s'était rappelée que je l'avais priée de me faire savoir si la chose qui l'avait intriguée lui revenait à l'esprit. Elle m'a donc dit qu'elle s'en souvenait, mais que cependant, elle n'y comprenait rien.

« Lorsque je lui ai demandé si cela avait un rapport avec quelqu'un de présent le jour des obsèques, elle m'a répondu affirmativement. Cela lui revint, me dit-elle, en se regardant dans une glace.

— Ah! oui?

— Oui, c'est tout.

— Et elle n'a fourni aucune indication sur la personne en question?

— Je n'aurais pas manqué de vous en informer si elle me l'avait révélé, répondit Mr Entwhistle sur un ton acide.

[1] En français dans le texte.

— Pardonnez-moi, mon ami. Bien sûr, vous m'en auriez fait part.

— Il ne nous reste plus qu'à attendre qu'elle ait repris connaissance.

— Il se pourrait que cela ne se produisît pas avant bien longtemps, dit gravement Poirot.

— Est-ce aussi sérieux que cela? demanda Mr Entwhistle d'une voix qui tremblait un peu.

— Oui, c'est aussi sérieux que cela.

— Mais... c'est affreux, Poirot.

— C'est affreux, en effet, et c'est pour cela que nous ne devons plus attendre... Nous avons affaire à quelqu'un d'impitoyable ou aux abois, ce qui revient au même.

— Mais, dites-moi, Poirot. A propos d'Helen, je suis inquiet. Croyez-vous qu'elle soit en sécurité à Enderby?

— Certainement pas. Mais elle n'est plus à Enderby. Une ambulance est venue la chercher pour la transporter dans une clinique où des infirmières spécialement choisies s'occuperont d'elle et *où personne*, appartenant ou non à la famille, ne sera admis à la voir.

Mr Entwhistle soupira.

— Vous me rassurez. Elle aurait pu se trouver en danger.

— Assurément.

D'un ton qui trahissait une profonde émotion, Mr Entwhistle poursuivit :

— J'ai beaucoup d'estime pour Helen Abernethie. J'en ai toujours eu. C'est une femme d'un caractère exceptionnel. Il est possible qu'elle ait eu... comment dirais-je?... un secret dans sa vie.

— Un secret?

— J'en ai toujours eu l'impression.

— D'où la villa de Chypre. Cela pourrait expliquer bien des choses.

— Mais n'allez pas commencer à vous imaginer...

— Je m'imagine toujours des choses. Vous ne pouvez pas m'en empêcher. Maintenant, j'ai un petit service à vous demander. Un instant.

Il y eut un silence, puis la voix de Poirot se fit entendre de nouveau.

— Je tenais à m'assurer que personne n'était à l'écoute. Tout va bien. Voici ce que j'attends de vous. Vous devez vous préparer à faire un voyage.

— Un voyage?

La voix de Mr Entwhistle était empreinte d'une légère inquiétude.

— Oh! je comprends. Vous voulez que je vienne à Enderby?

— Pas du tout. Ici, je m'occupe de tout. Non, vous n'aurez pas à aller très loin de Londres. Vous irez à Bury St Edmunds. De là, vous louerez une voiture pour vous rendre à Forsdyke House. C'est une maison de santé pour malades mentaux. Demandez le docteur Penrith et questionnez-le sur un de ses patients récemment sorti.

— Quel patient? En tout cas...

Poirot l'interrompit :

— Le nom du patient est Gregory Banks. Découvrez pour quelle maladie on l'a soigné dans cette maison de santé.

— Vous insinuez que Gregory Banks est fou?

— Chut! Faites attention à ce que vous dites. Et maintenant, je n'ai pas encore pris mon petit déjeuner, vous non plus, je suppose.

— Non, pas encore. J'étais bien trop inquiet.

— Bon. Alors, je vous en prie, allez le prendre et reposez-vous. Vous avez un excellent train à midi pour Bury St Edmunds. Si j'ai du nouveau à apprendre d'ici là, je vous en informerai avant votre départ.

— Faites bien attention à vous, Poirot, dit Mr Entwhistle avec une certaine anxiété.

— Ça? Ah! oui. Je veillerai à ne pas recevoir un bloc de marbre sur le crâne. Soyez assuré que je prendrai toutes les précautions nécessaires. Eh bien! pour le moment, je vous dis « au revoir ».

Poirot entendit le bruit du récepteur que l'on reposait à l'autre bout du fil puis, il perçut un léger déclic et sourit. Quelqu'un venait de raccrocher l'appareil du hall.

Il s'y rendit aussitôt. Il n'y avait personne. Sur la pointe des pieds, il se dirigea vers le placard, au bas de l'escalier, et regarda à l'intérieur.

A ce moment précis, Lanscombe franchit le seuil de la porte de service, transportant un plateau garni de tranches de pain grillé et d'une cafetière en argent. Il eut l'air légèrement surpris d'apercevoir Poirot émergeant du placard.

— Le petit déjeuner est servi dans la salle à manger, monsieur, dit-il.

Poirot le dévisagea d'un air songeur.

Le vieux valet de chambre était pâle et semblait ému.

— Courage, lui dit-il en lui tapotant l'épaule. Tout ira bien, encore. Cela gênerait-il beaucoup de me faire servir une tasse de café dans ma chambre?

— Mais non. Je vous enverrai Janet, monsieur.

Lanscombe considéra d'un air réprobateur le dos de Poirot, comme le détective montait l'escalier. Hercule Poirot avait revêtu une exotique robe de soie dont le dessin comportait des triangles et des carrés.

— Des étrangers! songea Lanscombe amèrement. Des étrangers dans cette maison! Et ce coup qu'a reçu Mrs Leo! Je ne sais vraiment pas où nous allons. Tout a bien changé depuis la mort de Mr Richard.

Lorsque Janet vint lui apporter son café, Poirot était déjà habillé. Il murmura quelques paroles de sympathie, qui furent d'autant plus favorablement accueillies qu'il mit l'accent sur le choc que la femme de chambre avait dû éprouver quand elle découvrit Helen inanimée.

— Ah! Monsieur, je n'oublierai jamais l'impression que ça m'a fait de voir Mrs Leo par terre, quand j'ai ouvert la porte et que je suis entrée avec l'aspirateur. J'ai cru qu'elle était morte. Mais quelle idée de se lever de si bonne heure? Je ne l'ai jamais vue debout si tôt.

— Quelle idée... vraiment!

D'un ton indifférent, Poirot ajouta :

— Personne d'autre n'était levé, je suppose?

— Mrs Timothy était déjà debout. Elle est toujours très matinale. Il lui arrive de sortir faire un tour avant le petit déjeuner.

— Elle appartient à la génération des tôt levés, dit Poirot, hochant la tête. Les jeunes, aujourd'hui... ne sont pas si matinaux, n'est-ce pas?

— Oh! non, monsieur. Ils dormaient tous à poings fermés quand je leur ai apporté leur thé. Pourtant, je n'étais pas en avance, avec cette histoire; le docteur qu'il a fallu aller chercher, et j'ai commencé par prendre une tasse de thé avant les autres, pour me remettre de mes émotions.

Janet s'en alla et Poirot réfléchit à ce qu'elle venait de lui dire.

Maude Abernethie était déjà levée et les jeunes dormaient encore. Poirot pensa que cela ne voulait rien dire. N'importe qui aurait pu entendre la porte d'Helen s'ouvrir et se refermer, l'avoir suivie pour écouter sa conversation et, après, avoir fait semblant d'être profondément endormi.

« Et si j'avais raison ? » pensa Poirot. « Après tout, ce serait assez normal que j'aie raison. C'est une habitude, chez moi. Dans ces conditions, il est inutile d'essayer de savoir qui se trouvait ici et qui se trouvait là. Il faut que je découvre la preuve là où j'ai déduit qu'elle se trouvait. Après quoi, je ferai mon petit discours, me renverserai dans ma chaise et verrai ce qui se passe. »

Dès que Janet eut quitté la pièce, Poirot but son café jusqu'à la dernière goutte, mit son pardessus et son chapeau, dévala lestement l'escalier menant à la porte de service et sortit. D'un pas alerte, il parcourut les quelque six cents mètres qui le séparaient du bureau de poste, où il demanda l'Inter.

Au bout d'un moment, il parlait à Mr Entwhistle.

— Oui, c'est encore moi. Laissez tomber la commission dont je vous ai chargé tout à l'heure. C'était une blague (1). Quelqu'un écoutait notre conversation. Maintenant, mon vieux (1), voici la véritable commission. Vous allez, ai-je dit, prendre un train — mais pas pour Bury St Edmunds. Je désire que vous vous rendiez chez Mr Timothy Abernethie.

— Mais Timothy et Maude sont à Enderby!

— Exactement. Il n'y a personne là-bas, sauf une femme du nom de Jones, qui remplit les fonctions de gardienne pendant l'absence des patrons. Je veux que vous emportiez quelque chose de cette maison.

— Mon cher Poirot, je ne vais tout de même pas m'abaisser jusqu'à me comporter en cambrioleur!

— Cela n'aura pas l'air d'un cambriolage. Vous direz à l'excellente Mrs Jones, qui vous connaît, que Mrs et Mr Abernethie vous ont chargé de prendre un objet et de le rapporter à Londres. Elle acceptera.

— Probablement. Mais je n'aime pas cela. (Mr Entwhistle semblait très réticent.) Pourquoi ne pas vous en charger vous-même?

— Parce que, mon ami, je suis étranger et cela se voit. Avec son caractère soupçonneux, Mrs Jones ferait certainement des difficultés. Mais pas avec vous.

1 En français dans le texte.

— Oui, je comprends. Mais que vont penser de moi Maude et Timothy? Il y a bien quarante ans que je les connais.

— Et vous connaissiez Richard Abernethie depuis autant d'années — et Cora Lansquenet depuis qu'elle était petite fille.

D'un ton de martyr, Mr Entwhistle demanda :

— Vous êtes sûr que tout cela est bien nécessaire, Poirot?

— Non seulement nécessaire, mais vital.

— Et quelle est cette chose dont il faut que je m'empare?

Poirot le lui dit.

— Mais vraiment, Poirot, je ne comprends pas...

— Il est inutile que vous compreniez. C'est à moi de comprendre.

— Et que voulez-vous que je fasse du satané objet?

— Vous l'emporterez à Londres, à l'adresse que je vais vous donner, à Elm Park Gardens. Avez-vous un crayon? Bon, prenez note.

Mr Entwhistle s'exécuta. Puis, toujours avec sa voix de martyr :

— J'espère que vous savez ce que vous faites, Poirot? demanda-t-il.

— Bien entendu. Nous approchons de la fin.

Mr Entwhistle soupira.

— Si on pouvait seulement deviner ce qu'Helen était sur le point de me dire!

— Inutile d'essayer de deviner. *Je sais.*

— Vous savez? Mais, mon cher Poirot...

— Les explications peuvent attendre. Mais laissez-moi vous dire ceci : *Je sais ce qu'Helen a vu lorsqu'elle s'est regardée dans la glace.*

⁂

Au cours du petit déjeuner, il régna une atmosphère de contrainte. Rosamund et Timothy n'y avaient pas pris part, et les autres avaient parlé à voix basse, mangeant un peu moins qu'ils avaient l'habitude de le faire.

George fut le premier à reprendre ses esprits. Son tempérament optimiste et fantaisiste avait pris le dessus.

— Je pense que tante Helen va se rétablir, dit-il. Les médecins aiment dramatiser. Après tout, qu'est-ce qu'une commotion? Ça ne laisse souvent plus aucune trace au bout de deux jours.

Miss Gilchrist se mêla à la conversation.

— J'ai connu une femme qui a eu une commotion pendant la guerre, dit-elle. Comme elle marchait dans Tottenham Court Road, elle reçut une brique, ou quelque chose d'analogue sur la tête — c'était à l'époque des bombes volantes — et elle n'a rien senti du tout. Mais, douze heures plus tard, alors qu'elle se trouvait dans le train de Liverpool, elle s'effondra brusquement. Et, vous me croirez si vous voulez, elle ne se rappelait pas s'être rendue à la gare et avoir pris un train. Elle est restée trois semaines à l'hôpital.

— Ce que je n'arrive pas à comprendre, intervint Suzan, c'est pourquoi Helen téléphonait à cette heure indue et à qui elle téléphonait.

— Elle s'est sentie malade, dit Maude avec assurance, et est descendue pour appeler le médecin. Alors, elle a été prise de vertiges et est tombée. Voilà comment je vois la chose.

— Pas de chance, vraiment de se cogner sur le caleporte, dit Michael. Il est certain que si elle s'était affalée là-bas, sur l'épais tapis, elle ne se serait fait aucun mal.

La porte s'ouvrit et Rosamund entra, les sourcils froncés.

— Je ne trouve plus les fleurs artificielles, annonça-t-elle. Je parle de celles qui se trouvaient sur la table en malachite le jour des obsèques.

Elle regarda Suzan avec des yeux accusateurs :

— Ce n'est pas toi qui les a prises, par hasard?

— Bien sûr que non, répondit sa cousine. Vraiment, Rosamund, tu ne te préoccupes tout de même pas de table en malachite alors que cette pauvre Helen vient d'être transportée à l'hôpital?

— Et pourquoi ne m'en préoccuperais-je pas? Si tu avais reçu un coup sur la tête, tu ne saurais pas ce qui se passe et tu t'en moquerais bien. Nous ne pouvons rien pour tante Helen. Michael et moi devons être à Londres demain à l'heure du déjeuner, pour y rencontrer Jackie Lygo et fixer avec lui la date de la première du *Voyage du Baron*. C'est pour cela que j'aimerais bien régler avant de partir la question de la table. Mais j'aurais voulu revoir ces fleurs artificielles. Je me demande où elles peuvent se trouver. Lanscombe le sait peut-être.

Juste à ce moment, le vieux serviteur passa la tête pour voir si les invités avaient fini leur petit déjeuner.

— Nous avons terminé, Lanscombe, dit George en se levant. Que devient notre ami l'étranger?

— Il s'est fait servir son café et ses toasts dans sa chambre, monsieur.

— *Petit déjeuner* (1) pour l'U.N.A.R.C.O.

— Lanscombe, demanda Rosamund, savez-vous où se trouvent les fleurs artificielles qui étaient sur la petite table verte du salon?

— Je crois que Mrs Leo les a fait tomber, madame.

[1] En français dans le texte.

Elle voulait remplacer la cloche de verre, mais je ne pense pas qu'elle l'ait encore fait.

— Mais où sont-elles?

— Sans doute dans le placard, derrière l'escalier, madame. C'est là qu'on met les choses à réparer. Madame désire-t-elle que je m'en assure?

— Merci, je m'en occuperai moi-même. Tu viens, Michael chéri? Il fait noir sous l'escalier et je n'aime pas beaucoup aller dans des endroits sombres toute seule, surtout après ce qui vient d'arriver à tante Helen.

— Que voulez-vous dire, Rosamund? demanda Maude de sa voix profonde.

— Mais, elle s'est bien fait cogner dessus par quelqu'un? Pas vrai?

— Elle a eu une faiblesse et est tombée, répliqua vivement Gregory.

Rosamund rit.

— Elle te l'a dit? Ne fais pas la bête, Greg. Bien sûr, elle s'est fait cogner dessus.

— Ne dis pas des choses comme ça. Rosamund, intervint George d'un ton cassant.

— Sottises, reprit Rosamund. Comment en serait-il autrement? Et puis, ça s'ajoute au reste : un détective dans la maison à la recherche d'une piste, l'oncle Richard empoisonné, la tante Cora tuée à coups de hache, Miss Gilchrist mangeant un gâteau contenant du poison, et enfin Helen assommée. Et ça va continuer comme cela, voyez-vous. L'un après l'autre, nous allons nous faire tuer et le survivant sera... le meurtrier. En tout cas, je ne me ferai pas tuer, moi.

— Et pour quelle raison voudrait-on t'assassiner, belle Rosamund? demanda George.

Rosamund ouvrit de grands yeux.

— Oh! dit-elle, parce que j'en sais trop long.

— Et que sais-tu?

Maude Abernethie et George Crossfield avaient posé la même question ensemble.

Rosamund arbora un sourire vague et angélique.

— Vous aimeriez bien le savoir, dit-elle gentiment, n'est-ce pas? Tu viens, Michael?

CHAPITRE XXII

A onze heures, Hercule Poirot fit une réunion intime dans la bibliothèque. Tout le monde était là et Poirot contempla, songeur, le demi-cercle de visages.

— Hier soir, commença-t-il, Mrs Shane vous a appris que j'étais détective privé. Pour ma part, j'aurais préféré conserver mon... camouflage un peu plus longtemps. Enfin, tant pis. Aujourd'hui, ou au plus tard demain, je vous aurai dévoilé la vérité.

« Maintenant, je vous demande de prêter une grande attention à ce que je vais vous dire. Mes dons, je dois l'admettre, sont sans égal.

George Crossfield grimaça un sourire :

— C'est ça, vos boniments, monsieur Poirot..., c'est monsieur Poirot, n'est-ce pas? C'est drôle que je n'aie encore jamais entendu parler de vous.

— Ce n'est pas drôle, répondit Poirot avec sévérité. C'est lamentable! Hélas! l'éducation n'est plus ce qu'elle était. Mais poursuivons. Il y a de longues années que je suis l'ami de Mr Entwhistle...

— Alors, c'était lui le loup dans la bergerie!

— Mettons, si vous tenez à présenter ainsi la chose, monsieur Crossfield, Mr Entwhistle a été très touché par la mort de son vieil ami, Mr Richard Abernethie. Il s'est aussi ému des paroles prononcées, le jour des obsèques, par la sœur de Mr Abernethie, Mrs Cora Lansquenet, paroles dites dans cette pièce.

— C'était ridicule et tout à fait dans la manière de Cora, dit Maude. Je croyais que Mr Entwhistle avait assez de jugement pour n'y point prendre garde!

Poirot poursuivit :

— Mr Entwhistle a été encore plus troublé par la... comment dirais-je?... la coïncidence de la mort de Mrs Lansquenet. Et ce dont il voulait avant tout s'assurer, c'est qu'il s'agissait bien d'une coïncidence. En d'autres termes, il désirait être certain que Richard Abernethie était mort de mort naturelle. Ce fut pour obtenir cette certitude qu'il me pria de me livrer à quelques investigations.

Il se tut, puis poursuivit :

— Et je les ai faites.

Il y eut un nouveau silence. Chacun se taisait.

Poirot rejeta la tête en arrière.

— Eh bien! je pense que vous serez tous ravis de connaître le résultat de mon enquête : *il n'y a absolument aucune raison de croire que Mr Abernethie soit mort autrement que de mort naturelle.* Il n'y a, d'autre part, *aucune* raison de penser qu'il ait été assassiné!

Il sourit et, des deux mains étendues, fit un geste de triomphe.

— Ce sont là de bonnes nouvelles, n'est-ce pas?

On n'aurait vraiment pas dit que cette annonce leur faisait plaisir.

Seul, Timothy hochait énergiquement la tête.

— Evidemment, Richard n'a pas été assassiné, dit-il avec colère. Je me demande pourquoi on a jamais pensé à une chose pareille, ne serait-ce qu'un instant. Une mauvaise plaisanterie de Cora, voilà tout, pour nous flanquer la frousse. Elle se croyait drôle. Bref, monsieur... quel que soit votre nom, je suis content de voir que vous avez eu assez de bon sens pour aboutir à la conclusion qui s'imposait, quoique, si vous voulez mon avis, je trouve que Mr Entwhistle a eu un certain toupet de vous charger de venir fouiner par-ci, par-là. Pour qui se prend-il? Enfin, si la famille est satisfaite...

— Mais la famille n'est pas satisfaite, dit Rosamund.

— Hé! là! Qu'est-ce que c'est?

Timothy lui jeta un regard indigné sous ses sourcils touffus.

— Non, nous ne sommes pas satisfaits. Vous oubliez ce qui est arrivé à tante Helen, ce matin.

— Helen arrive à un âge où l'attaque vous guette, dit Maude vivement.

— Je vois, rétorqua Rosamund. Encore une coïncidence, sans doute?

Elle se tourna vers Poirot.

— Ne trouvez-vous pas qu'il se soit produit trop de coïncidences? lui demanda-t-elle.

— Les coïncidences existent, dit Hercule Poirot.

— Quelles bêtises! reprit Maude. Helen ne s'est pas sentie bien, elle est descendue pour appeler le médecin, et...

— Mais elle n'a pas appelé le médecin, dit Rosamund. Je le lui ai demandé.

— Alors, à qui a-t-elle téléphoné? demanda Suzan.

— Je n'en sais rien, répondit Rosamund.

Puis, d'un ton plein d'espoir, elle ajouta :

— Mais je crois que je le découvrirai.

***

Hercule Poirot était assis dans le pavillon d'été d'Enderby. Il sortit de sa poche une grosse montre et la plaça sur la table devant lui.

Il avait annoncé qu'il partirait par le train de midi. Il

lui restait encore une demi-heure. Une demi-heure qu'une ou plusieurs personnes mettraient peut-être à profit pour se décider à venir le trouver.

Le pavillon était parfaitement visible de toutes les fenêtres de la maison.

A coup sûr, quelqu'un allait venir. Dans le cas contraire, sa connaissance des hommes était imparfaite, ou bien ses conclusions étaient fausses.

Il attendit. Au-dessus de sa tête, une araignée, sur sa toile, attendait, elle aussi, une mouche.

Ce fut Miss Gilchrist qui vint la première. Elle était agitée, troublée et fut un peu incohérente.

— Oh! monsieur Pontarlier! Je ne me rappelle plus votre autre nom, commença-t-elle. Il fallait que je vienne vous parler — quoique je n'aimais pas beaucoup ça — parce que j'estimais que je le devais... à cause de ce qui est arrivé ce matin à cette pauvre Mrs Leo. Je crois que Mrs Shane avait raison, que ce n'était pas une coïncidence, ni une attaque, comme l'a suggéré Mrs Timothy, parce que mon père a eu une attaque et ce n'était pas du tout comme pour Mrs Leo. En tout cas, le médecin a bien parlé de commotion.

Elle s'arrêta pour reprendre sa respiration et regarda Poirot. Il y avait de la prière dans ses yeux.

— Oui?... dit Hercule Poirot gentiment et d'un ton encourageant. Vous vouliez me parler de quelque chose?

— Comme je vous le disais, je n'aime pas beaucoup ça, car elle a été très gentille avec moi; elle m'a procuré mon poste chez Mrs Timothy. Très gentille, vraiment. Et c'est pour cela que j'avais peur d'être ingrate. Elle m'a fait cadeau d'un manteau de castor de Mrs Lansquenet, et puis, quand j'ai voulu lui rendre la broche d'améthyste, elle n'a pas voulu en entendre parler.

— Vous faites allusion à Mrs Banks? demanda doucement Poirot.

— Oui... voyez-vous...

Miss Gilchrist baissa les yeux et eut l'air gêné.

— ... Voyez-vous, j'ai écouté!

— Vous voulez dire que vous avez, par hasard, surpris une conversation?

— Non.

Miss Gilchrist secoua la tête avec une résolution héroïque.

— Je préfère dire la vérité. En fait, je ne vois pas de mal à vous confier cela, puisque vous n'êtes pas Anglais.

Hercule Poirot la comprit à demi-mot, sans toutefois en prendre ombrage.

— Car, dit-il, il est tout naturel pour un étranger qu'on écoute aux portes, qu'on ouvre et qu'on lise des lettres qui traînent.

— Oh! je n'ai jamais ouvert aucune lettre ne m'appartenant pas. Pas ça. Mais j'ai écouté, ce jour-là, le jour où Mr Richard est venu voir sa sœur. J'étais curieuse de connaître la raison qui l'amenait après toutes ces années d'absence... vous comprenez... quand on vit seule et qu'on a peu d'amis, on est tenté de s'intéresser... quand on vit avec quelqu'un, je veux dire.

— Tout à fait naturel, approuva Poirot.

— Oui, je crois, en effet, que c'est naturel, quoique ce ne soit pas bien du tout. Enfin, voilà ce que j'ai fait et j'ai entendu ce qu'il a dit.

— Vous avez, si je comprends bien, entendu ce que Mr Abernethie disait à Mrs Lansquenet?

— Oui. Il a déclaré quelque chose comme : « *Ce n'est pas la peine d'en parler à Timothy. Il fait fi de tout ce qu'on lui dit. Il n'écoute même pas. Mais j'ai pensé que je pouvais te confier cela à toi, Cora. Nous sommes les trois derniers qui restent, et quoique tu aies toujours aimé jouer les sottes, tu ne manques pas de bon sens. Alors, que ferais-tu à ma place ?* » Après, je n'ai pas très bien compris ce que Mrs Lansquenet a répondu, mais j'ai entendu le mot de *police*. Ensuite, Mr Abernethie a dit, d'une voix forte : « *Je ne peux pas faire cela, pas quand il s'agit de ma propre nièce.* » Alors, j'ai dû courir jusqu'à la cuisine, parce que quelque chose bouillait et débordait. Quand je suis revenue, j'ai entendu Mr Abernethie qui disait : « *Même si je ne meurs pas de mort naturelle, je ne veux pas qu'on appelle la police, si la chose peut être évitée. Tu comprends bien, ma fille? Mais ne t'inquiète pas. Maintenant que JE SAIS, je prendrai toutes les précautions nécessaires.* » Après quoi, il a annoncé qu'il avait changé son testament et que Cora n'avait pas à se faire de souci; enfin, il a parlé du mariage de Cora, qui avait été heureux et a fait une allusion à l'erreur qu'il avait commise autrefois à ce propos.

Miss Gilchrist se tut.

— Je vois, je vois, dit Poirot.

— Je ne voulais pas le répéter. Je ne crois pas que Mrs Lansquenet eût aimé que je parle... Mais, maintenant, après l'agression contre Mrs Leo, ce matin... Monsieur Pontarlier, ce n'était pas une coïncidence, n'est-ce pas?

Poirot lui sourit :

— Non, dit-il, ce n'était pas une coïncidence... Merci, Miss Gilchrist. Vous avez très bien fait de venir me trouver. C'était nécessaire.

***

Il eut quelques difficultés à se débarrasser de la vieille demoiselle et il était temps qu'elle le quittât, car il espérait recevoir encore d'autres confidences.

Son instinct ne l'avait pas trompé.

Miss Gilchrist venait à peine de s'en aller que Gregory

Banks traversa la pelouse à grands pas et fit irruption dans le pavillon. Son visage était pâle et la sueur perlait à son front. Une étrange lueur brillait dans ses yeux.

— Enfin! s'exclama-t-il. Je croyais que cette idiote ne s'en irait jamais. Vous vous êtes complètement trompé sur ce que vous nous avez dit ce matin. Richard a été assassiné, et *c'est moi qui l'ai tué!*

Hercule Poirot toisa le jeune homme agité. Il ne montra aucune surprise.

— Ah! vous l'avez tué, dites-vous? Et de quelle manière?

Gregory Banks sourit.

— Ça n'a pas été très difficile. Vous vous en rendez sûrement compte. Je n'avais qu'à choisir parmi quinze ou vingt drogues différentes. Le moyen d'administrer le poison m'a donné plus de mal, mais, à la fin, j'ai eu une idée très ingénieuse. Le plus beau de cette affaire, c'était que je n'avais pas besoin d'être là au moment voulu.

— Habile, dit Poirot.

— Oui.

Gregory Banks baissa modestement les yeux. Il avait l'air ravi.

— Oui, je crois que ce fut ingénieux.

D'un ton intéressé, Poirot demanda :

— Et pourquoi l'avez-vous tué? Pour l'argent qui reviendrait à votre femme?

— Bien sûr que non. Je ne cours pas après l'argent et je n'ai pas épousé Suzan pour sa fortune!

— Vraiment, monsieur Banks?

— C'est ce qu'il croyait, lui, Richard Abernethie, dit Gregory méchamment. Il aimait Suzan, il l'admirait, était fier d'elle et la prenait en exemple, comme digne représentant de la famille Abernethie. Mais il pensait qu'elle avait épousé quelqu'un qui lui était inférieur, que je ne valais rien — il me méprisait! Bien sûr, je ne parlais pas aussi bien que lui, je m'habillais mal. C'était un snob — un sale snob.

— Je ne le crois pas, dit doucement Poirot. D'après ce que j'ai entendu dire de lui, Richard Abernethie n'était pas un snob.

— Si, si, c'en était un.

Le jeune homme s'exprimait comme s'il allait piquer une crise de nerfs.

— Il me jugeait le dernier des derniers. Il me méprisait — toujours très poli, mais dans le fond, je voyais bien qu'il ne m'aimait pas.

— C'est possible.

— Les gens ne vont tout de même pas croire qu'ils peuvent me traiter ainsi et s'en tirer à si bon compte! J'ai déjà essayé une fois. Une femme, une cliente de la pharmacie, a été grossière avec moi, un jour. Savez-vous ce que j'ai fait?

— Oui, répondit Poirot.

Gregory parut stupéfait.

— Alors, vous êtes au courant?

— Oui.

— Elle a failli mourir. (Il parlait d'un ton satisfait.) Cela prouve que je ne suis pas un homme avec qui on plaisante impunément. Richard Abernethie avait du mépris pour moi. Que lui est-il arrivé? Il est mort.

— Un assassinat parfaitement réussi, félicita Poirot qui ajouta : Mais pourquoi venir vous confier à moi?

— Parce que vous avez déclaré en avoir fini avec cette affaire. Vous avez affirmé qu'il n'avait pas été assassiné. Je voulais seulement vous montrer que vous n'étiez pas si fin que cela. Et d'ailleurs... d'ailleurs...

— Oui? Et d'ailleurs?

Gregory s'écroula brusquement sur le banc. Son visage changea et prit une expression d'extase.

— Je me suis mal conduit... j'ai été méchant... Je dois

être puni... Il faut que je retourne là-bas... la maison du châtiment... pour expier... oui, pour expier... Repentir! Châtiment!

Son visage extasié s'illuminait de plus en plus, et Poirot le considéra avec curiosité.

— Dites-moi, jusqu'à quel point vouliez-vous quitter votre femme?

Gregory changea de physionomie.

— Suzan? Mais Suzan est une femme admirable — admirable!

— Oui, Suzan est une femme admirable. Et cela, c'est un lourd fardeau à porter. Suzan vous aime tendrement. Cela aussi est un fardeau.

Gregory se redressa et regarda Poirot. Puis, d'un ton un peu maussade :

— Pourquoi ne peut-elle pas me laisser tranquille? dit-il.

Il se leva.

— La voici... Elle traverse la pelouse. Je vais m'en aller maintenant. Mais vous allez lui parler de ce que je vous ai confié? Dites-lui que je suis allé au poste de police... Pour avouer.

***

Lorsqu'elle eut rejoint Poirot dans le pavillon, Suzan était hors d'haleine.

— Où est Greg? Il était ici! Je l'ai vu!

— Oui.

Poirot fit une pause avant d'ajouter :

— Il est venu m'annoncer qu'il avait empoisonné Richard Abernethie...

— Quelle monstrueuse sottise! J'espère que vous ne l'avez pas cru?

— Pourquoi donc ne l'aurais-je pas cru?

— Il n'était pas par ici quand est mort l'oncle Richard.

— Peut-être pas. Mais où se trouvait-il lorsque Cora Lansquenet a été tuée?

— A Londres, où nous étions tous les deux.

Hercule Poirot hocha la tête.

— Non, non. Cela ne va pas. Vous avez sorti votre voiture et êtes restée absente tout l'après-midi. Et je crois savoir quelle fut votre destination. Vous vous êtes rendue à Lytchett St Mary.

— Jamais de la vie!

Poirot sourit.

— Quand je vous ai rencontrée ici, madame, ne vous ai-je pas dit que ce n'était pas la première fois que je vous voyais? Après l'enquête sur l'assassinat de Mrs Lansquenet vous vous trouviez au garage de l'auberge de Lytchett St Mary où vous avez échangé quelques paroles avec le mécanicien. A ce moment, précis, dans une voiture voisine de la vôtre, se trouvait un monsieur âgé. Vous ne l'avez pas remarqué, mais lui vous a vue.

— Je ne comprends pas ce que vous voulez dire. C'était en effet le jour de l'enquête.

— Rappelez-vous ce que vous a dit le mécanicien. Il vous a demandé si vous étiez une parente de la victime, à quoi vous avez répondu que vous étiez sa nièce. « Ah! je me demandais où je vous avais déjà vue », a-t-il dit alors.

« Où vous avait-il déjà vue, madame? A Lytchett St Mary, sans doute. Vous avait-il aperçue à proximité de la villa? Et quand? Ce point, vous l'admettrez vous-même, méritait qu'on se livrât à une petite enquête dont le résultat est le suivant : vous vous trouviez bien à Lytchett St Mary l'après-midi du meurtre. Vous avez garé votre voiture à l'endroit même où vous l'aviez parquée le jour de l'enquête. L'automobile a été remarquée et son numéro noté. L'inspecteur Morton sait maintenant à qui elle appartient.

Suzan le regarda avec de grands yeux. Sa respiration se fit plus rapide quoique la jeune femme ne manifestât encore aucun trouble.

— Vous dites des bêtises, monsieur Poirot. Et vous me faites oublier le motif qui m'a poussée à venir vous voir seul...

— Pour m'avouer que c'est vous et non votre mari qui avez commis le meurtre.

— Non, évidemment pas. Me prenez-vous pour une idiote? Et puis, je vous ai déjà dit que Gregory n'avait pas quitté Londres ce jour-là.

— Voici une chose qu'il vous est impossible de savoir puisque vous étiez absente. Pour quelle raison vous êtes-vous rendue à Lytchett St Mary, madame Banks?

Suzan respira profondément.

— Bon! Puisque vous y tenez!... J'étais intriguée par ce que Cora avait dit le jour des funérailles. Je ne pouvais m'empêcher d'y songer et, finalement, j'ai décidé de prendre ma voiture et d'aller la voir pour lui demander comment cette pensée lui était venue. Gregory prétendait que c'était une idée ridicule, aussi ne lui ai-je même pas dit où j'allais. Je suis arrivée à Lytchett vers quinze heures. J'ai sonné, frappé, sans obtenir de réponse; j'ai cru que tante Cora était sortie ou avait quitté la villa. Je ne peux vous en dire plus long. Je n'ai même pas fait le tour de la maison, sinon j'aurais aperçu la vitre brisée. J'ai donc repris le chemin de Londres sans me douter le moins du monde de ce qui s'était passé.

— Mais pourquoi votre mari s'accuse-t-il de ce crime? demanda Poirot.

— Parce qu'il est...

La voix de Suzan tremblait; elle n'arrivait pas à prononcer le mot qu'elle avait sur les lèvres.

— Vous étiez sur le point de dire : « Il est timbré » — façon de plaisanter — mais cette plaisanterie était-elle si éloignée de la vérité?

— Greg est normal. Mais si, mais si.

— Je suis au courant de ce qui lui est arrivé, reprit Poirot. Pendant quelques mois, avant que vous le connaissiez, il se trouvait à la maison de santé de Forsdyke.

— Mais il y est entré de son plein gré, en patient volontaire...

— Vous avez raison. Il n'est pas, à proprement parler, à ranger dans la catégorie des fous, mais très certainement des déséquilibrés. Il est affligé d'un complexe du châtiment, complexe qui doit sans doute le suivre depuis son enfance.

Suzan se mit alors à parler avec feu.

— Vous ne comprenez pas, monsieur Poirot. Greg n'a jamais eu de chance. C'est pour cette raison que j'avais tant envie de l'argent de l'oncle Richard. L'oncle Richard était si terre à terre. Il ne pouvait pas comprendre. Je savais que Greg devait s'installer. Greg avait besoin de sentir qu'il *était quelqu'un*, pas seulement un préparateur en pharmacie. Maintenant, tout va changer : il aura son laboratoire à lui et il pourra travailler à ses propres formules.

— Oui, oui. Vous êtes prête à lui donner la terre entière... parce que vous l'aimez. Et vous l'aimez beaucoup trop, beaucoup plus que la sécurité et le bonheur. Mais il est impossible de donner aux gens la chose qu'ils sont incapables de faire. Et, en fin de compte, il sera toujours quelqu'un qui ne désire pas être...

— Plaît-il?

— ...Le mari de Suzan.

— Comme vous êtes cruel! Et puis, d'ailleurs, vous dites des bêtises!

— Pour tout ce qui touche Gregory Banks vous êtes

dénuée de scrupules. Vous désirez l'argent de votre oncle, pas pour vous-même, mais pour votre mari. Et dites-moi, jusqu'à quel point en aviez-vous envie?

Rouge de colère, Suzan tourna les talons et partit en courant.

*
* *

— J'avais pensé venir vous dire « au revoir », dit Michael Shane d'un ton dégagé.

Il sourit, et son sourire avait quelque chose de singulièrement ensorcelant.

Durant un instant, Poirot observa le jeune homme en silence. Il avait l'impression de le connaître beaucoup moins que tous les autres, car on ne voyait de Michael Shane que le côté de son caractère qu'il voulait bien montrer.

— Mrs Shane, dit enfin Poirot sur le ton de la conversation, est une femme qui sort de l'ordinaire.

Michael leva les sourcils.

— Vous croyez? Je reconnais qu'elle est ravissante, mais, je m'en suis aperçu, pas remarquablement intelligente.

Poirot acquiesça :

— Mais elle sait ce qu'elle veut, et c'est rare, ajouta-t-il avec un soupir.

— Ah! (Et Michael sourit de nouveau, de son même sourire.) Vous faites allusion à la petite table en malachite?

— Peut-être, fit Poirot, et également à ce qu'il y avait sur cette table.

— Vous parlez des fleurs artificielles?

— Des fleurs artificielles, en effet.

Le visage de Michael Shane se rembrunit.

— Il y a des moments où je ne vous comprends pas,

monsieur Poirot. Quoi qu'il en soit (le sourire disparut), je vous suis très reconnaissant de nous avoir disculpés. Il était déplaisant — c'est le moins qu'on puise dire — de sentir les soupçons peser sur soi et de se dire que, d'une manière ou d'une autre, l'un de nous avait assassiné notre pauvre vieil oncle Richard.

— Pauvre vieil oncle Richard? C'est donc ainsi qu'il vous est apparu la dernière fois que vous l'avez rencontré? demanda Poirot.

— Je dois reconnaître qu'il était bien conservé...

— Et en pleine possession de ses facultés...

— Oh! oui.

— Et en fait, tout à fait malin?

— Plutôt.

— Et très pénétrant quand il s'agissait de juger les gens?

Le sourire de Michael ne subit aucune altération.

— Vous n'allez tout de même pas me faire avaler ça, monsieur Poirot. Il ne m'approuvait pas...

— Il vous prenait peut-être pour quelqu'un... qui manquait de loyauté? suggéra Poirot.

— Quelle idée! s'exclama Michael en riant.

— Mais c'est la vérité, n'est-ce pas?

— Je me demande bien ce que vous entendez par là.

— On s'est livré à de petites enquêtes, vous savez, murmura Hercule Poirot.

— Qui? Vous?

— Pas seulement moi.

Michael jeta au détective un regard vif et inquisiteur. Poirot remarqua qu'il possédait des réflexes rapides. Non, Michael Shane n'était pas un imbécile.

— Vous voulez dire que... que la police s'en est mêlée?

— La police, monsieur Shane, ne s'est pas contentée de considérer le meurtre de Mrs Lansquenet comme un crime ordinaire.

— Et elle a pris des renseignements sur moi?

— Elle s'est intéressée aux faits et gestes des personnes avec qui Mrs Cora Lansquenet a été en rapport le jour de sa mort, dit Poirot avec afféterie.

— Mais c'est extrêmement fâcheux, fit Michael avec une tristesse charmante et sur le ton de la confidence.

— Vraiment, monsieur Shane?

— Plus que vous ne sauriez l'imaginer. Voyez-vous, j'avais dit à Rosamund que, ce jour-là, j'avais déjeuné avec un certain Oscar Lewis.

— Ce qui, en fait, était faux.

— Oui, à la vérité, je suis allé, en voiture, voir une dame du nom de Sorrel Dainton, une actrice assez connue.

— Ah! (Poirot affecta de la discrétion.) Et vous avez eu quelques ennuis avec cette amie?

— Oui... Rosamund m'avait fait promettre de ne pas la revoir.

— Je comprends en effet que cela soit fâcheux... Entre nous ([1]), vous avez une liaison avec cette personne?

— Oh! c'est une de ces choses!... Enfin, ce n'est pas comme si je tenais à elle.

— Mais elle? Elle tient à vous?

— Eh bien! elle est plutôt assommante... Les femmes s'accrochent tellement. Quoi qu'il en soit, comme vous le dites, la police sera satisfaite.

— Vous croyez?

— Mais je ne pouvais tout de même pas être chez Cora, la hache à la main, en même temps que je me trouvais avec Sorrel à des kilomètres et des kilomètres de là. Elle a une villa dans le Kent.

— Je comprends. Et Miss Dainton témoignera pour vous?

[1] En français dans le texte.

— Cela l'ennuiera, mais puisqu'il s'agit d'un meurtre, j'imagine qu'elle le fera.

— Elle le fera, en effet, même si ce jour-là, vous ne roucouliez pas avec elle.

— Que voulez-vous dire?

Il y avait de la menace dans la voix de Michael.

— La dame tient à vous. Une femme amoureuse est toujours prête à jurer n'importe quoi.

— Alors, vous ne me croyez pas?

— Ce n'est pas à moi de vous croire.

— A qui, alors?

— A l'inspecteur Morton qui vient justement de sortir, sur la terrasse, par cette porte de côté.

Et Michael, d'un mouvement vif, pivota sur place.

CHAPITRE XXIII

— Je savais que vous étiez là parce que je vous ai entendu, monsieur Poirot, dit l'inspecteur Morton.

Les deux hommes firent quelques pas ensemble sur la terrasse.

— Je suis venu avec l'inspecteur principal Parwell, de Matchfield. Le docteur Larraby lui a téléphoné à propos de Mrs Leo Abernethie et il s'est rendu ici pour faire quelques recherches. Le médecin n'était pas entièrement satisfait.

— Et vous, mon ami? Pourquoi êtes-vous là? demanda Hercule Poirot. Vous êtes ici bien loin de votre Berkshire natal.

— J'avais l'intention de poser quelques questions et les gens à qui je voulais les poser sont très avantageusement réunis ici... Votre œuvre?

— Oui, mon œuvre.

— Et le résultat fut que Mrs Leo Abernethie a été assommée.

— Je n'y suis pour rien. Si elle était venue me trouver.... mais elle a préféré téléphoner à son avoué à Londres.

— Et elle était sur le point de... casser le morceau, lorsque...

— Comme vous dites.

— Et qu'a-t-elle réussi à lui apprendre?

— Peu de choses. Tout ce qu'elle lui a dit, c'est qu'elle s'était regardée dans la glace.

— Bien féminin. Mais cela vous suggère-t-il quelque conclusion intéressante? demanda l'inspecteur.

— Oui. Je crois savoir ce qu'elle allait lui révéler.

— Quel devin vous faites! Mais vous avez toujours eu ce don. Eh bien, qu'avait-elle à dire, alors?

— Je vous demande pardon, mais êtes-vous en train d'enquêter sur la mort de Richard Abernethie?

— Non, pas officiellement. Cependant, si cela avait un rapport avec la mort de Mrs Lansquenet...

— C'est effectivement le cas. Mais, mon ami, je vous demande encore quelques heures. A ce moment-là, je saurai si ce que j'ai imaginé — *imaginé*, entendez-vous bien — se révèle exact. S'il en est ainsi...

— Eh bien!

— Je serai peut-être alors en mesure de vous remettre une preuve tangible.

— Nous en aurions bien besoin, dit l'inspecteur avec conviction.

Il jeta un regard de côté à Poirot.

— Que nous avez-vous caché?

— Mais rien. Rien du tout, puisqu'en fait la preuve que j'ai imaginé n'existe pas. Je n'ai fait que déduire son existence de bribes de conversations.

« Je puis me tromper », ajouta Poirot d'un ton qui manquait de conviction.

Morton sourit.

— Cela ne vous arrive pas souvent.

— Non. Mais je dois reconnaître que cela m'est arrivé.

— Je suis heureux de vous l'entendre dire. Ce doit être bien monotone d'avoir toujours raison.

— Je ne trouve pas...

— Vous me demandez donc de ne pas poser de questions?

— Non, non, pas le moins du monde. Ne changez rien à vos projets. Je suppose que vous n'envisagez aucune arrestation?

Morton secoua la tête.

— Je manque de motifs sérieux. Il nous faudrait d'abord une décision du ministère public et nous n'en sommes pas encore là. Je me bornerai à obtenir des déclarations sur l'emploi du temps de chacun le jour du crime, en nous y prenant prudemment avec l'un d'eux en particulier.

— Je comprends. Mrs Banks.

— Vous êtes très malin. Oui, elle se trouvait là-bas, ce jour-là. Elle avait garé sa voiture...

— Mais on ne l'a pas vue conduire son automobile.

— Non.

L'inspecteur ajouta :

— Le fait qu'elle n'ait pas dit un mot sur ce voyage ne parle pas en sa faveur. Il faudra qu'elle nous fournisse une explication satisfaisante.

— Elle est très habile en matière d'explications, dit Poirot sèchement.

— Oui. C'est une jeune dame intelligente. Trop intelligente, peut-être.

— Il est parfois dangereux de se montrer trop intelligent. C'est ainsi que les assassins se font prendre. Avez-vous découvert quelque chose d'intéressant concernant George Crossfield?

— Rien de précis. Il appartient à un type très courant. Il existe des quantités de jeunes hommes qui, comme lui, voyagent dans tout le pays en train, en car ou en bicyclette.

Il s'arrêta un instant, puis ajouta :

— J'ai eu un témoignage assez curieux de la Mère Supérieure de je ne sais plus quel couvent. Il semble que deux religieuses soient allées quêter de porte en porte et qu'elles se soient adressées chez Mrs Lansquenet la *veille* de sa mort. Elles ont sonné et frappé à la porte sans recevoir de réponse. Ce n'était pas étonnant d'ailleurs puisque Mrs Lansquenet voyageait dans le nord et que Miss Gilchrist avait profité de son jour de liberté pour faire une excursion à Bournemouth. Mais les religieuses ont déclaré *qu'il y avait quelqu'un dans la villa*, ayant entendu des soupirs et des gémissements. Et la Mère Supérieure a été formelle : cela se passait la veille, tout est inscrit dans un livre. Quelqu'un était-il en train de fouiller le cottage, profitant de ce qu'il n'y avait personne? Et ce quelqu'un n'ayant rien pu découvrir ce jour-là est-il revenu le lendemain? Je n'attache pas une grande importance aux soupirs entendus et encore moins aux gémissements. Même les religieuses sont impressionnables et il est normal d'associer des gémissements à une villa où un meurtre a été commis. Un fait important demeure : un individu était-il dans la maison alors qu'il n'aurait pas dû s'y trouver? Et dans ce cas, qui était-ce? Toute la famille Abernethie assistait aux obsèques de Richard.

— Les deux religieuses en question sont-elles revenues pour tenter de nouveau leur chance chez Mrs Lansquenet?

— Oui, environ une semaine plus tard. Le jour de l'enquête, il me semble.

— Tout cela cadre très bien, approuva Hercule Poirot.

L'inspecteur Morton le regarda :

— Pourquoi cet intérêt soudain pour des religieuses?

— Que je le veuille ou non, elles ont éveillé mon intérêt. Vous n'êtes pas sans avoir constaté, inspecteur, que la visite de ces religieuses a eu lieu le jour même où le gâteau empoisonné a été déposé à la villa.

— Vous ne croyez tout de même pas?... Mais, c'est une idée ridicule!

— Mes idées ne sont jamais ridicules, répondit sévèrement Hercule Poirot. Et maintenant, mon cher ami, je vais vous laisser à vos interrogatoires sur l'agression dont Mrs Abernethie a été l'objet. Je vais partir à la recherche de la nièce de feu Richard Abernethie.

— Faites bien attention à ce que vous allez dire à Mrs Banks, Poirot.

— Je ne parle pas de Mrs Banks, mais de l'autre nièce de Richard Abernethie.

***

Hercule Poirot trouva Rosamund assise sur un banc surplombant un petit ruisseau qui cascadait, puis coulait entre des fourrés de rhododendrons. Elle regardait l'eau.

— J'espère que je ne dérange pas Ophélie, dit Poirot en prenant place sur le banc, à côté d'elle.

« Peut-être étiez-vous en train de travailler votre rôle?

— Je n'ai jamais joué de Shakespeare, excepté une fois. J'étais Jessica dans *le Marchand de Venise*. Un sale rôle.

— Oui, mais pas exempt de pathétique : « *Je ne suis jamais heureuse lorsque j'entends une musique douce* », cita Poirot. Pauvre Jessica! Etre la fille de ce Juif haï et méprisé, quel fardeau! Et quelles angoisses ont dû être les siennes lorsqu'elle s'est enfuie avec son amoureux en emportant les ducats de son père! Jessica sans or aurait peut-être été une toute autre différente personne.

Rosamund tourna la tête et regarda Poirot.

— Je vous croyais parti, dit-elle avec un rien de reproche dans la voix. (Elle jeta un coup d'œil à sa montre-bracelet.) Il est midi passé, constata-t-elle.

— J'ai manqué mon train, dit le détective.

— Pourquoi?

— Vous pensez que j'ai manqué mon train pour un motif particulier?

— Je le suppose. Vous êtes un homme précis, n'est-ce pas? Si vous aviez vraiment voulu prendre le train, vous ne l'auriez pas manqué.

— Votre jugement est infaillible. Saviez-vous, madame, que j'étais assis dans le pavillon d'été espérant que, peut-être, vous me rendriez service?

— Pourquoi? Vous nous avez plus ou moins fait vos adieux dans la bibliothèque.

— C'est exact. Mais, n'y avait-il rien de particulier que vous désiriez me confier?

Rosamund hocha la tête négativement.

— J'avais à réfléchir. Beaucoup à réfléchir, et à des choses importantes.

— Je vois.

— Je ne réfléchis pas beaucoup d'ordinaire, avoua Rosamund. Il semble que ce soit une telle perte de temps. Mais cette fois, c'est sérieux. Il s'agit de projets, d'une décision à prendre.

— A propos de votre mari.

— En un sens, oui.

Poirot hésita un instant avant de dire :

— L'inspecteur Morton vient d'arriver.

Sans laisser à Rosamund le temps de demander qui était l'inspecteur Morton, il poursuivit :

— C'est l'officier de police chargé d'enquêter sur la mort de Mrs Lansquenet. Il est spécialement venu ici pour obtenir de vous tous des déclarations sur ce que vous faisiez le jour du meurtre.

— Je comprends, dit gaiement Rosamund, les alibis!

Son beau visage se détendit et prit une expression malicieuse.

— Michael va être dans ses petits souliers, dit-elle. Il

ignore que je sais très bien que, ce jour-là, il se trouvait avec cette femme.

— Et comment le saviez-vous?

— Ça crevait les yeux. Il m'a suffi de voir la manière dont il m'a annoncé qu'il allait déjeuner avec Oscar : d'un ton terriblement négligent, en fronçant un peu le nez comme chaque fois qu'il me ment.

— Je remercie le Ciel de ne pas vous avoir épousée, madame.

— Alors, bien entendu, j'ai téléphoné à Oscar, pour être sûre, continua Rosamund. Les hommes disent de si stupides mensonges!

— Je crains que votre mari ne soit pas très fidèle, hasarda Poirot.

— Non.

Rosamund n'avait même pas tenté de réfuter cette suggestion.

— Mais cela vous est bien égal?

— Eh bien! c'est plus drôle d'avoir un époux que toutes les autres femmes essaient de vous enlever. Je détesterais être mariée à un être dont personne ne veut, comme l'est cette pauvre Suzan. Gregory est vraiment une poule mouillée.

Poirot la considéra avec attention.

— Et si l'une de ces femmes parvenait, un jour, à vous l'arracher, votre mari?

— Elles n'y réussiront pas, répondit Rosamund. Pas maintenant, ajouta-t-elle.

— Que voulez-vous dire?

— Plus maintenant que j'ai l'argent de l'oncle Richard. Je sais bien que Michel a un faible pour ces créatures. Cette femme, Sorrel Dainton, a presque réussi à lui mettre le grappin dessus, pour se faire entretenir, mais pour Michael, sa pièce passe avant tout. Il peut désormais la lancer en y mettant les moyens, en être à la fois le commanditaire et la vedette. Il a de l'ambition, vous savez, et du talent... pas comme moi. J'adore jouer, mais je suis un peu godiche, quoique je ne sois pas mal physiquement. Non, je ne m'en fais plus au sujet de Michael, parce qu'il s'agit de *mon* argent.

Elle lança à Poirot un regard tranquille. Le détective trouvait curieux que les deux nièces de Richard Abernethie soient tombées follement amoureuses de deux hommes qui se révélaient incapables de répondre à leur amour. Et pourtant, Rosamund était exceptionnellement belle; quant à Suzan, elle possédait du charme et de la séduction. Suzan avait besoin de l'amour de Gregory et s'accrochait à cette illusion. Plus clairvoyante, Rosamund ne se montait pas la tête, mais savait ce qu'elle voulait.

— Le fait est, dit-elle, qu'il me faut prendre une décision d'importance, pour l'avenir. Michael ne sait pas encore.

Un sourire se dessina sur son visage. Elle ajouta :

— Il a découvert que, ce jour-là, je n'étais pas allée faire des courses et il nourrit des soupçons à propos de Regent's Park.

Poirot eut l'air intrigué.

— C'est là que je suis allée faire un tour en revenant de Harley Street [1]. J'avais besoin de me promener un peu, et de réfléchir. Et, naturellement, Michael s'est imaginé que j'y avais retrouvé un homme.

Rosamund sourit béatement et ajouta :

— Et il n'a pas aimé cela du tout.

Au bout d'un instant, Poirot déclara :

— Je crois, madame, que vous devriez céder la table en malachite à votre cousine Suzan.

Rosamund le regarda avec de grands yeux.

— Mais pourquoi? Je la veux, moi.

[1] Rue des plus célèbres médecins spécialistes à Londres.

— Pourquoi? Mais parce que vous, vous conserverez votre mari, tandis que la pauvre Suzan va perdre le sien.

— Le perdre? Voulez-vous dire que Greg va filer avec une femme? Je ne l'en aurais jamais cru capable. Comme je vous l'ai dit, il a l'air d'une poule mouillée.

— L'infidélité n'est pas la seule manière de perdre son mari, madame.

— Quoi! Vous voulez dire... Vous ne pensez tout de même pas que Gregory ait empoisonné l'oncle Richard et assassiné la tante Cora, et puis assommé tante Helen. C'est parfaitement ridicule. Même moi, j'en sais long sur cette affaire.

— Alors qui est le coupable, selon vous?

— George, bien sûr. C'est un propre à rien qui a été mêlé à quelque escroquerie dont j'ai entendu parler par des amis à Monte-Carlo. Je crois que l'oncle Richard en avait eu vent et qu'il s'apprêtait à le rayer de son testament.

D'un ton satisfait, elle ajouta :

— J'ai toujours eu la certitude que George était le coupable.

CHAPITRE XXIV

Le télégramme arriva vers dix-huit heures, ce soir-là.

Comme spécifié, il avait été apporté et non transmis par téléphone, et Hercule Poirot, qui, depuis un moment, rôdait du côté de la porte d'entrée, le reçut aussitôt des mains de Lanscombe à qui venait de le remettre le télégraphiste.

Il contenait trois mots et une signature.

Et Poirot poussa un grand soupir de soulagement.

Puis il tendit au télégraphiste abasourdi un billet d'une livre [1].

— Il est des circonstances, confia-t-il à Lanscombe, où tout esprit d'économie doit être banni.

— Très possible, monsieur, dit Lanscombe, poliment.

— Où est l'inspecteur Morton? demanda Poirot.

— Un de ces messieurs de la police est parti. (Il y avait du mépris dans la voix de Lanscombe.) Je crois que l'autre se trouve dans la bibliothèque.

— Parfait! dit Poirot. Je vais le rejoindre de ce pas.

Ainsi qu'il l'avait déjà fait une fois, il tapota l'épaule du vieux serviteur et déclara :

— Courage! Nous sommes sur le point d'aboutir.

[1] Environ dix francs.

— Si je comprends bien, Monsieur n'a pas l'intention de prendre le train de vingt et une heures trente?

— Ne perdons pas tout espoir, répondit Poirot.

Le détective avait déjà fait quelques pas, lorsque, se retournant, il demanda :

— Pourriez-vous vous rappeler les premières paroles que Mrs Lansquenet vous a dites lorsqu'elle est arrivée pour assister aux obsèques de votre maître?

— Je m'en souviens très bien, monsieur, répondit Lanscombe dont la physionomie s'éclaira. Miss Cora... Oh! je vous demande pardon, Mrs Lansquenet — je la considère toujours comme Miss Cora...

— C'est tout naturel.

— ... Miss Cora m'a dit : « Allô, Lanscombe! Il y a bien longtemps que vous ne nous avez pas apporté de meringues à la cabane. » Chaque enfant avait sa petite cabane particulière près de la barrière du parc. L'été, quand on préparait un grand dîner, j'apportais des meringues aux jeunes. Miss Cora les aimait beaucoup, monsieur.

Poirot approuva de la tête.

— Oui, dit-il, c'est bien ça. Tout à fait typique.

Il alla rejoindre l'inspecteur dans la bibliothèque et, sans un mot, il lui tendit le télégramme.

Morton le lut distraitement.

— Je n'y comprends absolument rien, dit-il.

— Le moment me semble venu de tout vous dire.

L'inspecteur Morton grimaça un sourire.

— Je crois entendre parler d'une jeune héroïne d'un drame victorien. Enfin, il est temps que vous ayez découvert quelque chose de tangible. Je ne peux pas poursuivre plus longtemps comme je le fais. Ce jeune Banks continue à s'accuser de l'empoisonnement de Richard Abernethie et prétend que nous ne découvrirons jamais comment il s'y est pris.

— Je vais tout vous dire, répéta Poirot.

— Oui, oui, dites-moi tout, mais, pour l'amour du Ciel, faites vite.

***

Cette fois-ci, ce fut dans le grand salon qu'Hercule Poirot réunit tout le monde.

Les visages tournés vers lui n'étaient pas tendus, mais plutôt amusés. La menace s'était matérialisée par la présence de l'inspecteur Morton et de l'officier de police Parwell. De ce fait, Hercule Poirot, détective privé, était rabaissé en quelque sorte au rang d'un personnage suscitant la plaisanterie.

Timothy se faisait plus ou moins le porte-parole de tous lorsque, à voix basse, il glissa à l'oreille de sa femme :

— Sacré petit charlatan! Entwhistle doit être gâteux, c'est tout ce que je peux dire.

Il apparaissait qu'Hercule Poirot aurait fort à faire pour produire son petit effet. Il se mit à parler sur un ton un peu solennel :

— Pour la deuxième fois, je vous annonce mon départ. Ce matin, j'ai déclaré que je prendrais le train de midi; ce soir, je vous apprends que je partirai par celui de vingt et une heures trente, c'est-à-dire aussitôt après le dîner. Je m'en vais parce que je n'ai plus rien à faire ici.

« Tout d'abord, mon intention était de résoudre une énigme. Cette énigme est résolue. Mais laissez-moi passer en revue les différents points sur lesquels mon attention a été attirée par ce bon Mr Entwhistle.

« *Primo :* Mr Richard Abernethie meurt subitement. *Secundo :* après les obsèques, la sœur du défunt, Mrs Lansquenet, prononce ces paroles : « Mais, il a bien été assassiné, n'est-ce pas? » *Tertio :* Mrs Lansquenet est tuée. Le problème se pose de la manière suivante : ces trois faits font-ils partie d'une même série?

« Qu'arrive-t-il ensuite? Miss Gilchrist, la dame de compagnie de la morte, tombe malade après avoir mangé un morceau de gâteau contenant de l'arsenic. Nous nous trouvons, ici, en présence d'un nouveau maillon de la chaîne.

« Or, ainsi que je vous l'ai déclaré ce matin, rien, absolument rien, au cours de mon enquête, ne m'a donné aucun motif valable de croire que Mr Abernethie avait été empoisonné. Rien ne m'a non plus apporté la preuve qu'il ne l'a pas été.

« A mesure que nous progressons, les choses deviennent plus faciles. Il est hors de doute que Cora Lansquenet a prononcé ses fameuses paroles le jour des obsèques. L'accord est unanime sur ce point précis. On ne peut, non plus, mettre en doute le fait que Mrs Lansquenet ait été assassinée le lendemain — une hachette ayant été l'arme du crime.

« Examinons, voulez-vous, le quatrième épisode de la série.

« Le chauffeur du fourgon postal de la région est fermement persuadé — quoiqu'il ne puisse le jurer — qu'il n'a pas distribué un paquet ce jour-là. S'il ne s'est pas trompé, c'est que le paquet a été apporté à la main et bien que nous ne puissions pas exclure la possibilité d'une « personne inconnue », nous devons tenir compte de ceux qui auraient déposé le colis à l'endroit où il a été trouvé. Ces personnes sont : Miss Gilchrist elle-même, bien entendu; Suzan Banks, présente à Lytchett St Mary le jour de l'enquête; Mr Entwhistle (mais oui, il ne nous faut pas exclure Mr Entwhistle qui a entendu la remarque de Cora); un vieux monsieur du nom de Guthrie, critique d'art, et, enfin, une ou deux religieuses, venues quêter le matin même.

« Je décide alors de considérer comme exacte l'affirmation du chauffeur du fourgon postal. Il nous faut, dans ce cas, étudier très attentivement le petit groupe de suspects. Miss Gilchrist ne bénéficie en aucune manière de la mort de Richard Abernethie et extrêmement peu de celle de Mrs Lansquenet. En fait, la mort de celle-ci la laisse sans emploi et lui permet difficilement de trouver un nouveau poste. D'autre part, elle souffre d'un empoisonnement par l'arsenic nécessitant son transport à l'hôpital.

« Suzan Banks profite, elle, de la mort de Richard Abernethie et, à un moindre degré, de celle de Mrs Lansquenet. Mais, chez elle, le mobile aurait pu être sa propre sécurité, car elle pouvait penser que Miss Gilchrist avait entendu la conversation entre Cora Lansquenet et son frère, conversation au cours de laquelle il avait été question d'elle. Ainsi, Suzan Banks aurait aussi bien pu vouloir que Miss Gilchrist fût éliminée. Rappelez-vous qu'elle a refusé de partager le gâteau avec elle et n'a même parlé de n'appeler le médecin que le lendemain matin, alors que Miss Gilchrist fut prise de malaise au cours de la nuit.

« Mr Entwhistle ne bénéficiait ni de la mort de Mr Abernethie ni de celle de Mrs Lansquenet. Cependant, il avait la haute main sur la fortune et les affaires de Mr Abernethie et peut-être voyait-il une excellente raison pour que Richard ne vécût pas trop longtemps. Mais, me direz-vous, pourquoi dans ces conditions, Mr Entwhistle a-t-il fait appel à moi? A cela, je répondrai que ce n'est pas la première fois que l'assassin se montre si sûr de lui.

« Venons-en maintenant à ce que j'appellerai deux *outsiders*. Mr Guthrie et une religieuse. Si Mr Guthrie est vraiment la personne qu'il prétend, c'est-à-dire un critique d'art, cela le disculpe entièrement. Le même raisonnement peut s'appliquer à la religieuse. Autrement dit, ces deux personnes sont-elles ou non des imposteurs? Mais quel est le mobile?

« Une sœur sonne chez Mrs Timothy Abernethie et Miss Gilchrist croit qu'il s'agit de la même qui est venue quêter à Lytchett St Mary. Or, une religieuse, ou peut-être deux, ont été vues ici même la veille de la mort de Mr Abernethie.

— Trois contre un sur la religieuse! murmura George Crossfield.

Poirot poursuivit :

— Nous nous trouvons maintenant en possession de différents éléments du problème : la mort de Mr Richard Abernethie, le meurtre de Mrs Cora Lansquenet, le gâteau empoisonné, le « mobile » de la religieuse.

« A cela j'ajouterai d'autres faits qui ont particulièrement retenu mon attention : la visite d'un critique d'art, une odeur de peinture à l'huile, une carte postale représentant le port de Polflexan et, enfin, un bouquet de fleurs artificielles sur la table en malachite remplacées maintenant par un vase chinois.

« C'est en réfléchissant à ces faits que j'ai fini par découvrir la vérité que je vais maintenant vous révéler.

« Tout d'abord, ainsi que je vous l'ai affirmé ce matin, Richard Abernethie est mort subitement. En fait, cette mort n'aurait jamais été jugée suspecte si Cora n'avait pas prononcé la fameuse phrase le jour des obsèques de son frère. *L'idée du meurtre de Richard Abernethie était fondée sur cette phrase* qui a incité à faire croire à tous qu'il y avait bien eu meurtre. Et si vous y avez tous cru, ce ne fut pas tant à cause des termes mêmes des paroles de Cora qu'en raison du caractère de celle qui les avait prononcées. Car Cora Lansquenet était connue dans la famille pour sa manie de dire la vérité aux moments les plus inopportuns.

« Je vous poserai maintenant la question que je me suis moi-même posée : *Jusqu'à quel point connaissiez-vous Cora Lansquenet*?

Poirot se tut. Au bout d'un instant Suzan demanda d'un ton sec :

— Qu'entendez-vous par là?

Mais le détective poursuivit :

— *Pas tellement bien*, telle est la réponse à la question posée. Les jeunes ne l'avaient jamais vue, ou, tout au moins, pas depuis qu'ils étaient tout enfants. En réalité, trois personnes seulement la connaissent : Lanscombe, le valet de chambre, qui est très vieux, et n'y voit plus très clair, Mrs Timothy Abernethie qui ne l'avait rencontrée que quelques rares fois à l'époque de son mariage, et Mrs Leo Abernethie, qui la connaissait assez bien, mais il y avait vingt ans qu'elle ne l'avait pas revue. Je me suis dit alors : « Et si la personne présente aux obsèques n'était pas Cora Lansquenet? »

— Vous voulez dire que tante Cora... *n'était pas* tante Cora? demanda Suzan incrédule. Et que ce n'est pas elle, mais quelqu'un d'autre qui a été assassiné?

— Non, non. Cora Lansquenet a bien été assassinée. Mais la personne qui est venue la veille des obsèques de Richard Abernethie *n'était pas Cora Lansquenet*... Celle qui s'est rendue à Enderby a fait le voyage dans le seul but d'exploiter — si je peux m'exprimer ainsi — la mort subite de Richard Abernethie et de faire naître dans l'esprit de tous les membres de la famille l'idée qu'il avait été assassiné. Et ses efforts, reconnaissons-le, ont été couronnés de succès.

— Sornettes! Pourquoi et dans quel but? demanda Maude, comme si elle voulait se leurrer.

— Pourquoi? Mais pour détourner votre attention de

l'autre meurtre, celui de Cora Lansquenet. Car, si Cora émet l'hypothèse que Mr Richard Abernethie a été assassiné et si, le lendemain, elle devient victime d'un meurtre, on est en droit de faire un rapprochement entre ces deux morts, et d'établir un rapport de cause à effet.

« Mais si Cora est assassinée, s'il y a effraction et si le vol présumé n'a pas le don de convaincre la police, les soupçons pèseront alors sur la personne qui vivait avec la victime.

Ici, Miss Gilchrist protesta d'un ton presque enjoué.

— Allons, monsieur Pontarlier. Vous n'allez pas insinuer que j'ai commis un meurtre pour une broche d'améthyste et quelques croquis?

— Non, répondit Poirot. Pour beaucoup plus que cela. Il y avait un de ces croquis, Miss Gilchrist, représentant le port de Polflexan et qui — comme l'a si finement découvert Mrs Banks — avait été exécuté d'après une carte postale montrant la jetée telle qu'elle était avant d'être détruite. Or, Mrs Lansquenet peignait toujours d'après nature. Je me suis alors souvenu que Mr Entwhistle, évoquant sa première visite à la villa, avait parlé d'une odeur de peinture à l'huile. Vous savez peindre, n'est-ce pas, Miss Gilchrist? Votre père était un artiste et vous vous y connaissez vous-même. Supposons qu'un des tableaux que Cora Lansquenet a déniché pour une bouchée de pain, à une vente, ait eu de la valeur. Supposons qu'elle ne l'ait pas authentifié, mais que vous vous soyez aperçue que c'était un original.

« Vous saviez également que Mrs Lansquenet attendait, dans les jours prochains, la visite d'un vieil ami à elle, un critique d'art réputé.

« Vous apprenez la mort subite de Mr Abernethie; alors vous échafaudez tout un plan.

« Il vous est facile d'administrer un sédatif à Cora Lansquenet dans la tasse de thé qu'elle prend le matin :

elle dormira toute la journée et vous irez prendre sa place aux obsèques de son frère.

« Vous connaissez très bien Enderby Hall pour en avoir entendu parler; vous étiez intimes et elle évoquait volontiers devant vous ses souvenirs d'enfance. Il vous fut donc facile de rappeler au vieux Lanscombe des épisodes de jeunesse tels que les meringues apportées dans les cabanes, grâce à quoi Lanscombe n'eut aucun doute sur l'identité de celle qui lui parlait. Et nul n'a soupçonné un instant que vous ne fussiez Cora. Vous avez pris ses vêtements après les avoir légèrement rembourrés, et mis une fausse frange. Personne n'avait revu Cora depuis vingt ans — en vingt ans on change et on entend souvent cette phrase rituelle : « Je ne l'aurais jamais reconnue! »

« Mais les manies demeurent. Or, Cora Lansquenet avait des manies que vous avez adoptées en les « travaillant » devant un miroir. Et c'est ici que vous avez commis votre première erreur... Vous ne vous êtes pas rendu compte que le miroir vous renvoyait une image inversée. Et lorsque vous avez cru avoir mis au point le tic qu'avait Cora d'incliner la tête d'un côté à la manière d'un oiseau, vous vous êtes trompée de côté. Vous voyiez bien, dans la glace, Cora pencher la tête à droite, mais en réalité, vous faisiez ce geste à gauche.

« C'est cette anomalie qui a tant intrigué Helen Abernethie. L'autre soir, lorsque la conversation roula sur la manière dont on se voit dans une glace, je pense que Mrs Abernethie a dû en faire elle-même l'expérience devant son miroir. On ne peut pas dire que son visage soit d'une symétrie parfaite, ce qui a dû lui faire penser à Cora et à son tic. Brusquement, la lumière s'est faite dans son esprit. Elle comprit ce qui lui avait paru anormal le jour des obsèques. Cora penchait la tête à gauche... à droite dans le miroir. Mais elle ne parvenait tout de même pas à comprendre; aussi décida-t-elle de faire part à Mr Entwhistle de cette découverte. Mais quelqu'un qui avait l'habitude de se lever de bonne heure se trouvait dans les parages et, craignant des révélations dangereuses pour elle, l'assomma avec le lourd cale-porte en marbre.

Poirot observa une courte pause. Puis il ajouta :

— Je puis aussi bien vous l'apprendre, mademoiselle Gilchrist : la commotion dont souffre Mrs Abernethie n'est pas sérieuse. Elle sera bientôt en état de tout nous dire par elle-même.

— Je n'ai rien fait de semblable, s'écria Miss Gilchrist. Tout cela est un affreux mensonge.

— C'était bien vous, ce jour-là, dit brusquement Michael Shane. J'aurais dû m'en apercevoir avant. J'avais vaguement l'impression de vous avoir déjà vue quelque part, mais, bien sûr, on ne regarde pas attentivement une...

Il se tut.

— Non, on ne regarde pas une simple dame de compagnie, acheva Miss Gilchrist d'une voix qui tremblait un peu. Une domestique, faite pour les gros travaux, une servante. Mais continuez donc, monsieur Poirot, votre petit discours absurde et fantaisiste!

— L'hypothèse du meurtre de Mr Abernethie lancée le jour des obsèques ne fut, bien entendu, que la première partie de l'affaire, poursuivit le détective. Vous aviez d'autres atouts en réserve. Vous étiez prête à reconnaître, à tout instant, que vous aviez surpris une conversation entre Richard et sa sœur. Il semble hors de doute qu'il lui a appris qu'il lui restait peu de temps à vivre, et cela explique certaine phrase sibylline qu'il a écrite à Cora à son retour à Enderby.

« La religieuse fut encore une de vos « suggestions ». La religieuse — ou plutôt les religieuses — qui vinrent à la villa le jour de l'enquête, vous suggérèrent l'idée d'une religieuse qui avait l'air de vous suivre et vous avez utilisé ce prétexte pour essayer d'écouter ce que Mrs Timothy disait, par téléphone, à sa sœur à Enderby Hall, ainsi que pour vous faire emmener à Enderby afin de constater par vous-même si des soupçons se précisaient.

« Le fait de s'empoisonner gravement, mais pas mortellement à l'arsenic, est un procédé classique qui a fait que la suspicion de l'inspecteur Morton a pesé sur vous.

— Mais le tableau? demanda Rosamund. Quel genre était-ce?

Poirot déplia lentement un télégramme.

— Ce matin, dit-il, j'ai téléphoné à Mr Entwhistle, un homme qui a toute ma confiance, lui demandant de se rendre à Stanfield Grange et d'agir pour le compte de Mr Abernethie. (Poirot eut un regard sévère à l'adresse de Timothy.) Je l'ai prié de rechercher parmi les tableaux réunis dans la chambre de Miss Gilchrist, celui qui représente le port de Polflexan, sous prétexte de lui faire mettre un nouveau cadre, en prétendant qu'on voulait faire une surprise à sa propriétaire. Il devait emporter l'objet à Londres et le soumettre à Mr Guthrie, que j'avais prévenu par télégramme. Le port de Polflexan hâtivement peint fut lavé et le tableau original parut.

Il tendit la dépêche et lut :

« *Un authentique Vermeer. Guthrie.* »

Brusquement, comme électrisée, Miss Gilchrist se mit à parler d'abondance.

— Je savais que c'était un Veermer! J'en étais sûre, mais elle l'ignorait! Parler de Rembrandt et de Primitifs, et ne pas reconnaître un Vermeer, alors qu'il se trouvait sous son nez! Elle se piquait de s'y connaître en art et, en réalité, elle était totalement incompétente. Une femme stupide! Et puis, elle n'arrêtait pas de divaguer sur Enderby, parlant de ce qu'ils faisaient tous quand ils étaient enfants, Richard, Timothy, Laura et tous les autres. Et tout ça roulait sur l'or! Ils avaient tout ce qu'ils voulaient, les enfants! Ah! si vous saviez à quel point elle me rasait à me raconter tout le temps la même chose, jour après jour, heure après heure. Et moi répondant : « Oh! oui, madame Lansquenet » et « Vraiment, madame Lansquenet? », en faisant semblant d'être intéressée, et m'ennuyant, m'ennuyant à mourir. Et quel était mon avenir?... Et alors, un Vermeer! J'ai lu dans le journal qu'un Vermeer s'était vendu cinq mille livres ([1]) l'autre jour!

— Et vous l'avez sauvagement assassinée pour cinq mille livres? Le ton de voix de Suzan était incrédule.

— Avec cinq mille livres, observa Poirot, vous auriez pu remonter un salon de thé...

Miss Gilchrist lui fit face :

— Au moins, dit-elle, vous comprenez, n'est-ce pas? C'était là ma seule chance. Il me fallait à tout prix un capital.

L'obsession de son rêve lui faisait trembler la voix.

— Et j'allais l'appeler « Le Palmier »... avec des porte-menus en forme de chameaux. Je suis sûre que j'aurais eu du succès et les gens du monde seraient venus.

Pendant un instant, sembla-t-il, le salon de thé qui ne verrait jamais le jour devint plus réel même que l'authentique salon victorien d'Enderby.

Ce fut l'inspecteur Morton qui rompit le charme.

Miss Gilchrist se retourna et lui dit avec une certaine politesse :

— Oh! certainement! A l'instant! Je ne veux pas être

[1] Environ cinquante mille francs.

un embarras. Après tout, puisque je ne peux pas avoir « Le Palmier », le reste m'indiffère...

Elle quitta la pièce avec l'inspecteur, et Suzan d'une voix qui tremblait encore, déclara :

— Je n'avais jamais cru à un « crime de dame ». C'est affreux!

CHAPITRE XXV

— Mais quel rapport avec les fleurs artificielles? murmura Rosamund, posant sur Poirot le regard chargé de reproches de ses grands yeux bleus.

Ils se trouvaient dans l'appartement d'Helen, à Londres. Helen était étendue sur un divan; Rosamund et Poirot prenaient le thé avec elle.

— Et que vient faire la table en malachite? ajouta la jeune femme.

— La table n'a joué aucun rôle, mais les fleurs artificielles furent la première faute commise par Miss Gilchrist. Elle a déclaré qu'elles faisaient très joli sur la table. Or, madame, elle ne pouvait pas les avoir vues sur la table, puisque la cloche de verre avait été brisée et qu'on les avait rangées dans un placard avant qu'elle n'arrive avec Maude et Timothy Abernethie. Elle ne pouvait donc les avoir aperçues que *lorsqu'elle vint à Enderby camouflée en Cora Lansquenet*.

Rosamund demeura pensive pendant un instant, puis :

— Vous ne saviez pas? Je vais avoir un enfant! dit-elle avec vivacité.

— Ah!... Je comprends maintenant, dit Poirot. Harley Street... Regent's Park.

— Oui, j'avais besoin de me promener un peu, pour

réfléchir. Finalement, j'ai décidé d'abandonner le théâtre et de me contenter d'être mère de famille.

— C'est là un rôle qui vous conviendra admirablement. Je vois déjà de délicieuses photos dans les revues mondaines.

Rosamund eut un sourire heureux.

— Oui, c'est merveilleux. Vous savez, contrairement à ce que je croyais, Michael est ravi. Suzan garde la table; j'ai pensé que puisque j'allais avoir un bébé...

Elle n'acheva pas sa phrase.

— L'affaire de Suzan promet, dit Helen. Ce sera un succès, je crois.

— Elle était vouée à la réussite, ajouta Poirot. Tout comme son oncle.

— Je suppose que vous parlez de Richard, reprit Rosamund, mais pas de Timothy?

— Assurément pas de Timothy, répondit Poirot.

Ils rirent.

— D'après Suzan, Greg est allé faire une cure de repos, dit Rosamund.

Elle regarda Poirot d'un air interrogateur. Mais celui-ci revint au précédent sujet de la conversation :

— J'ai reçu une très aimable lettre de Mr Timothy Abernethie, dit-il. Il se déclare hautement satisfait des services que j'ai rendus à la famille.

— A mon avis, l'oncle Timothy est un être impossible, déclara Rosamund.

— Je vais aller passer toute la semaine prochaine chez eux, reprit Helen.

— Et vous allez rejoindre Chypre, madame? s'enquit Poirot.

— Oui, dans quinze jours. J'aimerais que vous sachiez, monsieur Poirot, que l'héritage de Richard signifie beaucoup pour moi, plus sans doute que pour les autres héritiers.

— Vraiment, madame?

— Oui. Voyez-vous... il y a un enfant à Chypre... mon mari et moi étions très attachés l'un à l'autre et nous étions très malheureux de ne pas avoir d'enfants. Après sa mort, ma solitude fut incroyable. A la fin de la guerre, alors que j'étais infirmière, j'ai rencontré quelqu'un... plus jeune que moi et marié. Nous avons vécu ensemble pendant quelque temps. Voilà tout. Après, il est rentré au Canada pour rejoindre sa femme et ses enfants. Et il n'a jamais rien su à propos de notre bébé... Il n'en aurait certainement pas voulu. Moi, j'ai désiré le garder.

« Avec l'argent de Richard, je vais pouvoir élever mon prétendu neveu.

Elle se tut, puis reprit :

— Je n'en ai jamais parlé à Richard. Il m'aimait bien et je répondais à son affection, mais il n'aurait pas compris. Et vous, monsieur Poirot, vous savez tant de choses sur nous, maintenant, que j'ai tenu à me confier à vous.

Et Poirot s'inclina sur la main qu'elle lui tendit.

***

Rentré chez lui, il trouva occupé le fauteuil placé à gauche du feu.

— Hello! Poirot! s'écria Mr Entwhistle. J'arrive du procès. Bien entendu le jury a rendu un verdict de culpabilité. Mais cela ne me surprendrait pas qu'elle échouât à Broadmoor [1]. Depuis qu'elle est en prison, il semble qu'elle déraille complètement. Et puis, très heureuse avec ça, aimable même. Elle passe son temps à élaborer un vaste projet de toute une chaîne de salons de thé. Le dernier en date a été baptisé « Le buisson de

[1] Prison pour criminels aliénés.

lilas ». C'est à se demander si elle n'est pas un peu folle. Je ne le crois pas.

— Folle? Jamais de la vie! Aussi saine d'esprit que vous et moi pour avoir combiné et exécuté son meurtre avec un sang-froid aussi étonnant.

Poirot frissonna légèrement.

— Je songe, ajouta-t-il, à cette remarque de Suzan Banks : *Je n'avais jamais cru à un crime de dame.*

— Pourquoi pas? demanda Mr Entwhistle. Il faut de tout pour faire un monde!

Ils demeurèrent longtemps sans parler. Poirot songeait aux meurtres qu'il avait connus.

Les Maîtres du Roman Policier

Première des collections policières en France, Le Masque se devait de rééditer les écrivains qu'il a lancés et qui ont fait sa gloire.

AMELIN Michel
1952 Les jardins du casino
(Prix du Festival de Cognac 1989)

ANDREOTA Paul
1935 La pieuvre
1975 Zigzags

BARDIN John F.
2025 Qui veut la peau de Philip Banter?

BAXT George
2049 Le meurtre d'Alfred Hitchcock
2085 Crime et sentiment *(avril 92)*

BERKELEY Anthony
1880 Une erreur judiciaire
1911 Le gibet imprévu
2008 Sans remords

BIGGERS Earl Derr
1730 Le perroquet chinois

BOILEAU Pierre
252 Le repos de Bacchus
(Prix du Roman d'Aventures 1938)
1938 La pierre qui tremble
1774 Six crimes sans assassin

BOILEAU-NARCEJAC
1748 L'ombre et la proie
1868 La poudrière
1889 La justice d'Arsène Lupin

BONETT J. & E.
1916 Mort d'un lion

BURLEY W. J.
1762 On vous mène en bateau

BRETT Simon
1813 Les coulisses de la mort
1972 Les gens de Smithy's
2086 D'amour et d'eaux troubles
(avril 92)

BRUCE Leo
261 Trois détectives
1788 Sang-froid

CARR John Dickson
719 Passe-passe
1274 Impossible n'est pas anglais
1802 Le marié perd la tête
1843 Les yeux en bandoulière
1850 Satan vaut bien une messe
1863 La maison du bourreau
1876 La mort en pantalon rouge
1891 Le naufragé du Titanic
1906 Meurtre après la pluie
1910 La maison de la terreur
1926 Patrick Butler à la barre
1946 La police est invitée
1950 Mort dans l'ascenseur
1954 Les meurtres de Bowstring
1957 Le retour de Bencolin
1960 Le meurtre des mille et une nuits
1968 Eh bien, tuez maintenant!
1973 A réveiller les morts
1976 Arsenic et boutons de manchette
1979 Lune sombre
1986 La chambre ardente
1991 Hier, vous tuerez
2001 Capitaine Coupe-gorge
2005 Le mort frappe à la porte
2007 Il n'aurait pas tué patience
2012 Celui qui murmure
2016 Le secret du gibet
2018 L'habit fait le moine
2024 Ils étaient quatre à table
2027 A la vie, à la mort
2033 Un coup sur la tabatière
2041 Les meurtres de la licorne
2045 Les démoniaques
2053 Le manoir de la mort
2056 Les neuf mauvaises réponses
2065 La mort sous un crâne
2078 La fiancée du pendu *(fév. 92)*
2087 La maison de la peste *(avril 92)*

COLLINS Max Allan
1966 Un week-end tuant
2017 Pas de pitié pour ceux qu'on aime
CRISPIN Edmund
1839 Un corbillard chasse l'autre
1935 Prélude et mort d'Isolde
DELTEIL Gérard
2030 Votre argent m'intéresse
DIDELOT Francis
1784 Le coq en pâte
DISNEY Doris Miles
1811 Imposture
DUCHATEAU A.P.
1984 La 139e victime
2020 Palmarès pour cinq crimes
ELLIN Stanley
1670 Le compagnon du fou
1682 La puce de Beidenbauer
1702 La douzième statue
1729 La dernière bouteille
FAIR A.A.
1745 Bousculez pas le magot
1751 Quitte ou double
1905 Le doigt dans l'œil
1941 L'heure hache
1990 Des perles aux corbeaux
2013 Une belle jambe
2028 Dans le bain
2062 Meurtre légal
2072 La piste effacée *(janv. 92)*
2081 Une affaire en or *(mars 92)*
FAST Julius
1901 Crime en blanc
GARDNER Erle Stanley
1797 La femme au masque
GASPAR José da Natividade
457 Les corps sans âme
597 Congrès gastronomique
GERRARD Paul
1945 La chasse au dahu
1964 La javanaise
1985 Les incandescentes
2003 Le masque de verre
2019 La tournée du bourreau
2031 Le 36e dessous
2052 La porsche jaune
2066 Le pas des lanciers
GOODIS David
1823 La police est accusée
GRAFTON C.W.
1927 Feu mon beau-frère
GRISOLIA Michel
1847 La madone noire
1874 La promenade des anglaises
1890 650 calories pour mourir
HALTER Paul
1892 Le brouillard rouge
(Prix du Roman d'Aventures 1988)
1878 La quatrième porte
(Prix du Festival de Cognac 1987)
1931 La mort vous invite
2035 La tête du tigre
2059 La septième hypothèse
HARDWICK M. ET M.
2068 La vie privée de Sherlock Holmes
HAUSER Thomas
1853 Agathe et ses hommes
HEYER Georgette
297 Pourquoi tuer un maître d'hôtel?
HILL R.
2055 Un amour d'enfant
(Prix du Roman d'Aventures 1991)
2064 De douceurs assassines
2080 Le partage des os *(mars 92)*
IRISH William
1875 Divorce à l'américaine
1897 New York blues
JEFFERS H. Paul
1807 Irrégulier, mon cher Morgan
KAMINSKY Stuart
2011 Le flic qui venait du froid
(Prix du Roman d'Aventures 1990)
2021 Quand Moscou fait la bombe
2042 Quand Moscou fait son cirque
2057 Qui a peur du grand méchant ours?
KASSAK Fred
1932 On n'enterre pas le dimanche
1943 Nocturne pour assassin
1981 Une chaumière et un meurtre
2004 Plus amer que la mort
2022 Crêpe-Suzette
2054 Bonne vie et meurtres
2061 Voulez-vous tuer avec moi?
LEBLANC Maurice
1808 Arsène Lupin, gentleman cambrioleur
LEBRUN Michel
1970 Un revolver, c'est comme un portefeuille
1993 Les ogres
LECAYE Alexis
2047 Chronique d'un juge ordinaire
2060 Meurtres en trente-six poses
LOVESEY Peter
1201 Le vingt-sixième round

1798 La course ou la vie
1803 Le bourreau prend la pose
1869 Bouchers, vandales et compagnie
1888 Ô, mes aïeux !
2014 Pour le meilleur et pour la mort
2026 Tourne et tais-toi
2046 Abracadavra
2076 Le prince et les sept cadavres

MILNE A.A.
1527 Le mystère de la maison rouge

NARCEJAC Thomas
355 La mort est du voyage *(Prix du Roman d'Aventures 1948)*
1939 Le mauvais cheval

PALMER Stuart
1783 Hollywood-sur-meurtre

QUENTIN Patrick
251 L'assassin est à bord
1860 Lettre exprès pour miss Grace
1947 La mort fait l'appel

RAWSON Clayton
2082 Les pieds au plafond *(mars 92)*

SAYERS Dorothy L.
191 Lord Peter et le Bellona Club

SÉCHAN O. et MASLOWSKI I.
395 Vous qui n'avez jamais été tués *(Prix du Roman d'Aventures 1951)*

SINIAC Pierre
1949 Des amis dans la police
1983 Sombres soirées chez Mme Glauque
2023 Mystères en coup de vent
2071 Aime le Maudit

STAGGE Jonathan
1789 Du sang sur les étoiles
1809 La mort et les chères petites
1818 Le taxi jaune
1833 Pas de pitié pour la divine Daphné

STEEMAN Stanislas-André
84 Six hommes morts (Le dernier des six) *(Prix du Roman d'Aventures 1931)*
95 La nuit du 12 au 13
101 Le mannequin assassiné
113 Un dans trois
284 L'assassin habite au 21
305 L'ennemi sans visage
388 Crimes à vendre
1772 Quai des Orfèvres (Légitime défense)
1854 Le trajet de la foudre
1864 Le condamné meurt à 5 heures
1902 Le démon de Sainte-Croix
1955 Madame la mort
1980 Dix-huit fantômes (Dortoir des grandes)
2006 La maison des veilles
2029 Feu lady Anne (L'adorable spectre)
2040 Haute Tension
2063 Impasse des boîteux
2077 Virage dangereux *(fév. 92)*

STERLING Thomas
1992 Le tricheur de Venise

SYMONS Julian
2048 Un manuscrit en or massif

TERREL Alexandre
1733 Rendez-vous sur ma tombe
1749 Le témoin est à la noce *(Prix du Roman d'Aventures 1984)*
1757 La mort à la fenêtre
1777 L'homme qui ne voulait pas tuer
1792 Le croque-mort de ma vie
1822 Le croque-mort et les morts vivants
1867 Le croque-mort et sa veuve
1925 Le croque-mort a croqué la pomme
1997 Le croque-mort s'en mord les doigts

THOMAS Louis C.
1780 Poison d'avril
1969 La mort au cœur
2032 Les trente deniers
2051 Coup de sang
2073 Malencontre *(janv. 92)*

UNDERWOOD Michael
1817 Trop mort pour être honnête
1842 A ne pas tuer avec des pincettes

VERY Pierre
60 Le testament de Basil Crookes *(Prix du Roman d'Aventures 1930)*
1987 L'inconnue du terrain vague
2009 M. Marcel, des Pompes funèbres
2034 Le thé des vieilles dames
2038 M. Malbrough est mort
2069 Les veillées de la tour pointue

VICKERS Roy
2083 Et la servante est rousse *(mars 92)*

WALSH Thomas
1872 Midi, gare centrale

WAUGH Hillary
1814 Cherchez l'homme
1840 On recherche...
1884 Carcasse

LE MASQUE

AMELIN Michel
1952 Les jardins du casino
(Prix du Festival de Cognac 1989)
BACHELLERIE
1791 L'île aux muettes
(Prix du roman d'Aventures 1985)
1795 Pas de quoi noyer un chat
(Prix du Festival de Cognac 1985)
1796 Il court, il court, le cadavre
BRETT Simon
1787 Le théâtre du crime
1813 Les coulisses de la mort
1972 Les gens de Smithy's
BURLEY W.J.
1762 On vous mène en bateau
CHRISTIE Agatha
(86 titres parus, voir catalogue général)
COLLINS Max Allan
1966 Un week-end tuant
2017 Pas de pitié pour ceux qu'on aime
EXBRAYAT
(96 titres parus, voir catalogue général)
GRISOLIA Michel
1846 L'homme aux yeux tristes
1847 La madone noire
1874 La promenade des anglaises
1890 650 calories pour mourir
1930 Question de bruit ou de mort
HALTER Paul
1878 La quatrième porte
(Prix du Festival de Cognac 1987)
1922 Le brouillard rouge
(Prix du roman d'Aventures 1988)
1931 La mort vous invite
2002 La chambre du fou
2035 La tête du tigre
2059 La septième hypothèse *(sept. 91)*
HAUSER Thomas
1853 Agathe et ses hommes
JAPP A. H.
2044 La Bostonienne
(Prix du Festival de Cognac 1991)
JONES Cleo
1879 Les saints ne sont pas des anges
LECAYE Alexis
1963 Un week-end à tuer
2047 Chronique d'un juge ordinaire
2060 Meurtres en 36 poses *(oct. 91)*
POSLANIEC Christian
1998 Les fous de Scarron
(Prix du Festival de Cognac 1990)
SALVA Pierre
1739 Quand le diable ricane
1828 Le diable au paradis perdu
TAYLOR Elizabeth A.
1810 Funiculaire pour la morgue
TERREL Alexandre
1733 Rendez-vous sur ma tombe
1749 Le témoin est à la noce
(Prix du Roman d'Aventures 1984)
1757 La morte à la fenêtre
1777 L'homme qui ne voulait pas tuer
1792 Le croque-mort de ma vie
1822 Le croque-mort et les morts vivants
1867 Le croque-mort et sa veuve
1925 Le croque-mort a croqué la pomme
1997 Le croque-mort s'en mord les doigts
UNDERWOOD Michaël
1817 Trop mort pour être honnête
1842 A ne pas tuer avec des pincettes
VARGAS Fred
1827 Les jeux de l'amour et de la mort
(Prix du Festival de Cognac 1986)

IMPRIMÉ EN FRANCE PAR BRODARD ET TAUPIN
Usine de La Flèche (Sarthe).
ISBN : 2 - 7024 - 1983 - 6
ISSN : 0768 - 1070

H 52/0258/5